孟繁华 主编

百部
正典

莎菲女士的日记 丁玲
二月 柔石
边城 沈从文
八骏图 沈从文

北方联合出版传媒(集团)股份有限公司
春风文艺出版社
·沈阳·

图书在版编目（CIP）数据

莎菲女士的日记/丁玲著.二月/柔石著.边城/沈从文著.—沈阳：春风文艺出版社，2018.7（2022.1重印）

（百年百部中篇正典/孟繁华主编）

本书与"八骏图"合订

ISBN 978-7-5313-5469-7

Ⅰ.①莎…②二…③边… Ⅱ.①丁…②柔…③沈… Ⅲ.①中篇小说—小说集—中国—现代 Ⅳ.①I246.5

中国版本图书馆CIP数据核字（2018）第087162号

北方联合出版传媒（集团）股份有限公司
春风文艺出版社出版发行
http://www.chunfengwenyi.com
沈阳市和平区十一纬路25号 邮编：110003
北京一鑫印务有限责任公司印刷

选题策划：单瑛琪	责任编辑：姚宏越
封面设计：琥珀视觉	责任校对：于文慧
印制统筹：刘 成	幅面尺寸：145mm×210mm
字　　数：216千字	印　张：9
版　　次：2018年7月第1版	印　次：2022年1月第4次
书　　号：ISBN 978-7-5313-5469-7	
定　　价：42.00元	

版权专有　侵权必究　举报电话：024-23284391
如有质量问题，请拨打电话：024-23284384

百年中国文学的高端成就
——《百年百部中篇正典》序

孟繁华

从文体方面考察，百年来文学的高端成就是中篇小说。一方面这与百年文学传统有关。新文学的发轫，无论是1890年陈季同用法文创作的《黄衫客传奇》的发表，还是鲁迅1921年发表的《阿Q正传》，都是中篇小说，这是百年白话文学的一个传统。另一方面，进入新时期，在大型刊物推动下的中篇小说一直保持在一个相当高的水平上。因此，中篇小说是百年来中国文学最重要的文体。中篇小说创作积累了极为丰富的经验，它的容量和传达的社会与文学信息，使它具有极大的可读性；当社会转型、消费文化兴起之后，大型文学期刊顽强的文学坚持，使中篇小说生产与流播受到的冲击降低到最低限度。文体自身的优势和载体的相对稳定，以及作者、读者群体的相对稳定，都决定了中篇小说在消费主义时代能够获得绝处逢生的机缘。这也让中篇小说能够不追时尚、不赶风潮，以"守成"的文化姿态坚守最后的文学性成为可能。在这个意义上，中篇小说很像是一个当代文学的"活化石"。在这个前提下，中篇小说一直没有改变它文学性的基本性质。因此，百年来，中篇小说成为各种文学文体的中坚力量并塑造了自己纯粹的文学品质。中篇小说因此构成百年文学的奇特景观，使文学即便在惊慌失措的"文化乱世"中也取得了令人瞩目的艺术成就，这在百年中国的文化语境中不能不说是一个奇迹。作家在诚实地寻找文学性的同时，也没有影响他们对现实事务介入的诚恳和热情。无论如何，百年中篇小说代表了百年中国文学的高端水平，它所表达的不同阶段的理想、追求、焦虑、矛盾、彷徨和不确定性，都密切地联系着百年中国的社会生活和心理经验。于是，一个文体就这样和百年中国建立了如影随形的镜像关系。它的全部经验已经成为我们最重要的文学财富。

编选百年中篇小说选本，是我多年的一个愿望。我曾为此做了多年准备。这个选本2012年已经编好，其间辗转多家出版社，有的甚至申报了国家重点出版基金，但都未能实现。现在，春风文艺出版社接受并付诸出版，我的兴奋和感动可想而知。我要感谢单瑛琪社长和责任编辑姚宏越先生，与他们的合作是如此顺利和愉快。

入选的作品，在我看来无疑是百年中国最优秀的中篇小说。但"诗无达诂"，文学史家或选家一定有不同看法，这是非常正常的。感谢入选作家为中国文学付出的努力和带来的光荣。需要说明的是，由于版权和其他原因，部分重要或著名的中篇小说没有进入这个选本，这是非常遗憾的。可以弥补和自慰的是，这些作品在其他选本或该作家的文集中都可以读到。在做出说明的同时，我也理应向读者表达我的歉意。编选方面的各种问题和不足，也诚恳地希望听到批评指正。

是为序。

2017年10月20日于北京

目　录

莎菲女士的日记……………丁　玲 / 001
二　月………………………柔　石 / 041
边　城………………………沈从文 / 169
八　骏　图…………………沈从文 / 252

莎菲女士的日记

丁 玲

十二月二十四

今天又刮风！天还没亮，就被风刮醒了。伙计又跑进来生火炉。我知道，这是怎样都不能再睡得着了的，我也知道，不起来，便会头昏，睡在被窝里是太爱想到一些奇奇怪怪的事上去。医生说顶好能多睡，多吃，莫看书，莫想事，偏这就不能，夜晚总得到两三点才能睡着，天不亮又醒了。像这样刮风天，真不能不令人想到许多使人焦躁的事。并且一刮风，就不能出去玩，关在屋子里没有书看，还能做些什么？一个人能呆呆地坐着，等时间的过去吗？我是每天都在等着，挨着，只想这冬天快点过去；天气一暖和，我咳嗽总可好些，那时候，要回南便回南，要进学校便进学校，但这冬天可太长了。

太阳照到纸窗上时，我是在煨第三次的牛奶。昨天煨了四次。次数虽煨得多，却不定是要吃，这只不过是一个人在刮风天为免除烦恼的养气法子。这固然可以混去一小点时间,但有时却又不能不令人更加生气,所以上星期整整地有七天没玩它,不过在没想出别的法子时,是又不能不借重它来像一个老年人耐心地消磨时间。

报来了,便看报,顺着次序看那大号字标题的国内新闻,然后又看国外要闻,本埠琐闻……把教育界,党化教育,经济界,九六公债盘价……全看完,还要再去温习一次昨天前天已看熟了的那些招男女编级新生的广告,那些为分家产起诉的启事,连那些什么六〇六,百零机,美容药水,开明戏,真光电影……都熟习了过后才懒懒地丢开报纸。自然,有时会发现点新的广告,但也除不了是些绸缎铺五年六年纪念的减价,恕讣不周的讣闻之类。

报看完,想不出能找点什么事做,只好一人坐在火炉旁生气。气的事,也是天天气惯了的。天天一听到从窗外走廊上传来的那些住客们喊伙计的声音,便头痛,那声音真是又粗,又大,又嘎,又单调;"伙计,开壶!"或是"脸水,伙计!"这是谁也可以想象出来的一种难听的声音。还有,那楼下电话也是不断有人在那电机旁大声地说话。没有一些声息时,又会感到寂沉沉的可怕,尤其是那四堵粉垩的墙。它们呆呆地把你眼睛挡住,无论你坐在哪方:逃到床上躺着吧,那同样的白垩的天花板,便沉沉地把你压住。真找不出一件事是能令人不生嫌厌的心的;如同那麻脸伙计,那有抹布味的饭菜,那扫不干净的窗格上的沙土,那洗脸台上的镜子——这是一面可以把你的脸拖到一尺多长的镜子,不过只要你肯稍微一偏你的头,那你的脸又会扁得使你自己也害怕……这都是可以令人生气了又生气。也许这只我一人如是。但我却宁肯能找到些新的不快活，不满足；只是新的，无论好坏，似乎都隔得我太远了。

吃过午饭，苇弟便来了，我一听到他那特有的急遽的皮鞋声已从走廊的那端传来时，我的心似乎便从一种窒息中透出一口气来感到舒适。但我却不会表示，所以当苇弟进来时，我只能默默地望着他；他反以为我又在烦恼，握紧我一双手，"姊姊，姊姊"那样不断地叫着。我，我自然笑了！我笑的什么呢，我知道！在那两颗只望到我眼睛下面的跳动的眸子中，我准懂得那收藏在眼睑下面，不愿给人知道的是些什么东西！这是有多么久了，你，苇弟，你在爱我！但他捉住过我吗？自然，我是不能负一点责，一个女人是应当这样。其实，我算够忠厚了；我不相信会有第二个女人这样不捉弄他的，并且我还在确确实实地可怜他，竟有时忍不住想去指点他："苇弟，你不可以换个方法吗？这样是只能反使我不高兴的……"对的，假使苇弟能够再聪明一点，我是可以比较喜欢他些，但他却只能如此忠实地去表现他的真挚！

苇弟看见我笑了，便很满足。跳过床头去脱大氅，还脱下他那顶大皮帽来。假使他这时再掉过头来望我一下，我想他一定可以从我的眼睛里得些不快活去。为什么他不可以再多地懂得我些呢？

我总愿意有那么一个人能了解得我清清楚楚的，如若不懂得我，我要那些爱，那些体贴做什么？偏偏我的父亲，我的姊姊，我的朋友都能如此盲目地爱惜我，我真不知他们所爱惜我的是些什么；爱我的骄纵，爱我的脾气，爱我的肺病吗？有时我为这些生气，伤心，但他们却都更容让我，更爱我，说一些错到更能使我想打他们的一些安慰话。我真愿意在这种时候会有人懂得我，便骂我，我也可以快乐而骄傲了。

没有人来理我，看我，我会想念人家，或恼恨人家，但有人来后，我不觉得又会给人一些难堪，这也是无法的事。近来为要磨炼自己，常常话到口边便咽住，怕又在无意中竟刺着了别人的隐处，虽说是开玩笑。因为如此，所以可以想象出来，我是拿一种什么样的心情在陪苇弟坐。但苇弟若站起身来喊走时，我又会因怕寂寞而感到怅惘，而恨起他来。这个，苇弟是早就知道的，所以他一直到晚上十点钟才回去。不过我却不骗人，并不骗自己，我清白，苇弟不走，不特于他没有益处，反只能让我更觉得他太容易支使，或竟更可怜他的太不会爱的技巧了。

十二月二十八

今天我请毓芳同云霖看电影。毓芳却邀了剑如来。我气得只想哭，但我却纵声地笑了。剑如，她是多么可以损害我自尊之心的；因为她的容貌，举止，无一不像我幼时所最投洽的一个朋友，所以我不觉地时常在追随她，她又特意给了我许多敢于亲近她的勇气。但后来，我却遭受了一种不可忍耐的待遇，无论什么时候想起，我都会痛恨我那过去的，不可追悔的无赖行为：在一个星期中我曾足足地给了她八封长信，而未被人理睬过。毓芳真不知想的哪一股劲，明知我不愿再提起从前的事，却故意邀着她来，像有心要挑逗我的愤恨一样，我真气了。

我的笑，毓芳和云霖不会留意这有什么变异，但剑如，她能感觉到；可是她会装，装糊涂，同我毫无芥蒂地说话。我预备骂她几句，不过话到口边便想到我为自己定下的戒条。并且做得太认真，反令人越得意。所以我又忍下心去同她们玩。

到真光时，还很早，在门口遇着一群同乡的小姐们，我真厌恶那些惯做的笑靥，我不去理她们，并且我无缘无故地生气到那许多去看电影的人。我趁毓芳同她们说到热闹中，丢下我所请的客，悄悄回来了。

除了我自己，没有人会原谅我的。谁也在批评我，谁也不知道我在人前所忍受的一些人们给我的感触。别人说我怪僻，他们哪里知道我却时常在讨人好，讨人欢喜。不过人们太不肯鼓励我说那太违心的话，常常给我机会，让我反省我自己的行为，让我离人们却更远了。

夜深时，全公寓都静静的，我躺在床上好久了。我清清白白地想透了一些事，我还能伤心什么呢？

十二月二十九

一早毓芳就来电话。毓芳是好人，她不会扯谎，大约剑如是真病。毓芳说，起病是为我，要我去，剑如将向我解释。毓芳错了，剑如也错了，莎菲不是欢喜听人解释的人。根本我就否认宇宙间要解释。朋友们好，便好；合不来时，给别人点苦头吃，也是正大光明的事。我还以为我够大量，太没报复人了。剑如既为我病，我倒快活，我不会拒绝听别人为我而病的消息。并且剑如病，还可以减少点我从前自怨自艾的烦恼。

我真不知应怎样才能分析我自己。有时为一朵被风吹散了的白云，会感到一种渺茫的，不可捉摸的难过；但看到一个二十多岁的男子（苇弟其实还大我四岁）把眼泪一颗一颗掉到我手背时，却像野人一样在得意地笑了。苇弟从东城买了许多信纸信封来我这里玩,为了他很快乐,在笑,我便故意去捉弄,看到他哭了,我却快意起来,并且说"请珍重点你的眼泪吧,不要以为姊姊像别的女人一样脆弱得受不起一颗眼泪……""还要哭,请你转家去哭,我看见眼泪就讨厌……"自然,他不走,不分辩,不负气,只蜷在椅角边老老实实无声地去流那不知从哪里得来的那么多的眼泪。我,自然,得意够了,又会惭愧起来,于是用着姊姊的态度去喊他洗脸,抚摩他的头发。他镶着泪珠又笑了。

在一个老实人面前,我已尽自己的残酷天性去折磨他,但当他走后,我真想能抓回他来,只请求他:"我知道自己的罪过,请不要再爱这样一个不配承受那真挚的爱的女人了吧!"

一月一号

我不知道那些热闹的人们是怎样的过年法,我是只在牛奶中加了一个鸡子,鸡子是昨天苇弟拿来的,一共二十个,昨天煨了七个茶卤蛋,剩下十三个,大约总够我两星期来吃它。若吃午饭时,苇弟会来,则一定有两个罐头的希望。我真希望他来。因为想到苇弟来,我便上单牌楼去买了四合糖,两包点心,一篓橘子和苹果,预备他来时给他吃。我断定今天只有他才能来。

但午饭吃过了,苇弟却没来。

我一共写了五封信,都是用前几天苇弟买来的好纸好笔。我想能接得几个美丽的画片,却不能。连几个最爱弄这个玩意儿的姊姊们都把我这应得的一份儿忘了。不得画片,不稀罕,单单只忘了我,却是可气的事。不过自己从不曾给人拜过一次年,算了,这也是应该的。

晚饭还是我一人独吃,我烦恼透了。

夜晚毓芳云霖来了，还引来一个高个儿少年，我想他们才真算幸福；毓芳有云霖爱她，她满意，他也满意。幸福不是在有爱人，是在两人都无更大的欲望，商商量量平平和和地过日子。自然，有人将不屑于这平庸。但那只是另外人的，与我的毓芳无关。

毓芳是好人，因为她有云霖，所以她"愿天下有情人皆成眷属"。她去年曾替玛丽做过一次恋爱婚姻的介绍。她又希望我能同苇弟好，她一来便问苇弟。但她却和云霖及那高个儿把我给苇弟买的东西吃完了。

那高个儿可真漂亮，这是我第一次感觉到男人的美，从来我还没有留心到。只以为一个男人的本行是会说话，会看眼色，会小心就够了。今天我看了这高个儿，才懂得男人是另铸有一种高贵的模型，我看出在他面前的云霖显得多么猥琐，多么呆拙……我真要可怜云霖，假使他知道他在这个人前所衬出的不幸时，他将怎样伤心他那些所有的粗丑的眼神，举止。我更不知，当毓芳拿这一高一矮的男人相比时，会起一种什么情感！

他，这生人，我将怎样去形容他的美呢？固然，他的颀长的身躯，白嫩的面庞，薄薄的小嘴唇，柔软的头发，都足以闪耀人的眼睛，但他还另外有一种说不出，捉不到的丰仪来煽动你的心。比如，当我请问他的名字时，他会用那种我想不到的不急遽的态度递过那只擎有名片的手来。我抬起头去，呀，我看见那两个鲜红的，嫩腻的，深深凹进的嘴角了。我能告诉人吗，我是用一种小儿要糖果的心情在望着那惹人的两个小东西。但我知道在这个社会里面是不准许任我去取得我所要的来满足我的冲动，我的欲望，无论这是于人并没有损害的事，我只得忍耐着，低下头去，默默地念那名片上的字：

"凌吉士，新加坡……"

凌吉士，他能那样毫无拘束地在我这儿谈话，像是在一个很熟的朋友处，难道我能说他这是有意来捉弄一个胆小的人？我为要强迫地拒绝引诱，不敢把眼光抬平去一望那可爱慕的火炉的一角。两只不知羞惭的破烂拖鞋，也逼着我不准走到桌前的灯光处。我气我自己：怎么会那样拘束，不会调皮地应对？平日看不起别人的交际，今天才知道自己是显得又呆，又傻气。唉，他一定以为我是一个乡下才出来的姑娘了！

云霖同毓芳两人看见我木木的，以为我不欢喜这生人，常常去打断他的话，不久带着他走了。这个我也感激他们的好意吗？我望着那一高两矮的影子在楼下院子中消失时，我真不愿再回到这留得有那人的靴印，那人的声音，和那人吃剩的饼屑的屋子。

一月三号

这两夜通宵通宵地咳嗽。对于药，简直就不会有信仰，药与病不是已毫无关系吗？我明明厌烦那苦水，但却又按时去吃它，假使连药也不吃，我能拿什么来希望我的病呢？神要人忍耐着生活，安排许多痛苦在死的前面，使人不敢走近死亡。我呢，我是更为了我这短促的不久的生，我越求生得厉害；不是我怕死，是我总觉得我还没享有我生的一切。我要，我要使我快乐。无论在白天，在夜晚，我都在梦想可以使我没有什么遗憾在我死的时候的一些事情。我想能睡在一间极精致的卧房的睡榻上，有我的姊姊们跪在榻前的熊皮毡子上为我祈祷，父亲悄悄地朝着窗外叹息，我读着许多封从那些爱我的人儿们寄来的长信，朋友们都纪念我流着忠实的眼泪……我迫切地需要这人间的感情，想占有许多不可能的东西。但人们给我的是什么呢？整整两天，又一人幽囚在公寓里，没有一个人来，也没有一封信来，我躺在床上咳嗽，坐在火炉旁咳嗽，走到桌子前也咳嗽，还想念这些可恨的人们……其实还是收到一封信的，不过这除了更加我一些不快外，也只不过是更加我不快。这是一年前曾骚扰过我的一个安徽粗壮男人寄来的，我没有看完就扯了。我真肉麻那满纸的"爱呀爱的"！我厌恨我不喜欢的人们的荩献……

我，我能说得出我真实的需要是些什么呢？

一月四号

事情不知错到什么地方去了。我为什么会想到搬家，并且在糊里糊涂中欺骗了云霖，好像扯谎也是本能一样，所以在今天能毫不费力地便使用了。假使云霖知道莎菲也会骗他，他不知应如何伤心，莎菲是他们那样爱惜的一个小妹妹。自然我不是安心的，并且我现在在后悔。但我能决定吗，搬呢，还是不搬？

我不能不向我自己说："你是在想念那高个儿的影子呢！"是的，这几天几夜我无时不神往到那些足以诱惑我的。为什么他不在这几天中单独来会我呢？他应当知道他不该让我如此的去思慕他。他应当来看我，说他也想念我才对。假使他来，我不会拒绝去听他所说的一些爱慕我的话，我还将令他知道我所要的是些什么。但他却不来。我估定这像传奇中的事是难实现了。难道我去找他吗？一个女人这样放肆，是不会得好结果的。何况还要别人能尊敬我呢。我想不出好法子，只好先到云霖处试一试，所以吃过午饭，我便冒风向东城去。

云霖是京都大学的学生，他租的住房在京都大学一院和二院之间的青年胡同里。我到他那里时，幸好他没有出去，毓芳也没有来。云霖当然很诧异我在大风天出来，我说是到德国医院看病，顺便来这里。他就毫不疑惑，问我的病状，我却把话头故意引到那天晚上。不费一点气力，我便打探得那人儿住在第四寄宿舍，在京都大学二院隔壁。不久，我又叹起气来，我用许多言辞把在西城公寓里的生活，描摹得寂寞，暗淡。我又扯谎，说我唯一只想能贴近毓芳（我知道毓芳已预备搬来云霖处）。我要求云霖同我在近处找房。云霖当然高兴这差事，不会迟疑的。

在找房的时候，凑巧竟碰着了凌吉士。他也陪着我们。我真高兴，高兴使我胆大了，我狠狠地望了他几次，他没有觉得。他问我的病，我说全好了，他不信似的在笑。

我看上一间又低，又小，又霉的东房，在云霖的隔壁一家叫大元的公寓里。他和云霖都说太湿，我却执意要在第二天便搬来，理由是那边太使我厌倦，而我急切地要依着毓芳。云霖无法，就答应了，还说好第二天一早他和毓芳过来替我帮忙。

我能告诉人，我单单选上这房子的用意吗？它位置在第四寄宿舍和云霖住所之间。

他不曾向我告别，我又转到云霖处，尽我所有的大胆在谈笑。我把他什么细小处都审视遍了，我觉得都有我嘴唇放上去的需要。他不会也想到我在打量他，盘算他吗？后来我特意说我想请他替我补英文，云霖笑，他却受窘了，不好意思地含含糊糊地问答，于是我向心里说，这还不是一个坏蛋呢，那样高大的一个男人还会红脸？因此我的狂热更炽烈了。但我不愿让人懂得我，看得我太容易，所以我驱遣我自己，很早就回来了。

现在仔细一想，我唯恐我的任性，将把我送到更坏的地方去，暂时且住在这有洋炉的房里吧，难道我能说得上是爱上了那南洋人吗？我还一丝一毫都不知道他呢。什么那嘴唇，那眉梢，那眼角，那指尖……多无意识，这并不是一个人所应需的，我着魔了，会想到那上面。我决计不搬，一心一意来养病。

我决定了，我懊悔，懊悔我白天所做的一些不是，一个正经女人所做不出来的。

一月六号

都奇怪我，听说我搬了家，南城的金英，西城的江周，都来到我这低湿的小屋里。我笑着，有时在床上打滚，她们都说我越小孩气了，我更大笑起来。我只想告诉她们我想的是什么。下午苇弟也来了。苇弟最不快活我搬家，因为我未曾同他商量，并且离他更远了。他见着云霖时，竟不理他。云霖摸不着他为什么生气。望着他。他更板起脸孔。我好笑，我向自己说"可怜，冤枉他了，一个好人！"

毓芳不再向我说剑如。她决定两三天便搬来云霖处，因为她觉得我既这样想傍着她住，她不能让我一人寂寂寞寞地住在这里。她和云霖待我比以前更亲热。

一月十号

这几天我都见着凌吉士，但我从没同他多说几句话，我绝不先提到补英文事。我看见他一天两次往云霖处跑，我发笑，我断定他以前一定不会同云霖如此亲密的。我没有一次邀请他来我那儿玩，虽说他问了几次搬了家如何，我都装出不懂的样儿笑一下便算回答。我把所有的心计都放在这上面，好像同什么东西搏斗一样。我要那样东西，我还不愿去取得，我务必想方设法地让他自己送来。是的，我了解我自己，不过是一个女性十足的女人，女人只把心思放到她要征服的男人们身上。我要占有他，我要他无条件地献上他的心，跪着求我赐给他的吻呢。我简直癫了，反反复复地只想着我所要施行的手段的步骤，我简直癫了！

毓芳云霖看不出我的兴奋，只说我病快好了。我也正不愿他们知道，说我病好，我就装着高兴。

一月十二

毓芳已搬来，云霖却搬走了。宇宙间竟会生出这样一对人来，为怕生小孩，便不肯住在一起，我猜想他们连自己也不敢断定：当两人抱在一床时是不会另外干出些别的事来，所以只好预先防范，不给那肉体接触的机会。至于那单独在一房时的拥抱和亲嘴，是不会发生危险，所以悄悄表演几次，便不在禁止之列。我忍不住嘲笑他们了，这禁欲主义者！为什么会不需要拥抱那爱人的裸露的身体？为什么要压制住这爱的表现？为什么在两人还没睡在一个被窝里以前，会想到那些不相干足以担心的事？我不相信恋爱是如此的理智，如此的科学！

他俩不生气我的嘲笑，他俩还骄傲着他们的纯洁，而笑我小孩气呢。我体会得出他们的心情，但我不能解释宇宙间所发生的许许多多奇怪的事。

这夜我在云霖处（现在要说毓芳处了）坐到夜晚十点钟才回来，说了许多关于鬼怪的故事。

鬼怪这东西，我在一点点大的时候就听惯了，坐在姨妈怀里听姨爹讲《聊斋》是常事,并且一到夜里就爱听。至于怕,又是另外一件不愿告人的。因为一说怕,准就听不成,姨爹便会踱过对面书房去,小孩就不准下床了。到进了学校,又从先生口里得知点科学常识,为了信服那位周麻子二先生,所以连书本也信服,从此鬼怪便不屑于害怕了。近来人更在长高长大,说起来,总是否认有鬼怪的,但鸡粟却不肯因为不信便不出来,毫毛一根根也会竖起的。不过每次同人说到鬼怪时,别人不知道我想拗开说到别的闲话上去,为的怕夜里一个人睡在被窝里时想到死去了的姨爹姨妈就伤心。

　　回来时,看到那黑魆魆的小胡同,真有点胆怵。我想,假使在哪个角落里露出一个大黄脸,或伸来一只毛手,在这样像冻住了的冷巷里,我不会以为是意外。但看到身边的这高大汉子(凌吉士)做镖手,大约总可靠,所以当毓芳问我时,我只答应"不怕,不怕"。

　　云霖也同我们出来,他回他的新房子去,他向南,我们向北,所以只走了三四步,便听不清那橡皮鞋底在泥板上发出的声音。

　　他伸来一只手,拢住了我的腰:"莎菲,你一定怕哟!"

　　我想挣,但挣不掉。

　　我的头停在他的胁前,我想,如若在亮处,看起来,我会像个什么东西,被挟在比我高一个头还多的人的腕中。

　　我把身一蹲,便窜出来了,他也松了手陪我站在大门边打门。

　　小胡同里黑极了,但他的眼睛望到何处,我却能很清楚地看见。心微微有点跳,等着开门。

"莎菲，你怕哟！"

门闩已在响，是伙计在问谁。

我朝他说："再——"

他猛地握住我的手，我无力再说下去。

伙计看到我身后的大人，露着诧异。

到单独只剩两人在一房时，我的大胆，已经变得毫无用处了，想故意说几句客套话，也不会，只说："请坐吧！"自己便去洗脸。

鬼怪的事，已不知忘到什么地方去了。

"莎菲！你还高兴读英文吗？"他忽然问。

这是他来找我，提到英文，自然他未必欢喜白白牺牲时间去替人补课，这意思，在一个二十岁的女人面前，怎能瞒过，我笑了（这是只在心里笑）。我说："蠢得很，怕读不好，丢人。"

他不说话，把我桌上摆的照片拿来玩弄着，这照片是我姊姊的一个刚满一岁的女儿。

我洗完脸，坐在桌子那头。

他望望我，又去望那小女孩，然后又望我。是的，这小女孩长得真像我。于是我问他："好玩吗？你说像我不像？"

"她，谁呀！"显然，这声音表示着非常认真。

"你说可爱不可爱？"

他只追问着是谁。

忽地，我明白了他意思，我又想扯谎了。

"我的。"于是我把相片抢过来吻着。

他信了。我竟愚弄了他，我得意我的不诚实。

这得意，似乎便能减少他的妩媚，他的英爽。要不，为什么当他显出那天真的诧愕时，我会忽略了他那眼睛，我会忘掉了他那嘴唇？否则，这得意一定将冷淡下我的热情来。

然而当他走后，我却懊悔了。那不是明明安放着许多机会吗？我只要在他按住我手的当儿，另做出一种眼色，让他懂得他是不会遭拒绝，那他一定可以做出一些比较大胆的事。这种两性间的大胆，我想只要不厌烦那人，会像把肉体融化了似的感到快乐无疑。但我为什么要给人一些严厉，一些端庄呢？唉，我搬到这破房子里来，到底为的是什么呢？

一月十五

近来我是不算寂寞了，白天在隔壁玩，晚上又有一个新鲜的朋友陪我谈话。但我的病却越深了。这真不能不令我灰心，我要什么呢，什么也于我无益。难道我有所眷恋吗？一切又是多么的可笑，但死却不期然地会让我一想到便伤心。每次看见那克利大夫的脸色，我便想：是的，我懂得，你尽管说吧，是不是我已没希望了？但我却拿笑代替了我的哭。谁能知道我在夜深流出的眼泪的分量！

几夜，凌吉士都接着来，他告人说是在替我补英文，云霖问我，我只好不答应。晚上我拿一本"Poor People"放在他面前，他真个便教起我来。我只好又把书丢开，我说："以后你不要再向人说在替我补英文吧，我病，谁也不会相信这事的。"他赶忙便说："莎菲，我不可以等你病好些教你吗？莎菲，只要你喜欢。"

这新朋友似乎是来得如此够人爱，但我却不知怎的，反而懒于注意到这些事。我每夜看到他丝毫得不着高兴地出去，心里总觉得有点歉疚，我只好在他穿大氅的当儿向他说："原谅我吧，我有病！"他会错了我的意思，以为我同他客气。"病有什么要紧呢，我是不怕传染的。"后来我仔细一想，也许这话含得别的意思，我真不敢断定人的所作所为像可以想象出来的那样单纯。

一月十六

今天接到蕴姊从上海来的信，更把我引到百无可望的境地。我哪里还能找得几句话去安慰她呢？她信里说："我的生命，我的爱，都于我无益了……"那她是更不需要我的安慰，我为她而流的眼泪了。唉！从她信中，我可以揣想得出她婚后的生活，虽说她未肯明明地表白出来。神为什么要去捉弄这些在爱中的人儿？蕴姊是最神经质，最热情的人，自然她更受不住那渐渐地冷淡，那遮饰不住的虚情……我想要蕴姊来北京，不过这是做得到的吗？这还是疑问。

苇弟来的时候，我把蕴姊的信给他看：他真难过，因为那使我蕴姊感到生之无趣的人，不幸便是苇弟的哥哥。于是我向他说了我许多新得的"人生哲学"的意义：他又尽他唯一的本能在哭。我只是很冷静地去看他怎样使眼睛变红，怎样拿手去擦干，并且我在他那些举动中，加上许多残酷的解释。我未曾想到在人世中，他是一个例外的老实人，不久，我一个人悄悄地跑出去了。

为要躲避一切的熟人，深夜我才独自从冷寂寂的公园里转来，我不知怎样度过那些时间，我只想："多无意义啊！倒不如早死了干净……"

一月十七

我想：也许我是发狂了！假使是真发狂，我倒愿意。我想，能够得到那地步，我总可以不会再感到这人生的麻烦了吧……

足足有半年为病而禁了的酒，今天又开始痛饮了。明明看到那吐出来的是比酒还红的血。但我心却像被什么别的东西主宰一样，似乎这酒便可在今晚致死我一样，我不愿再去细想那些纠纠葛葛的事……

一月十八

现在我还睡在这床上，但不久就将与这屋分别了，也许是永别，我断得定我还能再亲我这枕头，这棉被……的幸福吗？毓芳，云霖，苇弟，金夏都守着一种沉默围绕着我坐着，焦急地等着天明了好送我进医院去。我是在他们忧愁的低语中醒来的，我不愿说话，我细想昨天上午的事，我闻到屋子中遗留下来的酒气和腥气，才觉得心正在剧烈地痛，于是眼泪便汹涌了。因了他们的沉默，因了他们脸上所显现出来的凄惨和暗淡，我似乎感到这便是我死的预兆。假设我便如此长睡不醒了呢，是不是他们也将如此沉默地围绕着我僵硬的尸体？他们看见我醒了，便都走拢来问我。这时我真感到了那可怕的死别！我握着他们，仔细望着他们每个的脸，似乎要将这记忆永远保存着。他们都把眼泪滴到我手上，好像我就要长远离开他们走向死之国一样。尤其是苇弟，哭得现出丑脸。唉，我想：朋友啊，请给我一点快乐吧……于是我反而笑了。我请他们替我清理一下东西，他们便在床铺底下拖出那口大藤箱来，箱子里有几捆花手绢的小包，我说："这我要的，随着我进协和吧。"他们便递给我，我给他们看，原来都满满是信札，我又向他们笑："这，你们的也在内！"他们才似乎也快乐些了。苇弟又忙着从抽屉里递给我一本照片，是要我也带去的样子，我更笑了。这里面有七八张是苇弟的单相，我又容许苇弟吻我的手，并握着我的手在他脸上摩擦，于是这屋子才不像真有个僵尸停着的一样，天这时也慢慢显出了鱼肚白。他们又忙乱了，慌着在各处找洋车。于是我病院的生活便开始了。

三月四号

接蕴姊死电是二十天以前的事，我的病却一天好一天。一号又由送我进院的几人把我送转公寓来，房子已打扫得干干净净。因为怕我冷，特生了一个小小的洋炉，我真不知怎样才能表示我的感谢，尤其是苇弟和毓芳。金和周在我这儿住了两夜才走，都充当我的看护，我每日都躺着，舒服得不像住公寓，同在家里也差不了什么了！毓芳决定再陪我住几天，等天气暖和点便替我上西山找房子，我好专去养病，我也真想能离开北京，可恨阳历三月了，还如是之冷！毓芳硬要住在这儿，我也不好十分拒绝，所以前两天为金和周搭的一个小铺又不能撤了。

近来在病院把我自己的心又医转了，实实在在是这些朋友们的温情把它重暖了起来，觉得这宇宙还充满着爱呢。尤其是凌吉士，当他到医院看我时，我觉得很骄傲，他那种丰仪才够去看一个在病院的女友的病，并且我也懂得，那些看护妇都在羡慕着我呢。有一天，那个很漂亮的密司杨问我："那高个儿，是你的什么人呢？"

"朋友！"我忽略了她问得无礼。

"同乡吗？"

"不，他是南洋的华侨。"

"那么是同学？"

"也不是。"

于是她狡猾地笑了，"就仅是朋友吗？"

自然，我可以不必脸红，并且还可以警诫她几句，但我却惭愧了。她看到我闭着眼装要睡的狼狈样儿，便得意地笑着走去。后来我一直都恼着她。并且为了躲避麻烦，有人问起苇弟时，我便扯谎说是我的哥哥。有一个同周很好的小伙子，我便说是同乡，或是亲戚的乱扯。

当毓芳上课去，我一个人留在房里时，我就去翻在一月多中所收到的信，我又很快活，很满足，还有许多人在纪念我呢。我是需要别人纪念的，总觉得能多得点好意就好。父亲是更不必说，又寄了一张相片来，只有白头发似乎又多了几根。姊姊们都好，可惜就为小孩们忙得很，不能多替我写信。

信还没有看完，凌吉士又来了。我想站起来，但他却把我按住。他握着我的手时，我快活得真想哭了。我说："你想没想到我又会回转这屋子呢？"

他只瞅着那侧面的小铺，表示不高兴的样子，于是我告诉他从前的那两位客已走了，这是特为毓芳预备的。

他听了便向我说他今晚不愿再来，怕毓芳厌烦他。于是我心里更充满乐意了，便说："难道你就不怕我厌烦吗？"

他坐在床头更长篇地述说他这一个多月中的生活，怎样和云霖冲突，闹意见，因为他赞成我早些出院，而云霖执着说不能出来。毓芳也附着云霖，他懂得他认识我的时间太短，说话自然不会起影响，所以以后他不管这事了，并且在院中一和云霖碰见，自己便先回来。

我懂得他的意思，但我却装着说："你还说云霖，不是云霖我还不会出院呢，住在里面舒服多了。"

于是我又看见他默默地把头掉到一边去，不答我的话。

他算着毓芳快来时，便走了，悄悄告诉我说等明天再来。果然，不久毓芳便回来了。毓芳不曾问，我也不告她，并且她为我的病，不愿同我多说话，怕我费神，我更乐得借此可以多去想些另外的小闲事。

三月六号

当毓芳上课去后，把我一人撂在房里时，我便会想起这所谓男女间的怪事；其实，在这上面，不是我爱自夸，我所受的训练，至少也有我几个朋友们的相加或相乘，但近来我却非常不能了解了。当独自同着那高个儿时，我的心便会跳起来，又是羞惭，又是害怕，而他呢，他只是那样随便地坐着，近乎天真地讲他过去的历史，有时握着我的手，不过非常自然，然而我的手便不会很安静地被握在那大手中，慢慢地会发烧。一当他站起身预备走时，不由得我心便慌张了，好像我将跌入那可怕的不安中，于是我盯着他看，真说不清那眼光是求怜，还是怨恨；但他却忽略了我这眼光，偶尔懂得了，也只说："毓芳要来了哟！"我应当怎样说呢？他是在怕毓芳！自然，我也不愿有人知道我暗地所想的一些不近情理的事，不过我又感到有别人了解我感情的必要；几次我向毓芳含糊地说起我的心境，她还是那样忠实地替我盖被子，留心我的药，我真不能不有点烦闷了。

三月八号

毓芳已搬回去,苇弟又想代替那看护的差事。我知道,如若苇弟来,一定比毓芳还好,夜晚若想茶吃时,总不至于因听到那浓睡中的鼾声而不愿搅扰人便把头缩进被窝算了;但我自然拒绝他这好意,他固执着,我只好说:"你在这里,我有许多不方便,并且病呢,也好了。"他还要证明间壁的屋子空着,他可以住间壁,我正在无法时,凌吉士来了。我以为他们还不认识,而凌吉士已握着苇弟的手,说是在医院见过两次。苇弟冷冷地不理他,我笑着向凌吉士说:"这是我的弟弟,小孩子,不懂交际,你常来同他玩吧。"苇弟真的变成了小孩子,丧着脸站起身就走了。我因为有人在面前,便感到不快,也只掩藏住,并且觉得有点对凌吉士不住,但他却毫没介意,反问我:"不是他姓白吗,怎会变成你的弟弟?"于是我笑了:"那么你是只准姓凌的人叫你做哥哥弟弟的!"于是他也笑了。

近来青年人在一处时,老喜欢研究到这一个"爱"字,虽说有时我似乎懂得点,不过终究还是不很说得清。至于男女间的一些小动作,似乎我又太看得明白了。也许是因为我懂得了这些小动作,于"爱"才反迷糊,才没有勇气鼓吹恋爱,才不敢相信自己是一个纯粹的够人爱的小女子,并且才会怀疑到世人所谓的"爱",以及我所接受的"爱"……

在我稍微有点懂事的时候,便给爱我的人把我苦够了,给许多无事人以诬蔑我,凌辱我的机会,以致我顶亲密的小伴侣们也疏远了。后来又为了爱的胁迫,使我害怕得离开了我的学校。以后,人虽说一天天大了,但总常常感到那些无味的纠缠,因此有时不特怀疑到所谓"爱",竟会不屑于这种亲密。苇弟说他爱我,为什么他只常常给我一些难过呢?譬如今晚,他又来了,来了便哭,并且似乎带了很浓的兴味来哭一样,无论我说:"你怎么了,说呀!""我求你,说话呀,苇弟!……"他都不理会。这是从未有的事,我尽我的脑力也猜想不出他所骤遭的这灾祸。我应当把不幸朝哪一方去揣测呢?后来,大约他哭够了,才大声说:"我不喜欢他!""这又是谁欺侮了你呢,这样大嚷大闹的?""我不喜欢那高个子!那同你好的!"哦,我这才知道原来是怄我的气。我不觉地笑了。这种无味的嫉妒,这种自私的占有,便是所谓爱吗?我发笑,而这笑,自然不会安慰那有野心的男人的。并且因我不屑的态度,更激起他那不可抑制的怒气。我看着他那放亮的眼光,我以为他要噬人了,我想:"来吧!"但他却又低下头哭了,还揩着眼泪,踉跄地走出去。

这种表示,也许是称为狂热的,直率的爱的表现吧,但苇弟却不假思索地用在我面前,自然是只会失败;并不是我愿意别人虚伪,做作,我只觉得想靠这种小孩般举动来打动我的心,全是无用。或者因为我的心生来便如此硬;那我之种种不惬于人意而得来烦恼和伤心,也是应该的。

苇弟一走,自自然然我把我自己的心意去揣摩,去仔细回忆那一种温柔的,大方的,坦白而又多情的态度上去,光这态度已够人欣赏像吃醉一般地感到那融融的蜜意,于是我拿了一张画片,写了几个字,命伙计即刻送到第四寄宿舍去。

三月九号

我看见安安闲闲坐在我房里的凌吉士,不禁又可怜苇弟,我祝祷世人不要像我一样，忽略了蔑视了那可贵的真诚而把自己陷到那不可拔的渺茫的悲境里，我更愿有那么一个真诚纯洁的女郎去饱领苇弟的爱，并填实苇弟所感到的空虚啊！

三月十三

好几天又不提笔，不知是因为我心情不好，或是找不出所谓的情绪。我只知道，从昨天来我是只想哭了。别人看到我哭，以为我在想家，想到病，看见我笑呢，又以为我快乐了，还欣庆着这健康的光芒……但所谓朋友皆如是，我能告谁以我的不屑流泪，而又无力笑出的痴呆心境？因我看清了自己在人间的种种不愿舍弃的热望以及每次追求而得来的懊丧，所以连自己也不愿再同情这未能悟彻所引起的伤心。更哪能捉住一管笔去详细写出自怨和自恨呢！

是的，我好像又在发牢骚了。但这只是隐忍在心头反复向自己说，似乎还无碍。因为我未曾有过那种胆量，给人看我的蹙紧眉头，和听我的叹气，虽说人们早已无条件地赠送过我以"狷傲""怪僻"等等好字眼。其实，我并不是要发牢骚，我只想哭，想有那么一个人来让我倒在他怀里哭，并告诉他："我又糟蹋我自己了！"不过谁能了解我，抱我，抚慰我呢？是以我只能在笑声中咽住"我又糟蹋我自己了"的哭声。

我到底又为了什么呢，这真难说！自然我未曾有过一刻私自承认我是爱恋上那高个儿了的，但他在我的心心念念中又蕴蓄着一种分析不清的意义。虽说他那颀长的身躯，嫩玫瑰般的脸庞，柔软的嘴唇，惹人的眼角，可以诱惑许多爱美的女子，并以他那娇贵的态度倾倒那些还有情爱的。但我岂肯为了这些无意识的引诱而迷恋一个十足的南洋人！真的，在他最近的谈话中，我懂得了他的可怜的思想；他需要的是什么？是金钱，是在客厅中能应酬买卖中朋友们的年轻太太，是几个穿得很标致的白胖儿子。他的爱情是什么？是拿金钱在妓院中，去挥霍而得来的一时肉感的享受，和坐在软软的沙发上，拥着香喷喷的肉体，抽着烟卷，同朋友们任意谈笑，还把左腿叠压在右膝上；不高兴时，便拉倒，回到家里老婆那里去。热心于演讲辩论会，网球比赛，留学哈佛，做外交官，公使大臣，或继承父亲的职业，做橡树生意，成资本家……这便是他的志趣！他除了不满于他父亲未曾给他过多的钱以外，便什么都可使他在一夜不会做梦地睡觉；如有，便只是嫌北京好看的女人太少，有时也会厌腻起游戏园，戏场，电影院，公园来……唉，我能说什么呢？当我明白了那使我爱慕的一个高贵的美型里，是安置着如此一个卑劣灵魂，并且无缘无故还接受过他的许多亲密。这亲密，还值不了他从妓院中挥霍里剩余下的一半！想起那落在我发际的吻来，真使我悔恨到想哭了！我岂不是把我献给他任他来玩弄来比拟到卖笑的姊妹中去！这只能责备我自己使我更难受，假设只要我自己肯，肯把严厉的拒绝放到我眸子中去，我敢相信，他不会那样大胆，并且我也敢相信，他所以不会那样大胆，是由于他还未曾有过那恋爱的火焰燃炽……唉！我应该怎样来诅咒我自己了！

三月十四

　　这是爱吗，也许爱才具有如此的魔力，要不，为什么一个人的思想会变幻得如此不可测！当我睡去的时候，我看不起美人，但刚从梦里醒来，一揉开睡眼，便又思念那市侩了。我想：他今天会来吗？什么时候呢，早晨，过午，晚上？于是我跳下床来，急忙忙地洗脸，铺床，还把昨夜丢在地下的一本大书捡起，不住地在边缘处摩挲着，这是凌吉士昨夜遗忘在这儿的一本《威尔逊演讲录》。

三月十四晚上

我有如此一个美的梦想，这梦想是凌吉士给我的。然而同时又为他而破灭。我因了他才能满饮着青春的醇酒，在爱情的微笑中度过了清晨；但因了他，我认识了"人生"这玩意儿，而灰心而又想到死；至于痛恨到自己甘于堕落，所招来的，简直只是最轻的刑罚！真的，有时我为愿保存我所爱的，我竟想到"我有没有力去杀死一个人呢？"

我想遍了，我觉得为了保存我的美梦，为了免除使我生活的力一天天减少，顶好是即刻上西山，但毓芳告诉我，说她托找房子的那位住在西山的朋友还没有回信来，我怎好再去询问或催促呢？不过我决心了，我决心让那高小子来尝一尝我的不柔顺，不近情理的倨傲和侮弄。

三月十七

那天晚上苇弟赌气回去，今天又小小心心地自己来和解，我不觉笑了，并感到他的可爱。如若一个女人只要能找得一个忠实的男伴，做一身的归宿，我想谁也没有我苇弟可靠。我笑问："苇弟，还恨姊姊不呢？"他羞惭地说："不敢。姊姊，你了解我吧！我除了希冀你不摈弃我以外不敢有别的念头。一切只要你好，你快乐就够了！"这还不真挚吗？这还不动人吗？比起那白脸庞红嘴唇的如何？但后来我说："苇弟，你好，你将来一定是一切都会很满意的。"他却露出凄然的一笑:"永世也不会——但愿如你所说……"这又是什么呢?又是给我难受一下!我恨不得跪在他面前求他只赐我以弟弟或朋友的爱吧!单单为了我的自私,我愿我少些纠葛,多点快乐。苇弟爱我,并会说那样好听的话,但他忽略了:第一他应当真的减少他的热望,第二他也应该藏起他的爱。我为了这一个老实的男人,感到无能的抱歉,也够受了。

三月十八

我又托夏在替我往西山找房了。

三月十九

凌吉士居然几日不来我这里了。自然,我不会打扮,不会应酬,不会治事理家,我有肺病,无钱,他来我这里做什么!我本无须乎要他来,但他真的不来却又更令我伤心,更证实他以前的轻薄。难道他也是如苇弟一样老实,当他看到我写给他的字条:"我有病,请不要再来扰我。"就信为是真话,竟不可违背,而果真不来吗?我只想再见他一面,审看一下这高大的怪物到底是怎样的在觑看我。

三月二十

今天我往云霖处跑了三次,都未曾遇见我想见的人,似乎云霖也有点疑惑,所以他问我这几天见着凌吉士没有。我只好怅怅地跑回来。我实在焦烦得很,我敢自己欺自己说我这几日没有思念他吗?

晚上七点钟的时候,毓芳和云霖来邀我到京都大学第三院去听英语辩论会,乙组的组长便是凌吉士。我一听到这消息,心就立刻怦怦地跳起来。我只得拿病来推辞了这善意的邀请。我这无用的弱者,我没有胆量去承受那激动,我还是希望我能不见着他。不过他俩走时,我却请他俩致意凌吉士,说我问候他。唉,这又是多无意思啊!

三月二十一

我刚吃过鸡子牛奶,一种熟习的叩门声响着,纸格上映印上一个颀长的黑影。我只想跳过去开门,但不知为一种什么情感所支使,我咽着气,低下头去了。

"莎菲,起来没有?"这声音如此柔嫩,令我一听到会想哭。

为了知道我已坐在椅子上吗?为了知道我无能发气和拒绝吗?他轻轻地推开门走进来了。我不敢仰起我滋润的眼皮。

"病好些没有,刚起来吗?"

我答不出一句话。

"你真在生我的气啊。莎菲,你厌烦我,我只好走了。莎菲!"

他走,于我自然很合适,但我又猛然抬起头拿眼光止住了他开门的手。

谁说他不是一个坏蛋呢,他懂得了。他敢于把我的双手握得紧紧的。他说。

"莎菲,你捉弄我了。每天我从你门前过,都不敢进来,不是云霖告诉我说你不会生我气,那我今天还不敢来。你,莎菲,你厌烦我不呢?"

谁都可以体会得出来，假使他这时敢于拥抱我，狂乱地吻我，我一定会倒在他手腕上哭出来："我爱你啊！我爱你啊！"但他却如此的冷淡，冷淡得使我又恨他了。然而我心里在想："来呀，抱我，我要吻你咧！"自然，他依旧握着我的手，把眼光紧盯在我脸上，然而我搜遍了，在他的各种表示中，我得不到我所等待于他的赐予。为什么他仅仅只懂得我的无用，我的不可轻侮，而不够了解他在我心中所占的是一种怎样的地位！我恨不得用脚尖踢他出去，不过我又为另一种情绪所支配，我向他摇头，表示不厌烦他的来到。

于是我又很柔顺地接受了他许多浅薄的情意，听他说着那些使他津津回味的卑劣享乐，以及"赚钱和花钱"的人生意义，并承他暗示我许多做女人的本分。这些又使我看不起他，暗骂他，嘲笑他，我拿我的拳头，隐隐痛击我的心，但当他扬扬地走出我房时，我受逼得又想哭了。因为我压制住我那狂热的欲念，未曾请求他多留一会儿。

唉，他走了！

三月二十一夜

去年这时候，我过的是一种什么生活！为了蕴姊千依百顺地疼我，我便装病躺在床上不肯起来。为了想蕴姊抚摩我，我伏在桌上想到一些小不满意的事而哼哼唧唧地哭。有时因在整日寂静的沉思里得了点哀戚，但这种淡淡的凄凉，更令我舍不得去扰乱这情调，似乎在这里面我可以味出一缕甜意一样的。至于在夜深的法国公园，听躺在草地上的蕴姊唱《牡丹亭》，那是更不愿想到的事了。假使她不被神捉弄般地去爱上那苍白脸色的男人，她一定不会死得这样快,我当然不会一人漂流到北京,无亲无爱的在病中挣扎。虽说有几个朋友,他们也很体惜我,但在我所感应得出的我和他们的关系能和蕴姊的爱在一个天平上相称吗?想起蕴姊,我真应当像从前在蕴姊面前撒娇一样地纵声大哭,不过这一年来,因为多懂得了一些事,虽说时时想哭却又咽住了,怕让人知道了厌烦。近来呢,我更不知为了什么只能焦急。想得点空闲去思虑一下我所做的,我所想的,关于我的身体,我的名誉,我的前途的好歹的时间也没有,整天把紊乱的脑筋放到一个我不愿想到的去处,因为是我想逃避的,所以越把我弄成焦烦苦恼得不堪言说!但是我除了说"死了也活该!"是不能再希冀什么了。我能求得一些同情和慰藉吗?然而我又似乎在向人乞怜了。

晚饭一吃过,毓芳和云霖来我这儿坐,到九点我还不肯放他俩走。我知道,毓芳碍住面子只好又坐下来,云霖借口要预备明天的课,执意一人走回去了。于是我隐隐向毓芳吐露我近来所感到的窘状,我想她能懂得这事,并且能做主把我的生活改变一下,做我自己所不能胜任的。但她完全把话听到反面去了,她忠实地告诫我:"莎菲,我觉得你太不老实,自然你不是有意,你可太不留心你的眼波了。你要知道,凌吉士他们比不得在上海同我们玩耍的那群孩子,他们很少机会同女人接近,受不起一点好意的,你不要令他将来感到失望和痛苦。我知道,你哪里会爱他呢?"这错误是不是又该归我,假设我不想求助于她而向她饶舌,是不是她不会说出这更令我生气,更令我伤心的话来?我噎着气又笑了:"芳姊,不要把我说得太坏了!"

毓芳愿意留下住一夜时,我又赶她走了。

像那些才女们,因为得了一点点不很受用,便能"我是多愁善感哪""悲哀呀我的心……""……"做出许多新旧的诗。我呢，没出息，白白被这些诗境困着，想以哭代替诗句来表现一下我的情感的搏斗都不能。光在这上面，为了不如人，也应撇开一切去努力做人才对，便退一千步说，为了自己的热闹，为了得一群浅薄眼光之赞颂，我也不该拿不起笔或枪来。真的便把自己陷到比死还难忍的苦境里，单单为了那男人的柔发，红唇……

我又梦想到欧洲中古的骑士风度，拿这来比拟不会有错，如其有人看到过凌吉士的话，他把那东方特长的温柔保留着。神把什么好的，都慨然赐给他了，但神为什么不再给他一点聪明呢？他还不懂得真的爱情呢，他确是不懂，虽说他已有了妻（今夜毓芳告我的），虽说他，曾在新加坡乘着脚踏车追赶坐洋车的女人，因而恋爱过一小段时间，虽说他曾在韩家潭住过夜，但他真得到过一个女人的爱吗？他爱过一个女人吗？我敢说不曾！

一种奇怪的思想又在我脑中燃烧了。我决定来教教这大学生。这宇宙并不是像他所懂得的那样简单啊！

三月二十二

在心的忙乱中，我勉强竟写了这些日记了。早先因为蕴姊写信来要，再三再四的，我只好开始写。现在蕴姊死了好久，我还舍不得不继续下去，心想为了蕴姊在世时所谆谆向我说的一些话便永远写下去纪念蕴姊也好。所以无论我那样不愿提笔，也只得胡乱画下一页半页的字来。本来是睡了的，但望到挂在壁上蕴姊的像，忍不住又爬起，为免掉想念蕴姊的难受而提笔了。自然，这日记，我是除了蕴姊不愿给任何人看。第一因为这是为了蕴姊要知道我的生活而记下的一些琐琐碎碎的事，二来我怕别人给一些理智的面孔给我看,好更刺透我的心;似乎我自己也会因了别人所尊崇的道德而真的感到像犯罪一样的难受。所以这黑皮的小本子我许久以来都安放在枕头底下的垫被的下层。今天不幸我却违背我的初意了,然而也是不得已,虽说似乎是出于毫未思考。原因是苇弟近来非常误解我,以致常常使得他自己不安,而又常常波及我,我相信在我平日的一举一动中,我都能表示出我的态度来。为什么他不懂我的意思呢?难道我能直接地说明,和阻止他的爱吗?我常常想,假设这不是苇弟而是另外一人,我将会知道怎样处置是最合法的。偏偏又是如此令我忍不下心去的一个好人!我无法了,只好把我的日记给他看。让他知道他在我的心里是怎样的无希望,并知道我是如何凉薄的反反复复的不足爱的女人。假使苇弟知道我,我自然会将他当作我唯一可诉心肺的朋友,我会热诚地拥着他同他接吻。我将替他愿望那世界上最可爱,最美的女人……日记,苇弟看过一遍,又一遍了,虽说他曾经哭过,但态度非常镇静,是出我意料之外的。我说:"懂得了姊姊吗?"

他点头。

"相信姊姊吗?"

"关于哪方面的?"

于是我懂得那点头的意义。谁能懂得我呢,便能懂得这只能表现我万分之一的日记,也只令我看到这有限的伤心哟!何况,希求人了解,以想方设法用文字来反复说明的日记给人看,是多么可伤心的事!并且,后来苇弟还怕我以为他未曾懂得我,于是不住地说:"你爱他,你爱他!我不配你!"

我真想一赌气扯了这日记。我能说我没有糟蹋这日记吗?我只好向苇弟说:"我要睡了,明天再来吧。"

在人里面,真不必求什么!这不是顶可怕的吗?假设蕴姊在,看见我这日记,我知道,她会抱着我哭:"莎菲,我的莎菲!我为什么不再变得伟大点,让我的莎菲不至于这样苦啊……"但蕴姊已死了,我拿着这日记应怎样的痛哭才对!

三月二十三

凌吉士向我说:"莎菲!你真是一个奇怪的女子。"我了解这并不是懂得了我的什么而说出的一句赞叹。他所以为奇怪的,无非是看见我的破烂了的手套,搜不出香水的抽屉,无缘无故扯碎了的新棉袍,保存着一些旧的小玩具……还有什么?听见些不常的笑声,至于别的,他便无能去体会了,我也从未向他说过一句我自己的话。譬如他说"我以后要努力赚钱哪",我便笑;他说到邀起几个朋友在公园追着女学生时,"莎菲那真有趣",我也笑。自然,他所说的奇怪,只是一种在他生活习惯上不常见的奇怪。并且我也很伤心,我无能使他了解我而敬重我。我是什么也不希求了,除了往西山去。我想到我过去的一切妄想,我好笑!

三月二十四

当他单独在我面前时,我觑着那脸庞,聆着那音乐般的声音,心便在忍受那感情的鞭打!为什么不扑过去吻他的嘴唇,他的眉梢,他的……无论什么地方?真的,有时话都到口边了:"我的王!准许我亲一下吧!"但又受理智,不,我就从没有过理智,是受另一种自尊的情感所裁制而又咽住了。唉!无论他的思想怎样坏,他使我如此癫狂的动情,是曾有过而无疑,那我为什么不承认我是爱上了他咧？并且，我敢断定，假使他能把我紧紧地拥抱着，让我吻遍他全身，然后他把我丢下海去，丢下火去，我都会快乐地闭着眼等待那可以永久保藏我那爱情的死的来到。唉！我竟爱他了，我要他给我一个好好的死就够了……

三月二十四夜深

我决心了。我为拯救我自己被一种色的诱惑而堕落，我明早便到夏那儿去，以免看见凌吉士又痛苦，这痛苦已缠缚我如是之久了！

三月二十六

为了一种纠缠而去，但又遭逢着另一种纠缠，我不得不又急速地转来了。我去夏那儿的第二天，梦如便去了。虽说她是看另一人去的，但使我感到很不快活。夜晚，她大发其对感情的一种新近所获得的议论，隐隐地含着讥刺向我，我默然。为不愿让她更得意，我睁着眼，睡在夏的床上等到天明，才忍着气转来……

毓芳告诉我，说西山房子已找好了，并且另外替我邀了一个女伴，也是养病的，而这女伴同毓芳又是很好的朋友。听到这消息，应该是很欢喜吧，但我刚刚在眉头舒展了一点喜色，一种默然的凄凉便罩上了。虽说我从小便离开家，在外面混，但都有我的亲戚朋友随着我。这次上西山，固然说起来离城只是几十里，但在我，一个活了二十岁的人，开始一人跑到陌生的地方去，还是第一次。假使我竟无声无息地死在那山上，谁是第一个发现我死尸的？我能担保我不会死在那里吗？也许别人会笑我担忧到这些小事，而我却真的哭过。当我问毓芳舍不舍得我时，毓芳却笑,笑我问小孩话,说这一点点路有什么舍不得,直到毓芳答应我每礼拜上山一次,我才不好意思地揩干眼泪。

下午我到苇弟那儿去,苇弟也说他一礼拜上山一次,填毓芳不去的空日。

回来已夜了,我一人寂寂寞寞地收拾东西,想到我要离开北京的这些朋友们,我又哭了。但一想到朋友们都未曾向我流泪,我又擦去我脸上的泪痕。我又将一人寂寂寞寞地离开这古城了。

在寂寞里,我又想到凌吉士了,其实,话不是这样说,凌吉士简直不能说"想起""又想起",完全是整天都在系念到他,只能说:"又来讲我的凌吉士吧。"这几天我故意造成的离别,在我是不可计的损失,我本想放松他,而我把他捏得更紧了。我既不能把他从心里压根儿拔去,我为什么要躲避着不见他的面呢?这真使我懊恼,我不能便如此同他离别,这样寂寂寞寞地走上西山……

三月二十七

一早毓芳便上西山去了,去替我布置房子,说好明天我便去。为她这番盛情,我应怎样去找得那些没有的字来表示我的感谢?我本想再待一天在城里,也不好说了。

我正焦急的时候,凌吉士才来,我握紧他双手,他说:"莎菲!几天没见你了!"

我很愿意这时我能哭出来,抱着他哭,但眼泪只能噙在眼里,我只好又笑了。他听见明天我要上山时,显出的那惊诧和嗟叹,很安慰到我,于是我真的笑了。他见到我笑,便把我的手反捏得紧紧的,紧得使我生痛。他怨恨似的说:"你笑!你笑!"

这痛,是我从未有过的舒适,好像心里也正锥下去一个什么东西，我很想倒向他的手腕，而这时苇弟却来了。

苇弟知道我恨他来，他偏不走。我向凌吉士使眼色，我说："这点钟有课吧？"于是我送凌吉士出来。他问我明早什么时候走，我告他；问他还来不来呢，他说回头便来；于是我望着他快乐了，我忘了他是怎样可鄙的人格，和美的相貌了，这时他在我的眼里，是一个传奇中的情人。哈，莎菲有一个情人了！……

三月二十七晚

自从我赶走苇弟到这时已整整五个钟头了。在这五点钟里，我应怎样才想得出一个恰合的名字来称呼它？像热锅上的蚂蚁在这小房子里不安地坐下，又站起，又跑到门缝边瞧，但是——他一定不来了，他一定不来了，于是我又想哭，哭我走得这样凄凉，北京城就没有一个人陪我一哭吗？是的，我应该离开这冷酷的北京，为什么我要舍不得这板床，这油腻的书桌，这三条腿的椅子……是的，明早我就要走了，北京的朋友们不会再腻烦莎菲的病。为了朋友们轻快舒适，莎菲便为朋友们死在西山也是该的！但如此让莎菲一人看不着一点热情孤孤寂寂地上山去，想来莎菲便不死，也不会有损害或激动于人心吧……不想了！不想！有什么可想的？假使莎菲不如此贪心攫取感情，那莎菲不是便很可满足于那些眉目间的同情了吗？……

关于朋友，我不说了。我知道永世也不会使莎菲感到满足这人间的友谊的！

但我能满足些什么呢？凌吉士答应来，而这时已晚上九点了。纵是他来了，我会很快乐吗？他会给我所需要的吗？……

想起他不来，我又该痛恨自己了！在很早的从前，我懂得对付哪一种男人应用哪一种态度,而现在反蠢了。当我问他还来不来时,我怎能显露出那希求的眼光,在一个漂亮人面前是不应老实,让人瞧不起……但我爱他,为什么我要使用技巧?我不能直接向他表明我的爱吗?并且我觉得只要于人无损,便吻人一百下,为什么便不可以被准许呢?

他既答应来,而又失信,显见得是在戏弄我。朋友,留点好意在莎菲走时,总不至于是一种损失吧。

今夜我简直狂了。语言,文字是怎样在这时显得无用!我心像被许多小老鼠啃着一样,又像一盆火在心里燃烧。我想把什么东西都摔破,又想冒着夜气在外面乱跑,我无法制止我狂热的感情的激荡,我躺在这热情的针毡上,反过去也刺着,翻过来也刺着,似乎我又是在油锅里听到那油沸的响声,感到浑身的灼热……为什么我不跑出去呢?我等着一种渺茫的无意义的希望到来!哈……想到红唇,我又疯了!假使这希望是可能的话——我独自又忍不住笑,我再三再四反复问我自己:"爱他吗?"我更笑了。莎菲不会傻到如此地步去爱上南洋人。难道因了我不承认我的爱,便不可以被人准许做一点于人无损的事?

假使今夜他竟不来,我怎能甘心便恝然上西山去……

唉!九点半了!

九点四十分!

三月二十八晨三时

莎菲生活在世上,要人们了解她体会她的心太热太恳切了,所以长远地沉溺在失望的苦恼中,但除了自己,谁能够知道她所流出的眼泪的分量?

在这本日记里，与其说是莎菲生活的一段记录，不如直接算为莎菲眼泪的每一个点滴，是在莎菲心上，才觉得更切实。然而这本日记现在要收束了，因为莎菲已无须乎此——用眼泪来泄愤和安慰，这原因是对于一切都觉得无意识，流泪更是这无意识的极深的表白。可是在这最后一页的日记上，莎菲应该用快乐的心情来庆祝，她从最大的失望中，蓦然得到了满足，这满足似乎要使人快乐得死才对。但是我，我只从那满足中感到胜利，从这胜利中得到凄凉，而更深地认识我自己的可怜处，可笑处，因此把我这几月来所萦萦于梦想的一点"美"反缥缈了——这个美便是那高个儿的丰仪！

我应该怎样来解释呢？一个完全癫狂于男人仪表上的女人的心理！自然我不会爱他，这不会爱，很容易说明，就是在他丰仪的里面是躲着一个何等卑丑的灵魂！可是我又倾慕他，思念他，甚至于没有他，我就失掉一切生活意义了；并且我常常想，假使有那么一日，我和他的嘴唇合拢来，密密的，那我的身体就从这心的狂笑中瓦解去，也愿意。其实，单单能获得骑士般的那人儿的温柔的一抚摩，随便他的手尖触到我身上的任何部分，因此就牺牲一切，我也肯。

我应当发癫，因为这些幻想中的异迹，梦似的，终于毫无困难地都给我得到了。但是从这中间，我所感到的是我所想象的那些会醉我灵魂的幸福吗？不啊！

当他——凌吉士——晚间十点钟来到的时候，开始向我嗫嚅地表白，说他是如何地在想我……还使我心动过好几次；但不久我看到他那被情欲燃烧的眼睛，我就害怕了。于是从他那卑劣的思想中发出的更丑的誓语，又振起我的自尊心！假使他把这串浅薄肉麻的情话去对别个女人说，一定是很动听的，可以得一个所谓的爱的心吧。但他却向我，就由这些话语的力，把我推得隔他更远了。唉，可怜的男子！神既然赋予你这样的一副美形，却又暗暗地捉弄你，把那样一个毫不相称的灵魂放到你人生的顶上！你以为我所希望的是"家庭"吗？我所欢喜的是"金钱"吗？我所骄傲的是"地位"吗？"你，在我面前，是显得多么可怜的一个男子啊！"我真要为他不幸而痛哭，然而他依样把眼光镇住我脸上，是被情欲之火燃烧得如何的怕人！倘若他只限于肉感的满足，那么他倒可以用他的色来摧残我的心；但他却哭声地向我说："莎菲，你信我，我是不会负你的！"啊，可怜的人，他还不知道在他面前的这女人，是用如何的轻蔑去可怜他的这些做作，这些话！我竟忍不住笑出声来，说他也知道爱，会爱我，这只是近于开玩笑！那情欲之火的巢穴——那两只灼闪的眼睛，不正宣布他除了可鄙的浅薄的需要，别的一切都不知道吗？

"喂，聪明一点，走开吧，韩家潭那个地方才是你寻乐的场所！"我既然认清他，我就应该这样说，教这个人类中最劣种的人儿滚出去。然而，虽说我暗暗地在嘲笑他，但当他大胆地贸然伸开手臂来拥我时，我竟又忘了一切，我临时失掉了我所有的一些自尊和骄傲，我完全被那仅有的一副好丰仪迷住了，在我心中，我只想："紧些！多抱我一会儿吧，明早我便走了。"假使我那时还有一点自制力，我该会想到他的美形以外的那些东西，而把他像一块石头般，丢到房外去。

唉！我能用什么言语或心情来痛悔？他，凌吉士，这样一个可鄙的人，吻了我！我静静默默地承受着！但那时，在一个温润的软热的东西放到我脸上，我心中得到的是些什么呢？我不能像别的女人一样晕倒在她那爱人的臂膀里！我张大着眼睛望他，我想："我胜利了！我胜利了！"因为他所使我迷恋的那东西，在吻我时，我已知道是如何的滋味——我同时鄙夷我自己了！于是我忽然伤心起来，我把他用力推开，我哭了。

他也许忽略了我的眼泪，以为他的嘴唇给我如何的温软，如何的嫩腻，把我的心融醉到发迷的状态里吧，所以他又挨我坐着，继续说了许多所谓爱情表白的肉麻话。

"何必把你那令人惋惜处暴露得无余呢？"我真这样的又可怜起他来。

我说："不要乱想吧，说不定明天我便死去了！"

他听着，谁知道他对于这话是得到怎样的感触？他又吻我，但我躲开了，于是那嘴唇便落到我手上……

我决心了，因为这时我有的是充足的清晰的脑力，我要他走，他带点抱怨颜色，缠着我。我想"为什么你也是这样傻劲呢？"他直挨到夜十二点半钟才走。

他走后，我想起适间的事情。我用所有的力量，来痛击我的心！为什么呢，给一个如此我看不起的男人接吻？既不爱他，还嘲笑他，又让他来拥抱？真的，单凭了一种骑士般的风度，就能使我堕落到如此地步吗？

总之，我是给我自己糟蹋了，凡一个人的仇敌就是自己，我的天，这有什么法子去报复而偿还一切的损失？

好在在这宇宙间，我的生命只是我自己的玩品，我已浪费得足够了，那么因这一番经历而使我更陷到极深的悲境里去，似乎也不成一个重大的事件。

但是我不愿留在北京，西山更不愿去了，我决计搭车南下，在无人认识的地方，浪费我生命的余剩；因此我的心从伤痛中又兴奋起来，我狂笑地怜惜自己："悄悄地活下来，悄悄地死去，啊！我可怜你，莎菲！"

1928年《小说月报》第19卷第2号

二 月

柔 石

一

是阴历二月初,立春刚过了不久,而天气却奇异地热,几乎热得和初夏一样。在芙蓉镇的一所中学校的会客室内,坐着三位青年教师,寂静地各人看着各人自己手内的报纸。他们有时用手拭一拭额上的汗珠,有时眼睛向门外瞟一眼,好像等待什么人似的,可是他们没有说一句话。这样过去半点钟,其中脸色和衣着最漂亮的一位,名叫钱正兴,却放下报纸,站起,走向窗边将向东的几扇百叶窗一齐都打开。一边,他稍稍有些恼怒的样子,说道:"天也忘记做天的职司了!为什么将五月的天气现在就送到人间来呢?今天我已经换过两次的衣服了:上午由羔皮换了一件灰鼠,下午由灰鼠换了这件青缎袍子,莫非还叫我脱掉赤膊不成吗?陶慕侃,你想,今年又要有变卦的灾异了——战争,荒歉,时疫,总有一件要发生呢?"

陶慕侃是坐在书架的旁边,一位年约三十岁,脸孔圆黑微胖的人;就是这所中学的创办人,现在的校长。他没有向钱正兴回话,只向他微笑地看一眼。而坐在他对面的一位,身躯结实而稍矮的人,却响应着粗的喉咙,说道:"嘿,灾害是年年不免的,在我们这个老大的国内!近三年来,有多少事:江浙大战,甘肃地震,河南盗匪,山东水灾,你们想?不过像我们这芙蓉镇呢,总还算是世外桃源,过的太平日子。"

"要来的,要来的,"钱正兴接着恼怒地说,"像这样的天气!"

前一位就站了起来,没趣地向陶慕侃问,"陶校长,你以为天时的不正,是社会不安的预兆吗?"

这位校长先生,又向门外望了一望,于是放下报纸,运用他老是稳健的心,笑眯眯地诚恳似的答道:"哪里有这种的话呢!天气的变化是自然的现象,而人间的灾害,大半都是人类自己的多事造出来的;譬如战争……"

他没有说完,又抬头看一看天色,却转了低沉的语气说道:"恐怕要响雷了,天气有要下雷雨的样子。"

这时挂在壁上的钟,正当当当地敲了三下。房内寂静片刻,陶慕侃又说:"已经三点钟了,萧先生为什么还不到呢?方谋,照时候计算应当到了。假如下雨,他是要淋得湿的。"

就在他对面的那位方谋,应道:"应当来了,轮船到埠已经有两点钟的样子。从埠到这里总只有十余里路。"

钱正兴也向窗外望一望,余怒未泄地说:"谁保险他今天一定来的吗?哪里此刻还不会到呢?他又不是小脚啊。"

"来的,"陶慕侃那么微笑地随口答,"他从来不失信。前天的挂号信，说是的的确确今天会到这里。而且嘱我叫一位校役去接行李，我已叫阿荣去了。"

"那么，再等一下吧。"

钱正兴有些不耐烦的小姐般的态度，回到他的原位子上坐着。

正这时，有一个十三四岁的小学生，快乐地气喘地跑进会客室里来，通报的样子，叫道："萧先生来了，萧先生来了，穿着学生装的。"

于是他们就都站起来，表示异常的快乐，向门口一边望着。随后一两分钟，就见一位青年从校外走进来。他中等身材，脸色方正，稍稍憔悴青白的，两眼莹莹有光，一副慈惠的微笑，在他两颊浮动着。看他的头发就可知道他是跑了很远的旅路来的，既长，又有灰尘。身穿着一套厚哔叽的藏青的学生装，姿势挺直。足下一双黑色长筒的皮鞋，跟着挑行李的阿荣，一步步向校门踏进。陶慕侃等立刻迎上门口，校长伸出手，两人紧紧地握着。陶校长说："辛苦，辛苦，老友，难得你到敝地来，我们的孩子真是幸福不浅。"

新到的青年谦和地稍轻地答："我呼吸着美丽而自然的新清空气了！乡村真是可爱哟，我许久没见过这样甜蜜的初春的天气哩！"

陶校长又介绍了他们，个个点头微笑一微笑，重又回到会客室内。陶慕侃一边指挥挑行李的阿荣，一边高声说："我们足足有六年没有见面，足足有六年了。老友，你却苍老了不少呢！"

新来的青年坐在书架前面的一把椅子上，同时环视了会客室——也就是这校的图书并阅报室。一边他回答那位忠诚的老友:"是的,我恐怕和在师范学校时大不相同,你是还和当年一样青春。"

方谋坐在旁边插进说:"此刻看来,萧先生的年龄要比陶先生大了。萧先生今年的贵庚呢?"

"廿七岁。"

"照阴历算的吗?那和我同年的。"他非常高兴的样子。

而陶慕侃谦逊地曲了背,似快乐到全身发起抖来:"劳苦的人容易老颜,可见我们没有长进。钱先生,你以为对吗?"

钱正兴正呆坐着不知想什么,经这一问,似受了讽刺一般地答:"对的,大概对的。"

这时天渐暗下来,云密集,实在有下雨的趋势。

他名叫萧涧秋,是一位无父母,无家庭的人。六年前和陶慕侃同在杭州省立第一师范学校毕业。当时他们两人的感情非常好,是同在一间自修室内读书,也同在一张桌子上吃饭的。可是毕业以后,因为志趣不同,就各人走上各人自己的路上了。萧涧秋在这六年之中,风萍浪迹,跑过中国的大部分的疆土。他到过汉口。又到过广州,近三年来都住在北京,因他喜欢看骆驼的昂然顾盼的姿势,和冬天的尖厉的北方的怒号的风声,所以在北京算住得最久。终因感觉到生活上的厌倦了,所以答应陶慕侃的聘请,回到浙江来。浙江本是他的故乡,可是在他的故乡内,他却没有一椽房子,一片土地的。从小就死了父母,只孑然一身,跟着一位堂姊生活。后来堂姊又供给他读书的费用,由小学而考入师范,不料在他师范学校临毕业的一年,堂姊也死去了。他满想对他的堂姊报一点恩,而他堂姊却没有看见他的毕业证书就瞑目长睡了。因此，他在人间更形孤独，他的思想，态度，也更倾向于悲哀，凄凉了。知己的朋友也很少，因为陶慕侃还是和以前同样地记着他，有时两人也通通信。陶慕侃一半也佩服他对于学问的努力，所以趁着这学期学校的改组和扩充了，再三要求他到芙蓉镇来帮忙。

当他将这座学校仔细地观察了一下以后，他觉得很满意。他心想——愿意在这校内住二三年，如有更久的可能还愿更久地做。医生说他心脏衰弱，他自己有时也感到对于都市生活有种种厌弃，只有看到孩子，这是人类纯洁而天真的花，可以使他微笑的。况且这座学校的房子，虽然不大，却是新造的，半西式的；布置，光线，都像一座学校。陶慕侃又将他的房间，位置在靠小花园的一边，当时他打开窗，就望见梅花还在落瓣。他在房内走了两圈，似乎他的过去，没有一事使他挂念的，他要在这里新生着了，从此新生着了。因为一星期的旅路的劳苦，他就向新床上睡下去。因为他是常要将他自己的快乐反映到人类的不幸的心上去的，所以，这时，他的三点钟前在船上所见的一幕，一件悲惨的故事的后影，在他脑内复现了：

小轮船从海市到芙蓉镇，须时三点钟，全在平静的河内驶的。他坐在统舱的栏杆边，眺望两岸的衰草。他对面，却有一位青年妇人，身穿着青布夹衣，满脸愁戚的。她很有大方的温良的态度，可是从她的两眼内，可以瞧出极烈的悲哀，如骤雨在夏午一般地落过了。她的膝前倚着一位约七岁的女孩，眼秀颊红，小口子如樱桃，非常可爱。手里捻着两只橘子，正在玩弄，似橘子的红色可以使她心醉。在妇人的怀内，抱着一个约两周的小孩，啜着乳。这也有一位老人，就向坐在她旁边的一位老妇问："李先生到底怎么哩?"

那位老妇凄惨地答:"真的打死了!"

"真的打死了吗?"

老人惊骇地重复问。老妇继续答,她开始是无聊赖的,以后却起劲地说下去了:"可怜真的打死了!什么惠州一役打死的,打死在惠州的北门外。听说惠州的城门,真似铜墙铁壁一样坚固。里面又排着阵图,李先生这边的兵,打了半个月,一点也打不进去。以后李先生愤怒起来,可怜的孩子,真不懂事,他自讨令箭,要一个人去冲锋。说他那时,一手捻着手提机关枪,腰里佩着一把钢刀,藏着一颗炸弹;背上又背着一支短枪,真像古代的猛将,说起来吓死人!就趁半夜漆黑的时候,他去偷营。谁知城墙还没有爬上去,那边就是一炮,接着就是雨点似的排枪。李先生立刻就从半城墙上跌下来,打死了!"老妇人擦一擦眼泪,继续说,"从李先生这次偷营以后,惠州果然打进去了。城内的敌兵,见这边有这样忠勇的人,胆也吓坏了,他们自己逃散了。不过李先生终究打死了!李先生的身体,他的朋友看见,打得和蜂巢一样,千穿百孔,血肉模糊,哪里还有鼻头眼睛,说起来怕死人!"她又气和缓一些,说,"我们这次到上海去,也白跑了一趟。李先生的行李衣服都没有了,恤金一时也领不到。他们说上海还是一个姓孙的管的,他和守惠州的人一起的,都是李先生这边的敌人。所以我们也没处去多说,跑了两三处都不像衙门的样子的地方,这地方是秘密的。他们告诉我,恤金是有的,可不知道什么时候一定有。我们白住在上海也费钱,只得回家。"稍停一息,又说,"以后,可怜他们母子三人,不知怎样过活!家里一块田地也没有,屋后一方种菜的园地也在前年卖掉给李先生做盘费到广东去。两年来，他也没有寄回家一个钱。现在竟连性命都送掉了！李先生本是个有志的人，人又非常好；可是总不得志，东跑西奔了几年。于是当兵去，是骗了他的妻去的，对她是说到广东考武官。谁知刚刚有些升上去，竟给一炮打死了！"

两旁的人都听得摇头叹息，嘈杂地说——像李先生这样的青年死得如此惨，实在冤枉，实在可惜。但亦无可奈何！

这时，那位青年寡妇，止不住流出泪来。她不愿她自己的悲伤的润光给船内的众眼瞧见，几次转过头，提起她青夹衫的衣襟将泪拭了。老妇人说到末段的时候，她更低头看着小孩的脸，似乎从小孩的白嫩的包含未来之隐光的脸上可以安慰一些她内心的酸痛和绝望。女孩仍是痴痴地，微笑地，一味玩着橘子的圆和红色。一时她仰头向她的母亲问："妈妈，家里就到了噢？"

"就到了。"

妇人轻轻而冷淡地答。女孩又问："到了家就可吃橘子了噢？"

"此刻吃好了。"

女孩听到，简直跳起来。随即剥了橘子的皮，将红色的橘皮在手心上抛了数下，藏在她母亲的怀内。又将橘子分一半给她弟弟和母亲，一边她自己吃起来，又抬头向她母亲问："家里就到了噢？"

"是呀，就到了。"妇人不耐烦地说。

女孩又叫，"家里真好哇！家里还有娃娃呢！"

这样，萧涧秋就离开栏杆，向船头默默地走去。

船到埠，他先望见妇人，一手抱着小孩，一手牵着少女。那位述故事的老妇人是提着衣包走在前面。他们慢慢地一步步地向一条小径走去。

　　这样想了一回，他从床上起来。似乎精神有些不安定，失落了物件在船上一样。站在窗前向窗外望了一望，天已经刮起风，小雨点也在干燥的空气中落下几滴。于是他又打开箱子，将几部他所喜欢的旧书都拿出来，整齐地放在书架之上。又抽出一本古诗来，读了几首，要排遣方才的回忆似的。

二

　　从北方送来的风，一阵比一阵猛烈，日间的热气，到傍晚全有些寒意了。

　　陶慕侃领着萧涧秋、方谋、钱正兴三人到他家里吃当夜的晚饭。他的家离校约一里路，是旧式的大家庭的房子。朱色的柱已经为久远的日光晒得变黑。陶慕侃给他们坐在一间书房内。房内的橱，桌，椅子，天花板，耀着灯光，全交映出淡红的颜色。这个感觉使萧涧秋觉得有些陌生的样子，似发现他渺茫的少年的心的阅历。他们都是静静地没有多讲话，好像有一种严肃的力笼罩全屋内，各人都不敢高声似的。坐了一息，就听见窗外有女子的声音，在萧涧秋的耳里还似曾经听过一回的。这时陶慕侃走进房内说："萧哇，我的妹妹要见你一见呢！"

　　同着这句话的末音时，就出现一位二十三四岁模样的女子在门口，而且嬉笑地活泼地说："哥哥，你不要说，我可以猜得着哪位是萧先生。"

　　于是陶慕侃说："那么让你自己介绍你自己吧。"

　　可是她又痴痴地，两眼凝视着萧涧秋的脸上，慢慢地说："要我自己来介绍什么呢？还不是已经知道了？往后我们认识就是了。"

陶慕侃笑向他的新朋友道:"萧,你走遍中国的南北,怕不曾见过有像我妹妹的脾气的。"

她却似厌倦了,倚在房门的旁边。低下头将她自然的快乐换成一种凝思的愁态。一忽,又转呈微笑的脸问:"我好似曾经见过萧先生的?"

萧涧秋答:"我记不得了。"

她又依样淡淡地问:"三年前你有没有一个暑假住过杭州的葛岭呢?"

萧涧秋想了一想答:"曾经住过一月的。"

"是了,那时我和姊姊们就住在葛岭的旁边。我们一到傍晚,就看见你在里湖岸上徘徊,徘徊了一点钟,才不见你,天天如是。那时你还蓄着长发拖到颈后的,是吗?"

萧涧秋微笑了一笑,"大概是我了。八月以后我就到北京。"

她接着叹息地向她哥哥说:"哥哥,可惜我那时不知道就是萧先生,假如知道,我一定会冒昧地叫他起来。"又转脸向萧涧秋说:"萧先生,我是很冒昧的,简直粗糙和野蛮,往后你要原谅我。我们以前失了一个聚集的机会,以后我们可以尽量谈天了。你学问是渊博的,哥哥常是谈起你,我以后什么都要请教你,你能毫不客气地教我吗?我是一个无学识的女子——本来,'女子'这个可怜的名词,和'学识'二字是连接不拢来的。你查,学识的人名表册上,能有几个女子的名字吗?可是我,硬想要有学识。我说过我是野蛮的,别人以为女子做不好的事,我却偏要去做。结果,我被别人笑一趟,自己的研究还是得不到。像我这样的女子是可怜的,萧先生,哥哥常说我古怪倒不如说我可怜切贴些，因为我没有学问而任意胡闹，我现在只有一位老母——她此刻在灶间里——和这位哥哥，他们非常爱我，所以由我任意胡闹。我在高中毕业了，我是学理科的；我又到大学读二年，又转学法科了。现在母亲和哥哥说我有病，叫我在家里。但我又不想学法科转想学文学了。我本来喜欢艺术的，因为人家说女子不能做数学家，我偏要去学理科。可是实在感觉不到兴味。以后想，穷人打官司总是输，我还是将来做一个律师，代穷人做状纸，辩诉。可是现在又知道不可能了。萧先生，哥哥说你于音乐有研究的人，我此后还是跟你学音乐吧。不过你还要教我一点做人的智识，我知道你同时又是一位哲学家呢！你或者以为我是太会讲话了，如此，我可详细地将自己介绍给你，你以后可以尽力来教导我，纠正我。萧先生，你能立刻答应我这个请求吗？"

她这样滔滔地婉转地说下去，简直房内是她一人占领着一样。她一时眼看着地，一时又瞧一瞧萧，一时似悲哀的，一时又快乐起来，她的态度非常自然而柔媚，同时又施展几分娇养的女孩的习气，简直使房内的几个人呆看了。萧涧秋是微笑地听着她的话，同时极注意地瞧着她的。她真是一个非常美貌的人——脸色柔嫩，肥满，洁白；两眼大，有光彩，眉黑，鼻方正，唇红，口子小，黑发长到耳根，一见就可知道她是有勇气而又非常美丽的。这时，他向慕侃说道："陶，我从来没有这样被窘迫过像你妹妹今夜的愚弄我。"又为难地低头向她说，"我简直到霉极了，我不知道向你怎样回答呢？"

她随即笑一笑说："就这样回答吧。我还要你怎样回答呢？萧先生，你有带你的乐谱来吗？"

"带了几本来。"

"可以借我看一看吗?"

"可以的。"

"我家里也有一架旧的钢琴呢,我是弹它不成调的,而给贝多芬还是一样地能够弹出月光曲来。萧先生请明天来弹一阕吧?"

"我的手指生疏了,我好久没有习练。"

"何必客气呢?"

她低声说了一句。这时方谋才惘惘然说:"萧先生会弹很好的曲吗?"

"他会的,"陶慕侃说,"他在校时就好,何况以后又努力。"

"那我也要跟萧先生学习学习呢!"

"你们何必这样窘我!"他有些惭愧地说,"事实不能掩饰的,以后我弹,你们评定就是了。"

"好的。"

这样,大家寂静了一息。倚在门边的陶岚——慕侃的妹妹,却似一时不快乐起来,她没有向任何人看,只是低头深思的,微皱一皱她的两眉。钱正兴一声也不响,抖着腿,抬着头向天花板望,似思索文章似的。当每次陶岚开口的时候,他立刻向她注意看着,等她说完,他又去望着天花板的花纹了。一时,陶岚又冷淡地说:"哥哥,听说文嫂回来了,可怜得很呢!"

"她回来了?李……?"

她没有等她哥哥说完,又转脸向萧问:"萧先生,你在船内有没有看见一位廿六七岁的妇人,领着一个少女和孩子的?"萧涧秋立刻垂下头,非常不愿提起似的答:"有的,我知道他们的底细了。"

女的接着说,伤心地:"是呀,哥哥,李先生真的打死了。"

校长皱一皱眉,好像表示一下悲哀以后说:"死总死一个真的,死不会死一个假呢!虽则假死的也有,在他可是有谁说过?萧,你也记得我们在师范学校的第一年,有一个时常和我一块的姓李的同学吗?打死的就是此人。"

萧想了一想,说:"是,他读了一年就停学了,人是很慷慨激昂的。"

"现在,"校长说,"你船上所见的,就是他的寡妻和孤儿啊!"

各人的心一时似乎都被这事牵引去,而且寒风隐约地在他们的心底四周吹动。可是一忽,校长却首先谈起别的来,谈起时局的混沌,不知怎样开展;青年死了之多,都是些爱国有志之士,而且家境贫寒的一批,家境稍富裕,就不愿做冒险的事业,虽则有志,也从别的方面去发展了。因此,他创办这所中学是有理由的,所谓培植人才。他愿此后忠心于教育事业,对未来的青年谋一种切实的福利。同时,陶慕侃更提高声音,似要将他对于这座学校的计划,方针,都宣布出来,并议论些此后的改善,扩充等事。可是用人传话,晚餐已经在桌上布置好了。他们就不得不停止说话,向厅堂走去。方谋喃喃地说:"我们正谈得有趣,可是要吃饭了!有时候,在我是常常,谈话比吃饭更有兴趣的。"

陶慕侃说:"吃了饭尽兴地谈吧,现在的夜是长长的。"

陶岚没有同在这席上吃。可是当他们吃了一半以后,她又站出来,倚在壁边,笑嘻嘻地说:"我是痴的,不知礼的,我喜欢看别人吃饭。也要听听你们高谈些什么,见识见识。"

他们正在谈论着"主义",好似这时的青年没有主义,就根本失掉青年的意义了。方谋的话最多,他喜欢每一个人都有一种主义,他说"主义是确定他个人的生命的;和指示着社会的前途的机运的",于是他说他自己是信仰三民主义,因为三民主义就是救国主义。"想救国的青年,当然信仰救国主义,那当然信仰三民主义了。"一边又转问:"可不知道你们信仰什么?"

于是钱正兴致勃勃,同时做着一种姿势,好叫旁人听得满意一般,开口说道:"我却赞成资本主义!因为非商战,不能打倒外国。中国已经是欧美日本的商场了,中国人的财源的血,已经要被他们一口一口地吸燥了。别的任凭什么主义,还是不能救国的。空口喊主义,和穷人空口喊吃素会成佛一样的!所以我不信仰三民主义,我只信仰资本主义。唯有资本主义可以压倒军阀;国内的交通,实业,教育,都可以发达起来。所以我以为要救国,还是首先要提倡资本主义,提倡商战!"

他起劲地说到这里,眼不瞬地看着坐在他对面的这位新客,似要引他的赞同或驳论。可是萧涧秋低着头不做声响,陶慕侃也没有说,于是方谋又说,提倡资本主义是三民主义里的一部分,民生主义上是说借外债来兴本国的实业的。陶岚在旁边几次向她哥哥和萧涧秋注目,而萧涧秋却向慕侃说,他要吃饭了,有话吃了饭再谈。方谋带着酒兴,几乎手足乱舞地阻止着,一边强迫地问他:"萧先生,你呢?你是什么主义者?我想,你一定有一个主义的。主义是意志力的外现,像你这样意志强固的人,一定有高妙的主义的。"

萧涧秋微笑地答:"我没有。——主义到了高妙,又有什么用处呢?所以我没有。"

"你会没有?"方谋起劲地,"你没有看过一本主义的书吗?"

"看是看过一点。"

"那么你在那书里找不出一点信仰吗?"

"信仰是有的,可是不能说出来,所以我还是个没有主义的人。"

在方谋的酒意的心里一时疑惑起来,心想他一定是个共产主义者。但转想——共产主义有什么要紧呢?在党的政策之下,岂不是联共联俄的吗?虽则共产主义就是……于是他没有推究了,转过头来向壁边呆站着的陶岚问:"Miss 陶,你呢?请你告诉我们,你是什么主义者呀?我们统统说过了:你的哥哥是人才教育主义,钱先生是资本主义……你呢?"

陶岚却冷冷地严峻地几乎含泪地答:"我吗?你问我吗?我是自私自利的个人主义者!社会以我为中心,于我有利的拿了来,于我无利的推了去!"

萧涧秋随即向她奇异地望了一眼。方谋的已红的脸,似更羞涩似的。于是各人没有话。陶慕侃就叫用人端出饭来。

吃了饭以后,他们就从校长的家里走出来。风一阵一阵地刮大了。天气骤然很寒冷,还飘着细细的雨花在空中。

三

萧涧秋次日一早就醒来。他望见窗外有白光,他就坐起。可是窗外的白光是有些闪动的。他奇怪,随即将向小花园一边的窗的布幕打开,只见窗外飞着极大的雪。地上已一片白色;草,花,树枝上,都积着约有小半寸厚。正是一天的大雪,在空中密集地飞舞。

他穿好衣服,开出门。阿荣给他来倒脸水,他们迎面说了几句关于天气奇变的话,阿荣结尾说:"昨天有许多穷人以为天气从此会和暖了,将棉衣都送到当铺里去。谁知今天又突然冷起来,恐怕有的要冻死了。"

他无心地洗好脸,在沿廊下走来走去地走了许多圈。他又想着昨天船中的所见。他想寡妇与少女二人,或者竟要冻死了,如阿荣所说。他心里非常地不安,仍在廊下走着。最后,他决计到他们那里去看一趟,且正趁今天是星期日。于是就走向阿荣的房里,阿荣立刻站起来问:"萧先生,你要什么?"

"我不要什么,"他答,"我问你,你可知道一个她丈夫姓李的在广东打死的妇人的家里在哪里吗?"

阿荣凝想了一息,立刻答:"就是昨天从上海回来的吗?"

"是呀。"

"她和你同船到芙蓉镇的。"

"是呀。你知道她的家吗?"

"我知道。她的家是在西村,离此地只有三里。"

"怎么走呢?"

"萧先生要到她家里去吗?"

"是,我想去,因为她丈夫是我同学。"

"啊,便当的。"阿荣一边做起手势来,"从校门出去向西转,一直去,过了桥,就沿河滨走,走去,望见几株大柏树的,就是西村。你再进去一问,便知道了,她的家在西村门口,便当的,离此地只有三里。"

于是他又回到房内。轻轻地愁一愁眉,便站在窗前,对小花园呆看着下雪的景象。

九点钟,雪还一样大。他按着阿荣所告诉他的路径,一直望西村走去。他外表还是和昨天一样,不过加上一件米色的旧的大衣在身外,一双黑皮鞋,头上一顶学生帽,在大雪之下,一片白色的河边,一片白光的野中,走得非常快。他有时低着头,有时向前面望一望,他全身似乎有一种热力,有一种勇气,似一只有大翼的猛禽。他想着,他们会不会认得他就是昨天船上的客人。但认得又有什么呢?他自己解释了。他只愿一切都随着自然做去,他对他们也没有预定的计划,一任时光老人来指挥他,摸摸他的头,微笑地叫他一声小娃娃,而且说"你这样玩吧,很好的呢!"但无可讳免,他已爱着那位少女,同情于那位妇人的不幸的运命了。因此,他非努力向前走不可。雪上的脚印,一步一步地留在他的身后,整齐地,蜿蜒地,又有力地,绳索一般地穿在他的足跟上,从校门起,现在是一脚一脚地踏近他们门前了。

他一时直立在她的门外,约五分钟,他听不出里面有什么声音。他就用手轻轻地敲了几下门,一息,门就开了。出现那位妇人,她两眼红肿的,泪珠还在眼檐上,满脸愁容,又蓬乱着头发。她以为敲门的是昨天的老妇人,可是一见是一位陌生的青年,她随想将门关上。萧涧秋却随手将门推住,愁着眉,温和地说:"请原谅我,这里是不是李先生的家呢?"

妇人一时气咽得答不出话。许久,才问道:"你是谁?"

萧涧秋随手将帽脱下来,抖了一抖雪慢慢地凄凉地说道:"我姓萧,我是李先生的朋友。我本不知道李先生死了,我只记念着他已有多年没有寄信给我。现在我是芙蓉镇中学里的教师,我也还是昨天到的。我一到就向陶慕侃先生问起李先生的情形,谁知李先生不幸过去了!我又知道关于你们家中的状况。我因为切念故友,所以不辞冒昧的,特地来访一访。李先生还有子女,可否使我认识他们?我一见他们,或者和见李先生一样,你能允许吗?"

年青的寡妇,她一时觉得手足无措。她含泪的两眼,仔细地向他看了一看;到此,她已不能拒绝这一位非亲非戚的男子的访谒了,随说:"请进来吧,可是我的家是不像一个家的。"

她衣单,全身为寒冷而战抖,她的语气是非常辛酸的,每个声音都从震颤的身心中发出来。他低着头跟她进去,又为她掩好门。屋内是灰暗的,四壁满是尘灰。于是又向一门弯进,就是她的内室。在地窖似的房内,两个孩子在一张半新半旧的大床上坐着拥着七穿八洞的棉被,似乎冷得不能起来。女孩子这时手里捻着一块饼干,在喂着她的弟弟,小孩正带着哭地嚼着。这时妇人就向女孩说:"采莲,有一位叔叔来看你!"

女孩扬着眉向来客望,她的小眼是睁得大大的。萧涧秋走到她的床前,一时,她微笑着。萧涧秋随即坐下床边,凑近头向女孩问:"小妹妹,你认得我吗?"

女孩拿着饼干,摇了两摇头。他又说:"小妹妹,我却早已认识你了。"

"哪里呢?"

女孩奇怪地问了一句。他说:"你是喜欢橘子的,是不是?"

女孩笑了。他继续说:"可惜我今天忘记带来了。明天我当给你两只很大的橘子。"

一边就将女孩的红肿的小手取去,小手是冰冷的,放在他自己的唇上吻了一吻,就回到窗边一把椅上坐着。纸窗的外边,雪正下得起劲。于是他又看一遍房内,房内是破旧的,各种零星的器物上,都反映着一种说不出的凄惨的黝色。妇人这时候取着床边的位子,给女孩穿着衣服,她一句也没有话,好像心已被冻得结成一块冰。小孩子呆呆地向来客看看。又咬了一口饼干——这当然是新从上海带来的。又向他的母亲哭着叫冷。女孩也奇怪地向萧涧秋的脸上看，深思的女孩子，她也同演着这一幕的悲哀，叫不出话似的。全身发抖着，时时将手放在口边呵气。这样，房内沉寂片时，只听窗外咝咝的下雪声。有时一两片大雪也飞来敲她的破纸窗。以后，萧涧秋说了："你们以后怎样的过去呢？"

妇人奇怪地看他一眼，慢慢地答："先生，我们还有怎样的过去呀？我们想不到怎样的过去啊！"

"产业？"

"这已经不能说起。有一点，都给死者卖光了！"

她的眼圈里又涌起泪。他随问："亲戚呢？"

"穷人会有亲戚吗？"

她又假作地笑了一笑。他一时默着，实在选择不出相当的话来说。于是妇人接着问道："先生，人总能活过去的吧？"

"自然，"他答，"否则，天真是没有眼睛。"

"你还相信天的吗？"妇人稍稍起劲的，"我是早已不相信天了！先生，天的眼睛在哪里呢？"

"不是，不过我相信好人终究不会受委屈的。"

"先生，你是照戏台上的看法。戏台上一定是好人团圆的。现在我的丈夫却是被枪炮打死了！先生，叫我怎样养大我的孩子呢？"

妇人竟如疯一般说出来，泪从她的眼中飞涌出来。他一时呆着。女孩子又在她旁边叫冷，她又向壁旁取出一件破旧而大的棉衣给她穿上。穿得女孩只有一双眼是伶俐的，全身竟像一只桶子。妇人一息又说："先生，我本不愿将穷酸的情形诉说给人家听,可是为了这两个造孽的孩子,我不能不说出这句话来了!"一边她气咽得几乎说不成声,"在我的家里,只有一升米了。"

萧涧秋到此,就立刻站起来,强装着温和,好像不使人受惊一般,说:"我到这里来为什么呢?我告诉你吧——我此后愿意负责你的两个孩子的责任。采莲,你能舍得她离开吗?我当带她到校里去读书。我每月有三十元的收入,我没有用处,我可以一半供给你们。你觉得怎样呢?我到这里来,我是计算好来的。"

妇人却伸直两手,简直呆了似的睁眼视他,说道:"先生,你是……?"

"我是青年,我是一个无家无室的青年。这里——"他语声颤抖的同时向袋内取出一张五元的钞票,"你……"一边更苦笑起来,手微颤地将钱放在桌上,"现在你可以买米。"

妇人身向床倾,几乎昏去似的说:"先生,你究竟是……你是菩萨吗?……"

"不要说了,也无用介意的。"一边转向采莲,"采莲,你以后有一位叔叔了,你愿意叫我叔叔吗?"

女孩子也在旁边听呆着,这时却点了两点头。萧涧秋走到她的身边,轻轻地将她抱起来。在她左右两颊上吻了两吻,又放在地上,一边说:"现在我要回校去了。明天我又来带你去读书。你愿意读书吗?"

"愿意的。"

女孩终于娇憨地说出话来。他随即又取了她的冰冷的手吻了一吻,又放在他自己的颈边,回头向妇人说:"我要回校去了。望你以后勿为过去的事情悲伤。"一边就向门外走出,他的心非常愉快。女孩却在后面跟出来,她似乎不愿意这位多情的来客急速回去，眼睛不移地看着他的后影。萧涧秋又回转头，用手向她挥了两挥，没有说话，竟一径踏雪走远了。妇人非常痴呆地想着，眼看着桌上的钱。竟想得又流出眼泪。她对于这件突然的天降的福利，不知如何处置好。但她能拒绝一位陌生的青年的所赐吗？天知道，为了孩子的缘故，她正心诚意地接受了。

四

萧涧秋在雪上走，有如一只鹤在云中飞一样。他贪恋这时田野中的雪景，白色的绒花，装点了世界如带素的美女，他顾盼着，他跳跃着，他的内心竟有一种说不出的微妙的愉悦。这时他想到了宋人黄庭坚有一首咏雪的诗。他轻轻念，后四句是这样的：

> 贫巷有人衣不纩，
> 北窗惊我眼飞花。
> 高楼处处催沽酒，
> 谁念寒生泣白华！

一边，他很快的一息，就回到校内。

他向他自己的房门一手推进去，他满望在他自己的房内自由舒展一下，他似乎这两点钟为冰冷的空气所凝结了。不料陶岚却站在他的书架的面前，好像检查员一样地在翻阅他的书。她听到声音立刻将书盖拢，微笑地迎着。萧涧秋一时似乎不敢走进去。陶岚说："萧先生，恕我冒昧。我在你的房内，已经翻了一点多钟的书了。几乎你所有的书，都给我翻完了。"

他一边坐下床上,一边回答:"好的,可惜我没有法律的书。你或者都不喜欢它们的呢?"

她怔了一怔,似乎听得不愿意。慢慢地答道:"喜欢的,我以后还想读它几本。虽则,我恐怕不会懂它。"

这时萧涧秋却自供一般地说:"我此刻到过姓李的妇人的家里了。"

"我已经知道。"

陶岚回答得非常奇怪;一息,补说:"阿荣告诉我的。她们现在怎样呢?"

萧涧秋也慢慢地答,同时摩擦他的两手,低着头:"可怜得很,孩子叫冷,米也没有。"

陶岚一时静默着,她似乎说不出话。于是萧又说道:"我看她们的孩子是可爱的,所以我允许救济她们。"

她却没有等他说完,又说,简慢的:"我已经知道。"

萧涧秋却稍稍奇怪地笑着问她:"事情我还没有做,你怎样就知道呢?"

她也强笑得好像小孩一般的,说:"我知道的。否则你为什么到她们那里去?我们又为什么不去呢?天岂不是下大雪?哥哥他们都围在火炉的旁边喝酒,你为什么独自冒雪出去呢?"

这时他却睁大两眼,一瞬不瞬地看住她。可是他却看不出她的别的,只从她的脸上看出更美来了:柔白的脸孔,这时两颊起了红色,润腻的,光洁的。她低头,只动着两眼,她的眼毛很长,同时在她深黑的眼珠的四周衬得非常之美。萧仔细地觉察出——他的心胸也起伏起来。于是他站起,在房内走了一圈。陶岚说:"我不知自己怎样,总将自己关在狭小的笼里。我不知道笼外还有怎样的世界,我恐怕这一世是飞不出去的了。"

"你为什么说这话呢?"

"是呀,我不必说。又为什么要说呢?"

"你不坐吗?"

"好的,"她笑了一笑,"我还没有将为什么到你这里来的原意告诉你。我是来请你弹琴的。我今天一早就将琴的位置搬移好,叫两个用人收拾。又在琴的旁边安置好火炉。我是完全想到自己的。于是我来叫你,我和跑一样快地走来。可是你不在,阿荣说,你到西村去,我就知道你的意思了。现在,已经没有上半天了,你也愿意吃好中饭就到我家里来吗?"

"愿意的,我一定来。"

"啊!"她简直叫起来,"我真快乐,我是什么要求都得到满足的。"

她又仔细地向萧涧秋看了一眼,于是说,她要去了。于是一边她还在房内站着不动,又似不愿去的样子。

白光晃耀的下午,雪已霁了!地上满是极大的绣球花。

萧涧秋腋下夹着几本泰西名家的歌曲集,走到陶岚的家里。陶岚早已在门口迎着他。他们走进了一间厢房,果然整洁,幽雅,所谓明窗净几。壁上挂着几幅半新旧的书画,桌上放着两三样古董。萧涧秋对于这些,是从来不留意的,于是一径坐在琴边。他谦逊了几句,一边又将两手放在火炉上温暖了一下。他就翻开一阕进行曲,弹了起来,他弹得是平常的,虽则陶岚说了一句"很好",他也能听得出这是普通照例的称赞。于是他又弹了一首跳舞曲,这比较是艰难一些,可是他的手指并不怎样流畅。他弹到中段,戛然停止下来,向她笑了一笑。这样,他弹起歌来。他弹了数首浪漫主义的作家的歌，竟使陶岚听得沉醉了。她靠在钢琴边，用她全部的注意力放在音键的每个发音上，她听出婴记号与变记号的半音来。她两眼沉沉地视着壁上的一点，似乎不肯将半丝的音波忽略过去。这时，萧涧秋说："就是这样了。音乐对于我已经似久放出笼的小鸟对于旧主人一样，不再认得了。"

"请再弹一曲。"她追求的。

"我是不会作曲的，可是我曾补过一首歌。现在奏一奏我自己的。你不能笑我，你必得首先允许。"

"好。"陶岚叫起来。

同时他向一本旧的每页脱开的音乐书上，拿出了两张图画纸。在这个上面，抄着萧涧秋自填的一首诗歌，题着"青春不再来"五字。他展开在琴面上，向陶岚看了一看，似乎先要了解她的感情的同感程度的深浅如何。而她这时是愁着两眉向他微笑着。他于是坐正身子，做出一种姿势，默默地想了一息，就用十指放在键上，弹着。一边轻轻地这样唱下去：

  荒烟，白雾，
  迷漫的早晨。
  你投向何处去？
  无路中的人哪！

  洪蒙转在你的脚底，
  无边引在你的前身，
  但你终年只伴着一个孤影，

你应慢慢行啊慢慢行。

记得明媚灿烂的秋与春,
月色长绕着海浪在前行。
但白发却丛生到你的头顶,
落霞要映入你心坎之沁深。

只留古墓边的暮景,
只留白衣上的泪痕,
永远剪不断的愁闷!
一去不回来的青春。

青春哪青春,
你是过头云;
你是离枝花,
任风埋泥尘。

琴声是舒卷的一丝丝在室内飞舞,又冲荡而漏出到窗外,蜷伏在雪的凛冽的怀抱里;一时又回到陶岚的心坎内,于是她的心颤动了,这是冷酷的颤动,又是悲哀的颤动,她也愁闷了。她耳听出一个个字的美的妙音,又想尽了一个个字所含有的真的意义。她想不到萧涧秋是这样一个人,她要在他的心之深处感到惆怅而渺茫。当他的琴声悠长地停止以后,她没精打采地问他:"什么时候做成这首歌的呢?"

"三年了。"他答。

"你为什么做这首歌的呢?"

"为了我在一个秋天的时分。"

她一看不看地继续说:"不,春天还未到,现在还是二月呀!"

他将两手按在键盘上,呆呆地答:"我自己是始终了解的:我是喜欢长阴的秋云里的飘落的黄叶的一个人。"

"你不要弹这种歌曲吧!"

她还是毫无心思地说出。萧涧秋却振一振精神,说:"哈,我却无意地在你面前发表我的弱点了。不过这个弱点,我已经用我意志之力克服了,所以我近来没有一点诗歌里的思想与成分。感动了你吗?这是我的错误,假如我在路上预想一想我对你应该弹些什么曲,适宜于你的快乐的,那我断不会拣选这一个。现在……"

他看陶岚还是没有心思听他的话,于是他将话收止住。一边,他的心也飘浮起来,似乎为她的情意所迷醉。一边,他翻起一首极艰深的歌曲,他两眼专注地看在乐谱上。

陶岚却想到极荒渺的人生的边际上去。她估量她自己所有的青春,这青春又不知是怎样的一种面具。一边,她又极力追求萧涧秋的过去到底是如何的创伤,对于她,又是怎样的配置。但这不是冥想所能构成的——眼前的事实,她可以触一触他的手,她可以按一按他的心吧?她不能沉她自身到一层极深的渊底里去观测她的自身,于是她只有将她自己看作极缥缈的空幻化——她有如一只蜉蝣,在大海上行走。

许久,他们没有交谈一句话。窗外也寂静如冰冻的,只有雪水一滴滴地从檐上落到地面,似和尚在夜半敲磬一般。

萧涧秋一边站起,恍恍惚惚地让琴给她:"请你弹一曲吧。"

她睁大眼痴痴的:"我?我?……噫!"

十分羞怯地推辞着。

萧涧秋重又坐在琴凳上,十分无聊赖似的,擦擦两手,似怕冷一样。

五

当晚七点钟,萧涧秋坐在他自己房内的灯下,这样地想:

——我已经完全为环境所支配!一个上午,一个下午,我接触了两种模型不同的女性的感情的飞沫,我几乎将自己拿来麻痹了!幸福吗?苦痛呢?这还是一个开始。不过我应该当心,应该避开女子没有理智的目光的辉照。

他想到最后的一字的时候,有人敲门。他就开他进来,是陶慕侃。这位中庸的校长先生,笑眯眯地从衣袋内取出一封信,递给他。一边说:"这是我的妹妹写给你的,她说要向你借什么书。她晚上发了一晚上的呆,也没有吃夜饭,此刻已经睡了。我的妹妹是有些古怪的,实在因她太聪明了。她不当我阿哥是什么一回事,她可以指挥我,利用我。她也不信任母亲,有意见就独断独行。我和母亲都叫她王后,别人们也都叫她'Queen'。我有这样的一位妹妹,真使我觉得无可如何。你未来以前,她又说要学音乐。现在你来,当然可以说配合她的胃口。她可以说是'一学便会'的人,现在或者要向你借音乐书了。"陶慕侃说到这里为止,没有等萧说,"你哪里能猜得到,音乐书我已经借给她了。"

就笑着走出去了。

萧涧秋不拆信,他还似永远不愿去拆它的样子,将这个蓝信封的爱神的翅膀一般的信放在抽斗内。他在房内走了几圈。他本来想要预备一下明天的教课,可是这时他不知怎样,将教学法翻在案前,他总看不进去。他似觉得倦怠,他无心预备了。他想起了陶岚,实在是一位稀有的可爱的人。于是不由他不又将抽斗开出来,仍将这封信捧在手内。一时他想:"我应该看看她到底说些什么话。"

一边就拆了,抽出两张蓝色的信纸来。他细细地读下:

萧先生:

这是我给你的第一封信,你可在你的日记上记下的。

我和你认识不到二十四小时,谈话不上四点钟。而你的人格,态度,动作,思想,却使我一世也不能忘记了。我的生命的心碑上,已经深深地刻上你的名字和影子,终我一身,恐怕不能泯灭了。唉,你的五色的光辉,天使送你到我这里来的吗?

我从来没有像今天下午这样苦痛过,从来没有!虽则吐血,要死,我也不曾感觉得像今天下午这样使我难受。萧先生。那时我没有哭吗?我为什么没有哭的声音呢?萧先生,你也知道我那时的眼泪,向心之深处流吧?唉,我为什么如此苦痛呢?因为你提醒我真的人生来了。你伤悼你的青春,可知你始终还有青春的。我想,我呢?我却简直没有青春,简直没有青春!这是怎样说法的?萧先生!

我自从知道人间有丑恶和痛苦之后——总是七八年以前了,我的智识是开窍得很早的——我就将我自己所有的快乐,放在人生的假的一面去吸收。我简直好像玩弄猫儿一样地玩弄起社会和人类来,我什么都看得不真实,我只用许许多多的各种不同的颜色,涂上我自己的幸福之口边去。我竟似在雾中一样地舞起我自己的身体来。唉,我只有在雾中,我哪里有青春!我只有晨曦以前的妖现,我只有红日正中的怪热,我是没有青春的。我一觉到人性似魔鬼,便很快地将我的青春放走了,自杀一样地放走了!几年来,我全是在雾中的过去——我还以为我自己是幸福的。我真可怜,到今天下午才觉得,是你提醒我,用你真实的生命的哀音唤醒我!

萧先生,你或者以为我是一个发疯的女子——放浪,无礼,骄傲,痴心,你或者以为我是这一类的人吗?萧先生,假如你来对我说一声轻轻的"是",我简直就要自杀!但试问我以前是不是如此?是不是放浪,无礼,骄傲,痴心等等呢?我可以重重地自己回答一句,"我是的!"萧先生,你也想得到我现在是怎样的苦痛?你用神圣的钥匙,将我从假的门里开出放进真的门内去,我有如一个久埋地下的死人活转来,我是如何的委屈,悲伤!

我为什么到了如此?我如一只冰岛上的白熊似的,我在寒威的白色的光芒里喘息我自己的生命。母亲,哥哥,唉,我亦不愿责备人世了!萧先生,你以为人的本性都是善的吗?在你慈悲的眼球内或者都是些良好的活动影子，而我却都视它们是丑恶的一团呢！现在，我亦不要说这许多空泛话，你或许要怪我浪费你有用的光阴。可是无论怎样，我想此后找住我的青春，追回我的青春，尽力地享受一下我的残余的青春！萧先生，希望你给我一封回信，希望你以对待那位青年寡妇的心来对待我，我是受着精神的磨折和伤害的！

祝你在我们这块小园地内得到快乐！

陶岚敬上

　　他读完这封信，一时心里非常的踌躇起来。叫他怎样回答呢？假如这时陶岚在他的身边，他除出睁着眼，紧紧地用手捻住她的手以外，他会说不出一句话来，半天，他会说不出一句话来的，可是这时，房内只有他独自。校内的空气也全是冷寂的，窗外的微风，吹动着树枝，他也可以听得出树枝上的积雪就此簌簌地落下来，好像小鸟在绿叶里跳动一样。他微笑了一笑，又冥想了一冥想。抽出一张纸，他自己愿意地预备写几句回信了，一边也就磨起墨。可是又有人推进门来，这却是同事方谋。他来并没有目的的，似乎专为慨叹这天气之冷，以及夜长，早睡睡不着，要和这位有经历的青年人谈谈而已。方谋的脸孔是有些方的，谈起话来好像特别诚恳的样子。他开始问北京的情形和时局，无非是些外交怎么样，这次的内阁总理究竟是怎么样的人，以及教育部对于教育经费独立，小学教员加薪案到底如何了等。萧涧秋一一据他所知回答他，也使他听得满意。他虽心里记着回信，可是他并没有要方谋出去的态度。两人谈得很久，话又转到中国未来的推测方面，就是革命的希望，革命成功的预料。萧涧秋谈到这里,就一句没有谈,几乎全让方谋一个人滔滔地说个不尽。方谋说,革命军不久就可以打到江浙,国民党党员到处活动得很厉害,中国不久就可以强盛起来,似乎在三个月以后,一切不平等条约就可取消,领土就可收回,国民就可不做弱国的国民,一变而为世界的强族。他说:"萧先生,我国是四千年来的古国,开化最早,一切礼教文物,都超越乎泰西诸邦。而现在竟为外人所欺侮,尤为东邻弹丸小国所辱,岂非大耻?我希望革命早些成功,使中华二字一跃而惊人,为世界的泱泱乎大国!"萧涧秋只是微笑地点点头,并没有插进半句嘴。方谋也就停止他宏论。房内一时又寂然。方谋坐着思索,忽然看见桌上的蓝信封——在信封上是写着陶岚二字——于是又鼓起兴致来,欣然地向萧涧秋问道:"是密司陶岚写给你的吗?"一边就伸出手取了信封看了一看。

"是的。"萧答。

方谋没有声音地读着信封上的"烦哥哥交——"等字样,他也就毫无异疑地接着说道,几乎一口气的:

"密司陶岚是一位奇怪的女子呢!人实在是美丽,怕像她这样美丽的人是不多有的。也异常的聪明:古文做得很好,中学毕业第一。可是有古怪的脾气,也骄傲得非常。她对人从没有好礼貌,你到她的家里去找她的哥哥,她一见就不理你地走进房,叫一个用人来回复你,她自己是从不肯对你说一句'哥哥不在家'的话的。听说她在外边读书,有许多青年,竟被她弄得神魂颠倒,他们写信,送礼物,求见,很多很多,却都被她胡乱地玩弄一下,笑嘻嘻地走散。她批评男子的目光很锐利,无论你怎样,被她一眼,就全体看得透明了。所以她到现在——已经廿三四岁了吧？——婚姻还没有落定。听说她还没有一个意中人，虽则也有人毁谤她，攻击她，终究似乎还没有一个意中人。现在，你知道吗？密司脱钱正积极地进行，媒人是隔一天一个地跑到慕侃的家里。慕侃的母亲，大有允许的样子，因为密司脱钱是我们芙蓉镇里最富有的人家，父亲做过大官，门第是阔的。他自己又是商科大学的毕业生，头戴着方帽子，家里也挂着一块'学士第'的直竖匾额在大门口的。虽则密司陶不爱钱，可是密司陶总爱钱的，况且母兄做主，她也没有什么办法。女子一过廿五岁，许配人就有些为难，况且密司脱钱，也还生得漂亮。她母亲又以为女儿嫁在同村，见面便当。所以这婚姻，恐怕不长久了，明年二月，我们大有吃喜酒的希望。"

方谋说完，又哈哈笑一声。萧涧秋也只是微笑地静默地听着。

钟已经敲十下。在乡间，十时已是一个很迟的时候，况且又是寒天，雪夜，谁都应当睡了。于是方谋寒肃地抖着站起身说："萧先生，旅路惫劳，天气又冷，早些睡吧。"

一边又说句"明天会"，走出门外。

萧涧秋在房内走了两圈，他不想写那封回信了，不知为什么，他总不想立刻就写了，并不是他怕冷，想睡，爱情本来是无日无夜，无冬无夏的，但萧涧秋好像没有爱情。最少，他不愿说这个就是爱情，况且正是别人良缘进行的时候。

于是他将那张预备好写回信的纸，放还原处。他拿出教科书，预备明天的功课。

第二天，天晴了，阳光出现。他教了几点钟的功课，学生们都听得他非常欢喜。

下午三点钟以后,他又跑到西村。青年寡妇开始一见他竟啜泣起来,以后她和采莲都对他非常快乐。她们泡很沸的茶,茶里放很多的茶叶,请他喝。这是她想的唯一的酬答。她问萧涧秋是什么地方人,并问何时与她的故夫是同学。而且问得非常低声,客气。萧涧秋一边抱着采莲,采莲也对他毫不陌生了,一边简短地回答她。可是当妇人听到他说他是无家无室的时候,不禁又含起泪来悲伤,惊骇,她温柔地问:"像萧先生这样的人竟没有家吗?"

萧涧秋答:"有家倒不能自由;现在我是心想怎样,就可以怎样做去的。"

寡妇却说:"总要有一个家才好,像萧先生这样好的人,应该有一个好的家。"

她的这个"家"意思就是"妻子"。萧涧秋不愿与她多说,他以为女人只有感情,没有哲学的。就和她谈到采莲的读书的事。妇人的意思,似乎要想她读,又似乎不好牵累萧涧秋。并说,她的父亲在时,是想培植她的,因为女孩子非常聪明听话。于是萧说:"跟我去就是了。钱所费是很少的。"

他们就议定,叫采莲每天早晨从西村到芙蓉镇校里,母亲送她过桥。下午从芙蓉镇回家,萧涧秋送她过桥,就从后天起。女孩子一听到读书,也快活得跳起来,因为西村也还有到芙蓉镇读书的儿童,他们背着书包走路的姿势,早已使她的小心羡慕的了。

六

当天晚上,萧涧秋坐在他自己的房内,心境好像一件悬案未曾解决一般地不安。并不全是为一天所见的钱正兴,使他反应地想起陶岚,其中就生一种恐惧和伤感——钱正兴在他的眼中,不过是一个纨绔子弟,同世界上一切纨绔子弟一样的。用大块的美容霜擦白他的脸孔,整瓶的香发油倒在他已光滑如镜子的头发上。衣服香而鲜艳,四边总用和衣料颜色相对比的做镶边,彩蝶的翅膀一样。讲话时装腔作势,而又带着心不在焉的样子,这似乎都是纨绔子弟的特征,普遍而一律的。而他重读昨夜的那封信,对于一个相知未深的女子的感情的澎湃,实在不知如何处置好。不写回信呢,是可以伤破女子的神经质的脆弱之心的,写回信呢,她岂不是同事正在进行的妻吗?他又找不出一句辩论,说这样的通信是交际社会的一切通常信札,并不是情书。他要在回信里写上些什么呢?他想了又想,选择了又选择,可是没有相当的简洁的而可以安慰她的字类,似乎全部字典,他这时要将它掷在废纸堆里了。他在房内徘徊,沉思,吟咏,陶岚的态度,不住地在他的冷静的心幕上演上,一微笑,一瞬眼,一点头,他都非常清楚地记得她。可是他却不知道怎样对付这个难题。他几乎这样空费了半点钟,竟连他自己对他自己痴笑起来,于是他结论自语道,轻轻地:"说不出话,就不必说话吧。"

一边他就坐下椅子,翻开社会学的书来,他不写回信了。并用一种人工假造的理论来辩护他自己,以为这样做,正是他的理智战胜。

第二天上午十时,萧涧秋刚退了课,他预备到花园去走一圈,借以晒一回阳光。可是当他回进房,而后面跟进一个人来,这正是陶岚。她只是对他微笑,一时气喘的;并没有说一句话。镇定了好久以后,才说:"收到哥哥转交的信吗?"

"收到的。"萧答。

"你不想给我一封回信吗?"

"叫我从什么开端说起?"

她痴痴地一笑,好像笑他是一个傻子一样。同时她深深地将她胸中的郁积,向她鼻孔中无声地呼出来。待了半晌,又说:"现在我却又要向你说话了。"

一边就从她衣袋内取出一封信,仔细地交给他,像交给一件宝贝一样。萧涧秋微笑地受去,只略略地看一看封面,也就仔细地将它藏进抽斗内。这种藏法也似要传之久远一般。

陶岚将他的房内看一遍,就低下头问:"你已叫采莲妹来这里读书吗?"

"是的,明天开始来。"

"你要她做你的干女儿吗?"

"谁说?"

萧涧秋奇怪地反问。她又笑一笑,不认真的。又说:"不必问他了。"

萧涧秋也转叹息的口气说:"女孩子是聪明可爱的。"

"是,"她无心的,"可是我还没有见过她。"

停一息,忽然又高兴地说:"等她来时,我想送她一套衣服。"

又转了慢慢的冷淡的口气说:"萧先生,我们是乡下,农村,村内的消息是传得非常快的。"

"什么呢?"萧涧秋全不懂得地问。

她却又苦笑了一笑,说:"没有什么。"

萧涧秋转过他的头向窗外。她立刻接着说:"我要回去了。

以后我在校内有课，中一的英文，我已向哥哥嚷着要来了。每天上午十时至十一时一点钟。哥哥以前原要我担任一点教课，我却仰起头对他说：'我是在家养病的。'现在他不要我教，我却偏要教，哥哥没有办法。他有对你说过吗？嘿，我自己是不知道什么缘故。"

一边，她就得胜似的走出门外，萧涧秋也向她点一点头。

他坐在床上，几乎发起愁来。可是一时又自觉好笑了。他很快地走到桌边，将那封信重新取出来，用剪刀裁了口，抽出一张信纸，他靠在桌边，几乎和看福音书一样，他看下去：

  萧先生，我今天失望了你两次的回音：日中，傍晚，孩子放学回家的时候。此次已夜十时了，我决计明天亲身到你身边来索取！

  我知道你一定不以我为一位发疯的女子？不会吧？那你应该给我一封回信。说什么呢？随你说去，正似随我说来一样——我是想到什么就说什么的。

  你应告诉我你的思想，并不是宇宙人生的大道理，这是我所不懂得的，是对我要批评的地方。我知道我自己的缺点很多，所谓坏脾气。但母亲哥哥都不能指摘我，我是不听从他们的话的。现在，望你校正我吧！

  你也应告诉我你的将来，你的家乡和家庭等。

  因为对面倒反说不出话，还是以笔代便些，所以你必得写回信，虽则邮差就是我自己。

  你在此地生活不舒服吗？——这是哥哥告诉我的，他说你心里好似不快。还有别的原因吗？校内几个人的模型是不同的,你该原谅他们,他们中有的实在是可怜——无聊而又无聊的。

一个望你回音的人

他看完这封信,心头却急烈地跳动起来,似乎幸福挤进他的心,他将要晕倒了!他在桌边一时痴呆地,他想,他在人间是孤零的,单独的,虽在中国的疆土上,跑了不少的地面,可是终究是孤独的。现在他不料来这小镇内,却被一位天真可爱而又极端美丽的姑娘,用爱丝来绕住他,几乎使他不得动弹。虽则他明了,她是一个感情奔放的人,或者她是用玩洋囡囡的态度来玩他,可是谁能否定这不是"爱"呢?爱,他对于这个字却仔细地解剖过的。但现在,他能说他不爱她吗?这时,似乎他的秋天的思想,被夏天的浓云的动作来密布了。他还是用前夜未曾写过的那张信纸。他写下:

我先不知道对你称呼什么好些?一个青年可以在他敬爱的姑娘前面叫名字吗?我想,你有少年人的理性和勇敢,你还是做我的弟弟吧。

我读你的信,我是苦痛的。你几乎将我的过去的寂寞的影子云重重地翻起,给我清冷的前途,打得零星粉碎。弟弟,请你制止一下你的红热的感情,热力是要传播的。

我的过去我只带着我自己的影子伴个到处。我有和野蛮人同样的思想,认影子就是灵魂,实在,我除了影子以外还有什么呢?我是一无所有的人,所以我还愿以出诸过去的,现诸未来。因为"自由"是我的真谛,家庭是自由的羁绊。

　　而且这样的社会,而且这样的国家,家庭的幸福,我是不希望得到了。我只有淡漠一点看一切,真诚地爱我心内所要爱的人,一生的光阴是有限的,愿勇敢抛过去,等最后给我安息。不过弟弟的烂漫的野火般的感情我是非常敬爱的,火花是美丽的,热是生命的原动力。不过弟弟不必以智慧之尺来度量一切,结果苦恼自己。

　　说不出别的话,祝你快乐!
萧涧秋上

　　他一边写完这封信,随手站起,走到箱子旁,翻开那箱子。它里面乱放着旧书,衣服,用具等。他就从一本书内,取出二片很大的绛红色的非常可爱的枫叶来,这显然已是两三年前的东西了,因他保存得好,好像标本。这时他就将它夹在信纸内,一同放入信封中。

　　放昼学的铃响了,他一同和小朋友们出去。几乎走了两个转角,他找住一个孩子——他是陶岚指定的,住在她的左邻——将信轻轻地交给他,嘱他带去。聪明的孩子,也笑着点头,轻跳了两步,跑去了。

　　仍在当天下午,陶慕侃从校外似乎不愉快地跑进来。萧涧秋迎着,向他谈了几句关于校务的话。慕侃接着几乎和求他援助一般,向他说道:"萧,你知道我的妹妹的事真不好办,我竟被她弄得处处为难了。你知道密司脱钱很想娶我的妹妹,当初母亲大有满意的样子。我因为妹妹终身的事情,任妹妹自己做主,我不加入意见。而妹妹却向母亲声明，只要有人愿意每年肯供给她三千元钱，让她到外国去跑三年，她回来就可以同这人结婚，无论这人是怎么样，瞎眼，跛足，六十岁或十六岁都好。可是密司脱钱偏答应了，不过条件稍稍修改一些，是先结了婚；后同她到美国去。而我的母亲偏同意这修改的条件。虽则妹妹不肯答应，母亲却也不愿让一个女孩儿到各国去乱跑。萧，你想，天下也会有这样的呆子，放割断了线的金纸鸢吗？所以母亲对于钱的求婚，竟是半允许了。所谓半允许，实际也就是允许的一面。不料今天吃午饭时，母亲又将上午钱家又差人来说的情形告诉妹妹，并拣日送过订婚礼来。妹妹一听，却立刻放下筷，跑到房内去哭了！母亲是非常爱妹妹的，她再三问妹妹，而妹妹对母亲却表示不满，要母亲立刻拒绝，在今天一天之内。"陶说到这里，向四周看一看，提防别人听去一样。接着又轻轻地说："母亲见劝得无效，哪有不依她。于是来叫我去，难题目又落到我的身上了。妹妹并限我在半夜以前，要将一切回复手续做完。萧，我的妹妹是Queen，你想，叫我怎样办呢？密司脱钱是此地的同事，他一听消息，首当辞退教务。这还不要紧，而他家也是贵族，他父亲是做官的，曾经做过财政部次长。会由我们允就允，否就否，随随便便吗？妹妹虽可对他执住当初的条件，可是母亲却暗下和他改议过了。现在却叫我去办，这虽不是一件离婚案，实际却比离婚案更难，离婚可提出理由，叫我现在提出什么理由呢？"

他说到这里，竟非常担忧地，搔搔他的头发。停一息，又叹了一口气，说："萧，你是一个精明的人，代我想想法子，叫我怎样办好？"

这时萧涧秋向他看了一看，几乎疑心这位诚实的朋友有意刺他。可是他还是镇静地真实地答道:"延宕就是了。使对方慢慢地冷去,假如你妹妹真的不愿的话。"

"真的不愿。"慕侃勾一勾头,着重的。

萧又说:"那只好延宕。"

慕侃还是愁眉的,为难地说:"延宕,延宕,谁知道我妹妹真的又想怎样呢?我代她延宕,而妹妹却偏不延宕了,叫我怎样办呢?"

萧涧秋忽然似乎红了脸,他转过头取笑说:"这却只好难为了哥哥!"

二人又绕走了一圈路,于是回到各人的房内。

七

采莲——女孩子来校读书的早晨。

这天早晨,萧涧秋迎她到桥边,而青年寡妇也送她到桥边,于是大家遇着了。这是一个非常新鲜幽丽的早晨,阳光晒得大地镀上金色,空气是清冷而甜蜜的。田野中的青苗,好像顿然青长了几寸;桥下的河水,也悠悠地流着,流着;小鱼已经在清澈的水内活泼地争食了。萧涧秋将采莲轻轻抱起,放在唇边亲吻了几下,于是说:"现在我们到校里去吧。"一边又对那妇人说,"你回去好了,你站着,女孩子是不肯走的。"

女孩子依依地视了一回母亲,又转脸慢慢地看了一回萧涧秋——在她弱小的脑内,这时已经知道这位男子,是等于她爸爸一样的人了。她的喜悦的脸孔倒反变得惆怅起来,妇人轻轻地整一整她的衣,向她说:"采莲,你以后要听萧伯伯的话的,也不要同别的人去闹,好好地玩,好好地读书,记得吗?"

"记得的。"女孩子回答。

一时她又举头向青年说:"萧伯伯,学校里有橘子树吗?妈妈说学校里有橘子树呢!"

妇人笑起来,萧涧秋也明白这是引诱她的话,回答说:"有的,我一定买给你。"

于是他牵着她的手,离开妇人,一步一步向往校这条路走。她几次回头看她的母亲,她母亲也几次回头来看她,并遥远向她挥手说:"去,去,跟萧伯伯去,晚上妈妈就来接你。"

萧涧秋却牵她的袖子,要使她不回头去,对她说:"采莲,校里是什么都有的,橘子树,苹果的花,你知道苹果吗?嘿,学校里还有大群的小朋友,他们会做老虎,做羊,做老鹰,做小鸡,一同玩着,我带你去看。"

采莲就和他谈起关于儿童的事情来。不久,她就变作很喜悦的样子。

到了学校的会客室,陶慕侃方谋等几位教师也围拢来。他们称赞了一回女孩子的面貌,又惋惜了一回女孩子的运命,高声说,她的父亲是为国牺牲的。最后,陶慕侃还老老实实地拍拍萧涧秋的肩膀说:"老弟,你真有救世的心肠,你将来会变成一尊菩萨呢!"

方谋又附和着嘲笑说:"将来女孩子得到一个佳婿,萧先生还和老丈人一般地享福哇!"

萧涧秋摇摇头,觉得话是愈说愈讨厌。一边正经地向慕侃说:"不要说笑话,我希望你免了她的学费。"

慕侃急忙答:"当然,当然,书籍用具也由我出。"

一边就跑出做事去了。萧涧秋又叫了三数个中学部的学生,对他们说:"领这位小妹妹到花园,标本室去玩一趟吧。"

小学生也一大群围拢她,拥她去,谁也忘记了她是一个贫苦的孤女。萧涧秋在后面想:"她倒真像一位 Queen 呢!"

十点钟,陶岚来教她英文的功课。她也首先看一看女孩子,也一见便疼爱她了。似乎采莲的黑小眼,比陶岚的还要引人注意。陶岚搂了她一回,问了她一些话。女孩子也毫不畏缩地答她,答得非常简单,清楚。她一回又展开了她的手,嫩白的小手,竟似荷花刚开放的瓣儿,她又在她手心上吻了几吻。萧涧秋走来,她却慢慢地离开了陶岚,走近到他的身边去,偎依着他。他就问她:"你已记熟了字吗?"

"记熟了。"采莲答。

"你背诵一遍看。"

她就缓缓地好像不得不依地背诵了一遍。

陶岚和萧涧秋同时相对笑了。萧在她的小手上拍拍,女孩接着问:"萧伯伯,那边唱什么呢?"

"唱歌。"

"我将来也唱的吗?"

"是呀,下半天就唱了。"

她就做出非常快乐而有希望的样子。萧涧秋向陶岚说:"她和你的性情相同的,她也喜欢音乐呢。"

陶岚媚媚地一笑,轻说:"和你也相同的,你也喜欢音乐。"

萧向她看了一眼,又问女孩子,指着陶岚说:"你叫这位先生是什么呢?"

女孩子一时呆呆的,摇摇头,不知所答。陶岚却接着说:"采莲,你叫我姊姊吧,你叫我陶姊姊就是了。"

萧涧秋向陶岚又睁眼看了一看,微微愁他的眉,向女孩说:"叫陶先生。"

采莲点头。陶岚继续说:"我做不像先生,我做不像先生,我只配做她的姊姊,我也愿永远做她的姊姊。'陶先生'这个称呼,让我的哥哥领去吧。"

"好的,采莲,你就叫她陶姊姊吧。可是你以后叫我萧哥哥好了。"

"妈妈叫我叫你萧伯伯的。"

女孩子好像不解地娇憨地辩驳。陶岚笑说:"你失败了。"

同时萧涧秋摇摇头。

上课铃响了,于是他们三人分离地走向三个教室去,带着各人的美满的心。

萧涧秋几乎没有心吃这餐中饭。他关了门,在房内走来走去。桌上是赫赫然展着陶岚一时前临走时交给他的一封信,在信纸上面是这么清楚地写着:

萧先生:

你真能要我做你的弟弟吗?你不以我为愚吗?唉,我何等幸福,有像你这样的一个哥哥!我的亲哥哥是愚笨的——我说他愚笨。——假如你是我的亲哥哥,我决计一世不嫁——一世不嫁——陪着你,伴着你,我服侍着你,以你献身给世的精神,我决愿做你一个助手。唉,你为什么不是我的一个亲哥哥?九泉之下的爸爸哟,你为什么不养一个这样的哥哥给我?我怎么这样不幸……但,但,不是一样吗?你不好算我的亲哥哥吗?

我昏了,萧先生,你就是我唯一的亲爱的哥哥。

　　我的家庭的平和的空气,恐怕从此要破裂了。母亲以前是最爱我的,现在她也不爱我了,为的是我不肯听她的话。我以前一到极苦闷的时候,我就无端地跑到母亲的身前,伏在她的怀内哭起来,母亲问我什么缘故,我却愈被问愈大哭,及哭到我的泪似乎要完了为止。这时母亲还问我为什么缘故,我却气喘地向她说:"没有什么缘故,妈妈,我只觉得自己要哭呢!"母亲还问:"你想到什么啊?""我不想到什么,只觉得自己要哭呢!"我就偎着母亲的脸,母亲也拍拍我的背,叫我几声痴女儿。于是我就到床上去睡,或者从此睡了一日一夜。这样,我的苦闷也减少些。可是现在,萧哥哥,母亲的怀内还让我去哭吗?母亲的怀内还让我去哭吗?我也怕走近她,天哪,叫我向何处去哭呢?连眼泪都没处流的人,这是人间最苦痛的人吧?

　　哥哥,现在我要问你。人生究竟是无意义的吗?就随着环境的支配,好像一朵花落在水上一样,随着水性的流去,到消灭了为止这么吗?还是应该挣扎一下,反抗一下,依着自己的意志的力的方向奋斗去这么呢?萧先生,我一定听从你的话,请你指示我一条吧!

　　说不尽别的话,嘱你康健!

你的永远的弟弟岚上

下面还附着几句:

红叶愿永远保藏,以为我俩见面的纪念。可是我送你什么呢?

　　萧涧秋不愿将这封信重读一遍,就仔细地将这封信拿起,藏在和往日一道的那只抽斗内。
　　一边,他又拿出了纸,在纸上写:

岚弟:
　　关于你的事情,你的哥哥已详细地告诉过我了。我也了解了那人,但叫我怎样说呢?除出我劝你稍稍性子宽缓一点,以免损伤你自己的身体以外。我还有什么话呢?
　　我常常自己对自己这么大声叫:不要专计算你自己的幸福之量,因为现在不是一个自求幸福之量加增的时候。岚弟,你也以为我这话是对的吗?
　　两条路,这却不要我答的,因为你自己早就实行一条去了。不是你已经走着一条去了吗?
　　希望你切勿以任性来伤害你的身体,勿流过多的眼泪。
　　我已数年没有流过一滴泪,不是没有泪——我少小时也惯会哭的,连吃饭时的饭,热了要哭,冷了又要哭。——现在,是我不要它流!

　　末尾,他就草草地具他的名字,也并没有加上别的情书式的冠词。

这封信,他似乎等不住到明天陶岚亲自来索取,他要借着小天使的两翼,仍叫着那位小学生,嘱他小心地飞似的送去。

他走到会客室内,想宁静他一种说不出的惆怅的心。几位教员正在饭后高谈着,却又谈的正是"主义"。方谋一见萧涧秋进去,就起劲地几乎手脚乱舞地说:"喏,萧先生,我以前问他是什么主义,他总不肯说。现在,我看出他的主义来了。"萧同众人一时静着,"他是一个悲观主义者,他的思想非常悲观,他对于中国的政治,社会,一切论调都非常悲观。"

陶慕侃也站了起来,他似乎要为这位忠实的朋友卖一个忠实的力,急忙说:"不是,不是。他的人生的精神是非常积极的。悲观岂不是要消极了吗?我的这位老友的态度却勇敢而积极。我想赐他一个名词,假如每人都要有一个主义的话,他就是一个牺牲主义者。"

大家一时点点头。萧涧秋缓步地在房内走,一边说:"主义不是像皇帝赐姓一般随你们乱给的。随你们说我什么都好,可是我终究是我。假如要我自己注释起来,我就这么说——我好似冬天寒夜里的炉火旁的一二星火花,倏忽便要消灭了。"

这样,各人一时默然。

八

第三天,采莲没有到校里来读书。萧涧秋心里觉得奇怪,陶慕侃就说:"小孩子总不喜欢读书。无论家里怎么样,总喜欢依在母亲的身边,母亲的身边就是她的极乐国。像我们这样的学校总不算坏的了,而采莲读了两天书,今天就不来。"

下午三点钟,萧涧秋退了课。他就如散步一样,走向她们的家里。他先经过一条街，买了两只苹果——苹果在芙蓉镇里，是算上等的难得的东西，外面包了一张纸，藏在透明的玻璃瓶内。——萧涧秋拿了苹果，依着河边，看看阴云将雨的天色，他心里非常凉爽地走去。

走过了柏树的荫下，他就望见采莲的家的门口，青年寡妇坐着补衣，她的孩子在旁边玩。萧涧秋走近去，他们也望见他了，远远地招呼着，孩子举着两手，似向他说话。他疑心采莲为什么不在，可是一边也就走近，拿出一个苹果来，叫道："喂，小弟弟，你要吗？"

孩子跑向他，用走不完全的脚步跑向他。他就将他抱起，一个苹果交在他的手里，用他的两只小手捧着，也就将外面的一张包纸撕脱了，闻起来。萧涧秋便问道："你的姊姊呢？"

"姊姊？"

小孩子重复了一句。青年寡妇接着说："她早晨忽然说肚子痛，我探探她的头有些热，我就叫她不要去读书了。采莲还想要去，是我叫她不要去，我说先生不会骂的，中饭也没有吃，我想饿她一餐也好。现在睡在床内，也睡去好久了。"

"我去看看。"萧涧秋说。

同时三人就走进屋内。

等萧涧秋走近床边，采莲也就醒了，仿佛被他们的轻轻的脚步唤醒一样。萧低低地向她叫了一声，她立刻快乐地唤起来："萧伯伯，你来了吗？"

"是呀，我因你不来读书，所以来看看你。"

"妈妈叫我不要读书的呢！"

女孩子向她母亲看了一眼。萧涧秋立刻接着说："不要紧，不要紧。"

很快地停了一息，又问："你现在身体觉得怎样？"

女孩微笑地答："我好了，我病好了，我要起来。"

"再睡一下吧，我给你一个苹果。"

同时萧涧秋将另一苹果交给她，并坐下她的床边。一边又摸了一摸她的额，觉得额上还有些微热的。又说："可惜我没有带了体温表来，否则也可以量一量她有没有热度高些。"

妇人也探了一下，说："还好，这不过是睡醒如此。"

采莲拿着苹果，非常喜悦的，似从来没有见过苹果一样，放在唇边，又放在手心上。这时这两个苹果的功效，如旅行沙漠中的人，久不得水时所见到的一样，两个小孩的心，竟被两个苹果占领了去。萧涧秋看得呆了，一边他向采莲凑近问："你要吃吗？"

"要吃的。"

妇人接着说："再玩一玩吧，吃了就没有。贵的东西应该保存一下才好。"

萧涧秋说："不要紧，要吃就吃了；我明天再买两个来。"

妇人接着凄凉地说："不要买，太贵呢！小孩子的心又哪里能填得满足。"

可是萧涧秋终于从衣袋内拿出纸刀子来，将苹果的皮刮去了。

这样大概又过了半点钟。窗外却突然落起了小雨。萧随即对采莲说："小妹妹，我要回去了，天已下雨。"

女孩子却妖娇地说："等一等，萧伯伯，你再等一等。"

可是一下，雨却更大了。萧涧秋愁起眉说："趁早，小妹妹，我要走；否则，天暗了我更走不来路。"

"天会晴的，一息就会晴的。"

她的母亲也说:"现在已经走不来路,雨太大了,我们家里连雨伞也没有。萧先生还是等一等吧,可惜没有菜蔬,或者吃了饭去。"

"还是走。"

他就站起身来,妇人说道:"这样衣服要完全打湿的,让我借伞去吧。"

窗外的雨点已如麻绳一样,借伞的人简直又需要借伞了。萧涧秋重又坐下,阻止说:"不要去借,我再坐一息吧。"

女孩子也在床上欢喜地叫:"妈妈,萧伯伯再坐一息呢!"

妇人留在房内,继续说:"还是在这里吃了晚饭,我只烧两只鸡蛋就是。"

女孩应声又叫,牵着他的手:"在我们这里吃饭,在我们这里吃饭。"

萧涧秋轻轻地向她说。

"吃了饭还是要去的?"

女孩想了一下,慢慢说:"不要去,假如雨仍旧大,就不要去。我和萧伯伯睡在床的这一端,让妈妈和弟弟睡在床的那一端,不好吗?"

萧涧秋微笑地向青年寡妇看了一眼,只见她脸色微红地低下头。房内一时冷静起来,而女孩终于奇怪地不懂事地问:"妈妈,萧伯伯睡在这里有什么呢?"

妇人勉强地吞吐答:"我们的床,睡不下萧先生的。"

采莲还是撒娇地:"妈妈,我要萧伯伯也睡在这里呢?"妇人没有话,她的心被女孩的天真的话所拨乱,好像跳动的琴弦。各人抬起头来向各人一看,只觉接触了目光,便互相一笑,又低下头。妇人一时似想到了什么,可是止住她要送上眼眶来的泪珠,抱起孩子。萧涧秋也觉得不能再坐,他看一看窗外将晚的天色,雨点疏少些的时候,就向采莲轻微地说:"小妹妹,现在校里那班先生们正在等着我吃饭了,我不去,他们要等得饭冷了。我要去了。"

女孩又问。

"先生们都等你吃饭的吗?"

"对咯。"他答。

"陶姊姊也在等你吗?"

萧涧秋又笑了一笑,随口答:"是的。"

妇人在旁就问谁是陶姊姊,萧涧秋答是校长的妹妹。妇人蹙着眉说:"采莲,你怎么好叫她陶姊姊呢?"

女孩没精打采地:"陶姊姊要我叫她陶姊姊的。"

妇人微愁地说:"女孩太娇养了,一点道理也不懂。"

同时萧涧秋站起来说:"不要管她,随便叫什么都可以的。"

一边又向采莲问:"我去了,你明天来读书吗?"

女孩不快乐地说,似乎要哭的样子:"我来的。"

他重重地在她脸上吻了两吻,吻去了她两眼的泪珠,说:"好的,我等着你。"

这样,他举动迅速地别了床上含泪的女儿和正在沉思中的少妇,走出门外。

头上还是雨,他却在雨中走得非常起劲。只有十分钟,他就跑到了校内。已经是天将暗的时候,校内已吃过晚饭了。

九

萧涧秋的衣服终究被雨淋得湿了。他向他自己的房里推进门去,不知怎样一回事,陶岚正在阴暗中坐着,他几乎辨别不出是她。他走近她的身前,向她微笑的脸上,叫一声"岚弟!"同时他将他的右手轻放在她的左肩角上。心想:"我却随便地对采莲答她等着,她却果然等着,这不是梦吗?"

而陶岚好似挖苦地问:"你从何处来?"

"看了采莲的病。"

"孩子有病了吗?"陶岚问。

随着,他就将她的病是轻微的,或者明天就可以来读书;因天雨,他坐着陪她玩了一趟;夜黑了,他不得不冒雨回来,也还没有吃饭等话,统统说了一遍。一边点亮灯,一边开了箱子拿出衣服来换。陶岚叙述说:"我是向你来问题目的。同时哥哥也叫我要你到我们家里去吃晚饭。可是我却似带了雨到你这里来,我也在这里坐了有一点钟了。我看托尔斯泰的《艺术论》,看了几十沛迟。我不十分赞成这位老头子的思想。现在也不必枵腹论思想了,哥哥等着,你还是同我一道到家里吃晚饭去吧。"

萧将衣服换好,笑着说:"不要,我随便在校里吃些。"

而她戏谑地问:"那么叫我此刻就回去吗?还是叫我吃了饭再来呢?"

她简直用要挟孩子的手段来要挟他,可是他在她的面前也果然变成一个孩子了。借了两顶伞,灭下灯,两人就向门外走出去。

小雨点打着二人的伞上,响出寂寞的调子。黄昏的镇内,也异样地萧索。二人深思了一时,萧涧秋不知不觉地说道:"钱正兴好似今天没有来校。"

"你不知道他的缘故吗?"

陶岚睁眼地问。他微笑地:"叫我从什么地方去知道呢?"

陶岚非常缓冷地说:"他今天上午差人送一封信给哥哥。说要辞去中学的职务。原因完全关于我的,也关于你。"

同时她转过头向他看了一眼。萧随问:"关于我?"

"是呀,可是哥哥坚嘱我不能告诉你。"

"不告诉我也好,免得我苦恼地去推究。不过我也会料到几分的,因为你已经说出来。"

"或者会。"陶岚说话时,总带着自然的冷淡的态度。

萧涧秋接着说:"不是吗?因为我们互相的要好。"

她笑一笑,重复问:"互相的要好?"

语气间似非常有趣。一息,又说:"我们真是一对孩子,会一见就互相的要好。哈,孩子似的要好。你也是这个意思吗?"

"是的。"

"可是钱正兴怎样猜想我们呢?神秘的天性,奇妙的可笑的人,他或者也猜得不错。"她没精打采的。一时,又微颤地嗫嚅地说:"我本答应哥哥不告诉你的,但止不住不告诉你。他说:我已经爱上你了!虽则他知道我爱你的'爱'是他爱我的'爱'深一百倍,因为你是完全不知道怎样叫作'爱'的一个人,他说,你好似一块冷的冰。但是他恨,恨他自己为什么要有家庭,要有钱;为什么不穷得只剩他孤独一身。否则,我便会爱他。"陶岚说上面每个"爱"字的时候,已经哧哧地说不出,这时她更红起脸来,匆忙继续说,"错了,你能原谅我吗?他的语气没有这样厉害,是我格外形容的。卑鄙的东西!"

萧涧秋几乎感得身体要炸裂了。他没有别的话,只问:"你还帮他辩护吗?"

"我求你！你立刻将这几句话忘记去吧！"

她挨近他的身，两人几乎同在一顶伞子底下。小雨继续在他们的四周落下。他没有说。

"我求你。因我们是孩子般要好，才将这话告诉你的。"

他向她苦笑一笑，同时以一手紧紧地捻她的一手，一边说："岚，我恐怕要在你们芙蓉镇里死去了！"

她低头含泪的："我求你，你无论如何不要烦恼。"

"我从来没有烦恼过，我是不会烦恼的。"

"这样才好。"她默默地一息，又嚅嚅地说，"我真是世界上第一个坏人，我每每因为自己的真率，一言一动，就得罪了许多人。哥哥将钱的信给我看，我看了简直手足气冷，我不责备钱，我大骂哥哥为什么要将这信给我看？哥哥无法可想，只说这是兄妹间的感情。他当时嘱咐我再三不要被你知道。当然，你知道了这话的气愤，和我知道时的气愤是一样的；我呢，"她向他看一眼，"不知怎样在你的身边竟和在上帝的身边一样，一些不能隐瞒，好似你已经洞悉我的胸中所想的一样，会不自觉地将话溜出口来。现在你要责备我，可以和我那时责备哥哥为什么要告诉，有意使你发怒一样。不过哥哥已说，'这是兄妹间的感情'。我求你，为了兄妹间的感情，不要烦恼吧！"

他向她苦笑，说："没有什么。我也绝不愤恨钱正兴，你无用再说了！"

他俩一句话也没有，走了一箭。她的门口就出现在眼前。这时萧涧秋和陶岚二人的心想完全各异，一个似乎不愿意走进去，要退回来；一个却要一箭射进去，愈快愈好；可是二人互相一看，假笑的，没有话，慢慢地走进门。

晚餐在五分钟以后就安排好。陶慕侃,陶岚,萧涧秋三人在同一张小桌子上。陶慕侃俨然似大阿哥模样坐在中央,他们两人孩子似的据在两边。主人每餐须喝一斤酒,似成了习惯。萧涧秋的面前只放着一只小杯,因为诚实的陶慕侃知道他是不会喝的。可是这一次,萧一连喝了三杯之后,还是向主人递过酒杯去,微笑地轻说:"请你再给我一杯。"

陶慕侃奇怪地笑着对他说:"怎样你今夜忽然会有酒兴呢?"

萧涧秋接杯子在手里又一口喝干了,又递过杯去,向他老友说:"请你再给我一杯吧。"

陶慕侃提高声音叫:"你的酒量不少呢!你的脸上还一些没有什么,你是会吃酒的,你往常是骗了我。今夜我们尽性吃一吃,换了大杯吧!"

同时他念出两句诗:

　　人生有酒须当醉,
　　莫使金樽空对月。

陶岚多次向萧涧秋做眼色,含愁地。萧却仍是一杯一杯地喝。这时她止不住地说道:"哥哥,萧先生是不会喝酒的,他此刻当酒是麻醉药呢!"

她的哥哥正如一班酒徒一样应声道:"是呀,麻醉药!"

同时又念了两句诗:

　　何以解忧,
　　唯有杜康。

萧涧秋放下杯子，轻轻向他对面的人说："岚，你放心，我不会以喝酒当作喝药的。我也不要麻醉自己。我为什么要麻醉自己呢？我只想自己兴奋一些，也可勇敢一些，我今天很疲倦了。"

这时，他们的年约六十的母亲从里面走出来，一位慈祥的老妇人，头发斑白的，向他们说。

"女儿，你怎么叫客人不要喝酒呢？给萧先生喝呀，就是喝醉，家里也有床铺，可以给萧先生睡在此地的。天又下大雨了，回去也不便。"

陶岚没有说，愁闷地。而且草草吃了一碗饭，不吃了，坐着，监视地眼看他们。

萧涧秋又喝了三杯，谈了几句关于报章所载的时事，无心地。于是说："够了，真的要麻醉起来了。"

慕侃不依，还是高高地提着酒壶，他要看看这位新酒友的程度到底如何。于是萧涧秋又喝了两杯；两人同时放下酒杯，同时吃饭。

在萧涧秋的脸上，终有夕阳反照的颜色了。他也觉得他的心脏不住地跳动，而他勉强挣扎着。他们坐在书室内，这位慈和的母亲，又给他们泡了两盏浓茶，萧涧秋立刻捧着喝起来。这时各人的心内都有一种离乎寻常所谈话的问题。陶慕侃看看眼前的朋友和他的妹妹，似乎愿意他们成为一对眷属，因一个是他所敬的，一个是他所爱的。那么对于钱正兴的那封信，究竟怎样答复呢？他还是不知有所解决。在陶岚的心里，想着萧涧秋今夜的任情喝酒，是因她告诉了钱正兴对他的讽刺的缘故，可是她用什么话来安慰他呢？她想不出。萧涧秋的心，却几次想问一问这位老友对于钱正兴的辞职，究竟想如何。但他终于没有说，因她的缘故,他将话支吾到各处去——广东,或直隶。因此,他们没有一字提到钱正兴。

萧涧秋说要回校,他们阻止他,因他酒醉,雨又大。他想:"也好,我索性睡在这里吧。"

他就留在那间书室内,对着明明的灯光,胡思乱想——陶慕侃也带着酒意睡去了——一息,陶岚又走进来,她还带她母亲同来,捧了两样果子放在他的前面。萧涧秋说不出的心里感到不舒服,这位慈爱的母亲问他一些话,简单的,并不像普通多嘴的老婆婆,无非关于住在乡下,舒服不舒服一类。萧涧秋是"一切都很好",简单地回答了,母亲就走出去。于是陶岚笑微微地问他:"萧先生,你此刻还会喝酒吗?"

"怎么呢?"

"更多地喝一点。"

她几分假意的。他却聚拢两眉向她一看,又低下头说:"你却不知道,我那时不喝酒,我那时一定会哭起来。否则我也吃不完饭就要回到校里去。你知道,我是怎样的一个人,我是人间的一个孤零的人。现在你们一家的爱,个个用温柔的手来抚我,我不能不自己感到凄凉,悲伤起来。"

"不是为钱正兴吗?"

"为什么我要为他呢?"

"噢!"陶岚似乎骇异了。

一时,她站在他身前慢慢说:"你可以睡了。哥哥吃饭前私向我说,他已写信去坚决挽留。"

萧涧秋接着说:"很好,明天他一定来上课的。我又可以碰见他。"

"你想他还会来吗?"

"一定的,他不过试试你哥哥的态度。"

"胡!"她又说了一个字。

萧继续说:"你不相信,你可以看你哥哥的信稿,对我一定有巧妙的话呢!"

她也没有话,伸出手,两人握了一握,她踌躇地走出房外,一边说:"祝你晚安!"

十

如此过去一个月。

萧涧秋在芙蓉镇内终于受校内校外的人们的攻击了。非议向他而进行,不满也向他注视了。

一个孤身的青年,时常走进走出在一个年轻寡妇的家里的门限,何况他的态度的亲昵,将他所收入的尽量地供给了他们,简直似一个孝顺的儿子对于慈爱的母亲似的。这能不引人疑异吗?萧涧秋已将采莲和阿宝看作他自己的儿女一样了,爱着他们,留心着他们的未来,但社会,乡村的多嘴的群众,能明了这个吗?开始是那班邻里的大人们私私议论——惊骇挟讥笑的,继之,有几位妇人竟来到寡妇的前面,问长问短,关于萧涧秋的身上。最后,谣言飞到一班顽童的耳朵里,而那班顽童公然对采莲施骂起来,使采莲哭着跑回到她母亲的身前,咽着不休地说:"妈妈,他们骂我有一个野伯呢!"但她母亲听了女儿无故的被骂,除出也跟着她女儿流了一淌眼泪以外,又有什么办法呢?妇人只有忍着她创痛的心来接待萧涧秋,将她的苦恼隐藏在快乐的后面同萧涧秋谈话。可是萧涧秋,他知道,他知道乡人们用了卑鄙的心器来测量他们了,但他不管。他还是镇静地和她说话,活泼地和孩子们嬉笑,全是一副"笑骂由人笑骂,我行我素而已"的态度。在傍晚,他快乐地跑到西村,也快乐地跑回校内,表面全是快乐的。

可是校内,校内,又另有一种对待他的态度了。他和陶岚的每天的见面时的互相递受的通信,已经被学校的几位教员们知道了。陶岚是芙蓉镇里的孔雀,谁也愿意爱她,而她偏在以他们的目光看来等于江湖落魄者的身前展开锦尾来,他们能不妒忌吗?以后,连这位忠厚的哥哥,也不以他妹妹的行为为然,他听得陶岚在萧涧秋的房内的笑声实在笑得太高了。一边,将学校里的教员们分成了党派,当每次在教务或校务会议的席上,互相厉害地争执起来,在陶慕侃的心里,以为全是他妹妹一人弄成一样。一次,他稍稍对他妹妹说:"我并不是叫你不要和萧先生相爱,不过你应该尊重舆论一些,众口是可怕的。而且母亲还不知道,假使知道,母亲要怎样呢?这是你哥哥对你的诚意,你应审察一下。"而陶岚却一声不响,突然睁大眼睛,向她的哥哥火烧一般地看了一下,冷笑地答:"笑骂由人笑骂,我行我素而已。"

一天星期日的下午,陶岚坐在萧涧秋的房内。两人正在谈话甜蜜的时候,阿荣却突然送进一封信来,一面向萧涧秋说:"有一个陌生人,叫我赶紧将这封信交给先生,不知什么事。"

"送信的人呢?"

"回去了。"

答完,阿荣自己也出去。萧涧秋望望信封,觉得奇怪。陶岚站在他身边向他说:"不要看它好吧?"

"总得看一看。"

一边就拆开了,抽出一张纸,两人同时看下。果然,全不是信的格式,也没有具名,只这样八行字:

> 芙蓉芙蓉二月开,
> 一个教师外乡来。
> 两眼炯炯如鹰目,
> 内有一副好心裁。
> 左手抱着小寡妇,
> 右手还想折我梅!
> 此人若不驱逐了,
> 吾乡风化安在哉。

萧涧秋立刻脸转苍白,全身震动地,将这条白纸捻成一团,镇静着苦笑地对陶岚说:"我恐怕在这里住不长久了。"

一个也眼泪噙噙地说:"上帝知道,不要留意这个吧!"

两人相对。他慢慢地低下头说:"一星期前,我就想和你哥哥商量,脱离此间。因为顾念小妹妹的前途,和一时不忍离别你,所以忍止住。现在,你想,还是叫我早走吧!我们来商量一下采莲的事情。"

他的语气非常凄凉,好似别离就在眼前,一种离愁的滋味缠绕在两人之间。沉静地一息,陶岚有力地叫:"你也听信流言吗?你也为卑鄙的计谋所中吗?你岂不是以理智来解剖感情的吗?"

他还是软弱地说:"没有意志,我此刻就会昏去呢!"

陶岚立刻接着说:"让我去彻查一下,这究竟是谁人造的谣。这字是谁写的,我拿这纸去,给哥哥看一下。"

一边她将桌上的纸团又展开了。他在旁说:"不要给你哥哥看,他也是一个有同情心的人。"

"我定要彻查一下!"

她简直用王后的口气来说这句话的。萧涧秋向她问:"就是查出又怎样?假如他肯和我决斗,他不写这种东西了。杀了我,岂不是干脆得多吗?"

于是陶岚愤愤地将这张纸条撕作粉碎。一边流出泪,执住他的两手说:"不要说这话吧!不要记住那班卑鄙的人吧!萧先生,我要同你好,要他们来看看我们的好。他们将怎样呢?叫他们碰在石壁上去死去。萧先生,勇敢些,你要拿出一点勇气来。"

他勉强地微笑地说:"好的,我们谈谈别的吧。"

空气紧张地沉静一息,他又说:"我原想在这里多住几年,但无论住几年,我总该有最后的离开之一日的。就是三年,三年也只有一千零几日,最后的期限终究要到来的。那么,岚,那时的小妹妹,只好望你保护她了。"

"我不愿听这话。"她稍稍发怒的,"我没有力量。我该在你的视线中保护她。"

"不过,她母亲若能舍得她离开,我决愿永远带她在身边。"

正是这个时候,有人敲门。萧涧秋去迎她进来,是小妹妹采莲。她脸色跑到变青的,含着泪,气急地叫:"萧伯伯!"

同时又向陶岚叫了一声。

两人惊奇地,随即问:"小妹妹,你做什么呢?"

采莲走到他的面前,说不清地说:"妈妈病了,她乱讲话呢!弟弟在她身边哭,她也不理弟弟。"

女孩流下泪。萧涧秋向陶岚摇摇头。同时他拉她到他的怀内,又对陶说:"你想怎么样呢?"

陶岚答:"我们就去望一望吧。我还没有到过她们的家。"

"你也想去吗?"

"我可以去吗?"

两人又苦笑一笑,陶岚继续说:"请等一等,让我叫阿荣向校里借了体温表来,可以给她的母亲量一量体温。"

一边两人牵着女孩的各一只手同时走出房外。

十一

当他们走入妇人的门限时,就见妇人睡在床上,抱着小孩高声地叫:"不要进来吧!不要进来吧!让我一个人跳下去好了!"

萧涧秋向陶岚愁眉说:"她还在讲乱话,你听。"

陶岚低着头点一点,将手托在他的臂上。妇人继续叫:"你们向后看看,唉!追着虎,追着虎!"

妇人几乎哭起来。萧涧秋立刻走到床边,推醒她说:"是我,是我,你该醒一醒!"

小孩正在被内吸着乳。萧从头看到她的胸,胸起伏的。他垂下两眼,愁苦地看住床前。采莲走到她母亲的身边,不住地叫着妈妈,半哭半喊地。寡妇慢慢地转过脸,渐渐地清醒起来的样子。一下,她看见萧,立刻拉一拉破被,盖住小孩和她自己的胸膛,一面问:"你在这里吗?"

"还有陶岚先生也在这里。"

陶岚向她点一点首,就问:"此刻心里觉得怎样呢?"

妇人无力地慢慢地答:"没有什么,只口子渴一些。"

"那么要茶吗?"

妇人没有答，眼上充来泪。陶岚就向房内乱找茶壶，采莲捧来递给她，里边一口水也没有。她就同采莲去烧茶。妇人向萧慨叹地说："多谢你们，我是没有病的。方才突然发起热来，人昏昏不知。女孩子大惊小怪，她招你们来的吗？"

"是我们自己要来看看的。"

妇人滴下泪在小孩的发上，用手拭去了，没有话。小孩正在吸奶。萧涧秋缓缓地说："你在发热的时候，最好不要将奶给小孩吃。"

"叫我用什么给他吃呢？——我没有什么病。"

萧涧秋愁闷地站着。

这样到了天暗，妇人已经能够起床。他们两人才回来。

当天晚上，陶岚又差人送来一封信。照信角上写的数字看起来，这已是她给他的第十五封信了，萧涧秋坐在灯下，将她的信展在桌上：

> 我亲爱的哥哥。我活了二十几年，简直似黑池里的鱼一样。除了自己以外，一些不知道人间还有苦痛。现在，却从你的手里，认识了真的世界和人生。
>
> 不知怎样我竟会和你同样地爱怜采莲妹妹的一家了。那位妇人，真是一位温良，和顺，有礼貌的妇人。虽则和我的个性有些相反，我却愿意引她做我的一位姊姊，以她的人生的经验，来调节我的粗疏与无智识的感情是最好的。但是，天哪！你为什么要夺去她的夫？造物生人，真是使人来受苦的吗？即使她能忍得起苦，我却不能不诅咒天！

我坐在他们的房内，你也瞧着我吗？我几乎也流出眼泪来了。我看看她房的四壁，看看她的孩子和她所穿的衣服，又看看她青白而憔悴的脸，再想想她在病床上的一种凄凉苦况，天哪！为什么给她布置得如此凄惨呢？我幻想，假如你的两翅转了方向，不飞到我们村里来，有谁怜惜他们？有谁安慰他们？那她在这种呓语呻吟中的病的时候，我们只想见两个小孩在床前整天地哭，还有什么别的呢？哥哥，伟大的人，我已愿她做我的姊姊了。此后我们当互相帮助。

　　至于那个谣言，侃哥先向我谈起。在吃晚饭的时候，他照旧喝过一口酒感慨地说："外边的空气，已甚于北风的凛凛。"哥哥也鄙夷他们，望你万勿（万勿！！！）介意。以后哥哥又喝了一口酒道："此系小人之心，度君子之德也。"不过哥哥始终说，造这八句诗的人，绝不是校内同事。我向他辩驳，不是孔方老爷，就是一万同志。他竟对我赌起咒来，弄得母亲都笑了。

　　萧先生，你此刻怎样？以你的见识，此刻想一定不为他们无端所恼？你千万不可有他念，你的真诚与坦白，终有笼罩吾全芙蓉镇之一日！祝你快乐地嚼着学校的清淡的饭。

弱弟岚上

　　萧涧秋一时呆着，似乎他所有的思路，一条条都被她的感情裁断了。他迟疑了许久，才恍惚地向抽斗拿出一张纸，用钢笔写道：

我不知怎样，只觉自己在旋涡里边转。我从来没有经过这个现象，现在，竟转得我几乎昏去。唉！我莫非在做梦吗？

你当也记得——采莲的母在呓语时所说的话。莫非我的背后真被追着老虎吗？那我非被这虎咬死不成？因为我感到，无论如何，不能让那位可怜的寡妇"一个人跳下去"！

我已将一切解剖过。几乎费了我今晚全个吃晚饭的时候。我是勇敢的，我也斗争的，我当预备好手枪，待真的虎来时，我就照准它的额一枪！岚弟，你不以为我残暴吗？打狼不能用打狗的方法的，你看，这位妇人为什么病了？从她的呓语里可以知道她病的根由。

我不烦恼，祝你快乐！

你的勇敢的秋白

他写好这信，睡在床上，自想他非常坚毅。

第二天一早，女孩来校。她带着书包首先就跑到萧涧秋的身边来，告诉他说："萧伯伯，妈妈说，妈妈的病已好了，谢谢你和陶姊姊。"

这时室内有好几位教师坐着，方谋也在座。他们个个屏息地用他们好奇的眼睛，做着恶意的笑的脸孔注视他和她。萧涧秋似乎有意要多说几句话，向女孩问道："你妈妈起来了吗？"

"起来了。"

"吃过粥吗？"

"吃过。"

"你的陶姊昨晚交给她的药也吃完吗？"

女孩似听不清楚，答："不知道。"

于是他和往日一样地向采莲的颊上吻一吻，女孩就跑去。

十二

第二天晚上，萧涧秋在房内走来走去，觉得非常的不安。虽则当夜的天气并不热，可是他以为他的房内是异常郁闷。他的桌上放着一张白信纸，似乎要写信的样子，可是他走来走去，并不曾写。一息，想去开了房门，放进冷气来，清凉一下他的脑子。可是当他将门拉开的时候，钱正兴一身华服，笑容可掬地走进来，正似他迎接他进来一样。钱正兴随问，声音温美地："萧先生要出去吗？"

"不。"

"有事吗？"

"没有。"

钱正兴又向桌上看一看，又问："要写信吗？"

"想要写，写不出。"

"写给谁呢？"

他说这几句话的时候，眼向房内乱转，似要找出那位和他通信的人来。萧涧秋却立刻答："写给陶岚。"

这位漂亮的青年，一时默然。坐在墙边，眼看着地，似一位怕羞的姑娘的样子。萧转问他："钱先生有什么消息带来告诉我呢？"

钱正兴抬头，笑着："消息？"

"是呀，乡村的舆论。"

"有什么乡村的舆论呢？我们的镇内岂不是个个人对萧先生都敬重的吗？虽则萧先生到我们这里来不上两月，而萧先生大名，却已经连一般牧童都知道了。"

萧涧秋附和着笑了一笑。心狐疑地猜想着——对面这位情敌，不知对他究竟是善意，还是恶意？一边他说："那我在你们这里真是有幸福的。"

"假如萧先生以为有幸福，我希望萧先生永远住下去。"

"永远住下去？可以吗？"

"同我们一道做芙蓉镇的土著。"

很快地停一息，接着说："所以我想问一问，萧先生有心要组织一个家庭在芙蓉镇里吗？"

萧涧秋似快乐地心跳的样子，问："组织一个家庭？你这么说吗？"

"我也是听来的，望你勿责。"

他还是做着温柔的姿势。萧又哈地冷笑一声说："这于我是好事。可是外界说我和谁组织呢？"

"你当然有预备了。"

"没有，没有。"

"没有？"他也笑，"藏着一位很可爱的妇人呢！实在是一位难得的贤良妇人。"

萧冷冷地假笑问："谁呀？我自己根本还没有选择。"

"选择？"很快地停一息，"外界都说你爱上采莲的母亲。她诚然是可爱的，在西村，谁都称赞她贤惠。"

"胡说！我另有爱。"

萧涧秋感得几分怒愤,可是他用他的怒容带笑地表现出来。钱又娇态地问:"谁呢?可以告诉我吗?"

"陶岚,慕侃的妹妹。"

"你爱她吗?"

"我爱她。"

萧自然有力地说出。钱一时默然。一息,萧又笑问:"闻你也爱她?"

"是,也爱她,比爱自己的生命还甚。"

语气凄凉地,萧接着笑问:"她爱你吗?"

一个慢慢地答:"爱过我。"

"现在还爱你吗?"

"不知道她的心。"

"那让我代告诉你吧,钱先生,她现在爱我。"

"爱你?"

"是。所以还好,假如她同时爱两人,那我和你非决斗不可。你也愿意决斗吗?"

"决斗?可以不必。这是西方的野蛮风。萧先生,为友谊不能让一个女人吗?"

萧一时愁着,没有答。一息说:"她不爱你,我可以强迫她爱你吗?"

钱正兴却几乎哭出来一般说:"她是爱我的,萧先生,在你未来以前,她是爱我的,已经要同我订婚了。可是你一来,她却爱你了。在你到的那天晚上的一见,她就爱你了。可是我,我失恋的人,心里怎样呢?萧先生,你想,我比死还难受。我是十分爱陶岚的,时刻忘不了她,夜夜梦里有她。现在,她爱你——我早知道她爱你了,不过我料你不爱她,因为你是采莲的母亲的。现在,你也爱她,那叫我非自杀不可了!……"

他没有说完,萧涧秋不耐烦地插进说:"钱先生,你为什么对我说这些话呢?你爱陶岚,你向陶岚去求婚,对我说有什么用呢?"

钱正兴哀求似的接着说:"不,我请求你!我一生的苦痛与幸福,关系在你这一点上。你肯许允,我连死后都感激,破产也可以。"

"钱先生,你可拿这话勇敢地向陶岚去说。我对你有什么帮助呢?"

"有的,萧先生,只要你不和她通信就可以。慕侃已不要她来校教书,假如你再不给她信,那她就会爱我了。一定会爱我的,我以过去的经验知道。那我一生的幸福,全受萧先生所赐。萧先生的胸怀是救世的,那先救救我吧!救救我的自杀,萧先生会这样做吗?"

"钱先生,情形不同了。她也不会再爱你了。"

"同的,同的,萧先生,只求你不和她通信……"

他仍似没有说完,却突然停止住。萧涧秋非常愤激地,默默地注视着对面这位青年。他想不到这人是如此阴谋,软弱。他的全身几乎沸腾起来,这一种的请求,实在如决了堤的河水流来一样。一息,又听钱说道:"而且,萧先生,我当极力报答你,你如爱采莲的母亲组织家庭。"

萧涧秋立刻站起来,愤愤地说:"不要说了,钱先生,我一切照办,请你出去吧。"

一边他自己开了门,先走出去。他气塞地愤恨地一直跑到学校园内，倚身在一株冬青树的旁边。空间冰冷的，他似要溶化他的自身在这冰冷的空间内。他极力想制止他自己的思想，摆脱方才那位公子所给他的毫无理由的烦恼，他冷笑了一声。

他站了半点钟，竟觉全身灰冷的；于是慢慢转过身子，回到他的房内。钱正兴，无用的孩子已经走了。他蹙着眉又沉思了一息，就精疲力竭地向床上跌倒，一边喊："爱呀，爱呀，摆脱了吧！"

十三

光阴是这样无谓地过去。三天以后，采莲又没有来校读书。上午十点钟，陶岚到校里来，问起她，萧涧秋答："恐怕她母亲又病了。"

陶岚迟疑地说："否则为什么呢？她的母亲也是一个多思多虑的人。处这样的境遇，外界又没有人同情她，还用带荆棘的言语向她身上打，不病也要病了！我们，"她眼向萧转一转，说错似的，"我，就可以不管人家，所以还好，不生病——我的病是慢性的。——像她……这个社会……你想孩子怎样好？"

她语句说不完全，似乎说的完全就没有意义了。萧接着说："我们下午再去看一看吧。"

正这时，话还未了，采莲含着泪珠跑来。他们惊奇了，萧立刻问："采莲，你怎么？"

女孩子没有答，书袋仍在她的腋下。萧又问："你妈妈的病好了吗？"

"妈妈好了。"

女孩非常难受地说出。她站着没有动。陶岚向她问，蹲下身子:"小妹妹,你为什么到此刻才来呢?你不愿来读书吗?"

女孩用手掩在眼上答:"妈妈叫我不要告诉萧伯伯,还叫我来读书。弟弟又病了,昨夜身子热,过了一夜,妈妈昨夜一夜不曾睡。她说弟弟的病很厉害,叫我不要被萧伯伯知道。还叫我来读书。"

女孩要哭的样子。萧涧秋呆站着。陶岚将女孩抱在身边,用头偎着她头。向萧问:"怎么呢?"

他愁一愁眉,仍呆立着没有说。

"怎么呢?"

"我简直不知道。"

"为社会嘴多,你又是一个热心的人。"

他忽然悔悟地笑一笑,说:"时光快些给我过去吧,上课的铃,我听它打过了。"

同时他就向教务处走去。

在吃晚饭以前,萧涧秋仍和往常散步一样,微笑地,温良地,向采莲的家里走去。他感到在无形之中,他和他们都隔膜起来了。

当他走到他们的门外时,只听里面有哭声,是采莲的母亲的哭声。他立刻惊惶起来,向她的门推进,只见孩子睡在床上,妇人坐在床边,采莲不在。他立刻气急地问:"孩子怎么了?"

妇人抬头向他看了一看,垂下头,止着哭。他又问:"什么病呢?"

"从前天起,一刻刻地厉害。"

他走到孩子的身边,孩子微微地闭着眼。他放手在小孩的脸上一摸,脸是热的。看他的鼻孔一收一放地闪动着。他站着几分钟，有时又听他咳嗽，将痰咽下喉去。他心想："莫非是肺炎吗？"同时他问她，"吃过药吗？"

"吃过一点，是我自己想想给他吃的，没有看过医生。此刻看来不像样，又叫采莲去请一位诊费便宜些的伯伯去了。"

"要吃奶吗？"

"也似不想吃。"

他又呆立一回，问："采莲去了多久？"

"半点钟的样子。大概女孩又走错路了，离这里是近的。"

"中国医生吗？"

"嘿。"

于是他又在房内走了两圈，说："你也不用担忧，小孩总有他自己的运命。而且病是轻的，看几天医生，总可以好。不过此地没有西医吗？"

"不知道。"

天渐渐黑下来，黄昏又现出原形来活动了。妇人慢慢地说："萧先生，这孩子的病有些不利。关于他，我做过了几个不祥的梦。昨夜又梦见一位红脸和一位黑脸的神，要从我的怀中夺去他！为什么我会梦这个呢？莫非李家连这点种子都留不下去吗？"她停一停，泪来涌阻着她的声音，"先生，假如孩子真的没有办法，叫我……怎样……活……得下……去呢？"

萧涧秋心里是非常悲痛的。可是他走近她的身边说："你真是一个不懂事的人。为什么要说这话？梦是迷信呢！"

一边又踌躇地向房内走了一圈，又说："你现在只要用心看护这孩子，望他快些好起来。一切胡思乱想，你应当丢开它。"

他又向孩子看一回，孩子总是昏昏地——呼吸着，咳着。

"梦算什么呢？梦是事实吗？我昨夜也梦自己向一条深的河里跳下去，昏沉地失了知觉，似乎只抱着一块小木板，随河水流去，大概将要流到海里，于是我便——"他没有说出死字，转过说，"莫非今天我就真的要去跳河吗？"

他想破除妇人的对于病人最不利的迷信，就这样轻缓地庄重地说出。而妇人说："先生，你不知道——"

她的话没有说完，采莲气喘喘地跑进来。随后半分钟，也就走进一位几乎要请别人来给他诊的头发已雪白了的老医生。他先向萧涧秋慢慢地细看一回，伛着背又慢慢地戴起一副阔边的眼镜，给小孩诊病。他按了一回小孩的左手，又按了一回小孩的右手，翻开小孩的眼，又翻开小孩的口子，将小孩弄得哭起来。于是他说："没有什么病，没有什么病，过两三天就会好的。"

"没有什么病吗？伯伯！"

妇人惊喜地问。老医生不屑似的答："以我行医六十年的经验，像这样的孩子的病是无用医的。现在姑且吃一服药吧。"

他从他的袖口内取出纸笔，看着灯下，写了十数味草根和草叶。妇人递给他四角钱，他稍稍客气地放入袋里。于是又向萧涧秋——这时他搂着采莲，愁思地——仔细看了看。偻着背走出门外，妇人送着。

妇人回来向他狐疑地问，脸上微微喜悦地："萧先生，医生说他没有什么病呢？"

"所以我叫你不要忧愁。"

一个无心地答。

"看这样子会没有病吗？"

"我代你们去买了药来再说吧。"

可是妇人愚笨地，一息说："萧先生，你还没有吃过晚饭呢？"

"买好药再回去吃。"

妇人痴痴地坐着，她自己是预备不吃晚饭了。萧涧秋拿着药方走出来。采莲也痴痴地跟到门口。

十四

第二天，萧涧秋又到采莲的家里去一趟。孩子的病依旧如故。他走去又走回来，都是空空地走，于孩子毫无帮助。妇人坐守着，对他也不发微笑。

晚上，陶岚又亲自到校里来，她拿了几本书来还萧，当递给他的时候，她苦笑说："里面还有话。"

同时她又向他借去几本图画。简直没有说另外的话，就回去了。

萧涧秋独自呆站在房内，他不想读她的信，他觉得这种举动是非常笨的，可笑的。可是终于向书内拿出一条长狭的纸，看着纸上的秀丽的笔迹：

计算，已经五天得不到你的回信了。当然，病与病来扰乱了你的心，但你何苦要如此烦恼呢？我看你的态度和以前初到时不同，你逐渐逐渐地消极起来了。你更愁更愁地愁闷起来了。侃哥也说你这几天瘦得厉害，萧先生，你自己知道吗？

我，我确乎和以前两样。谢谢你，也谢谢天。我是勇敢起来了。你不知道吧。侃哥前几天不知怎样，叫我不要到校里来教书，强迫我辞职。而我对他一声冷笑。他最后说："妹妹，你不辞职，那只好我辞职了！一队男教师里面夹着一位女教师，于外界的流言是不利的。"我就冷冷地对他说："就是你辞了职，我也还有方法教下去，除非学校关门，不办。"到第二天，我在教室内对学生说了几句暗示的话，学生们当夜就向我的哥哥说，他们万不肯放"女陶先生"走，否则，他们就驱逐钱某。现在，侃哥已经悔悟了，再三讨我宽恕。并对你十二分敬佩。他说，他的对你的一切"不以为然"现在都冰释了。此后钱某若再辞职，他一定准他。哥哥笑说："为神圣的教育和神圣的友爱计，不能不下决心！"现在，我岂不是战胜了？最亲爱的哥哥，什么也没有问题，你安心一些吧！

请你给我一条叙述你的平安的回字。

再，采莲的弟弟的病，我下午去看过他，恐怕这位小生命不能久留在人世了，他的病，你也想得到吗？是她母亲的热传染给他的，再加他从椅子上跌下来，所以厉害了！不过为他母亲着想，死了也好。哈，你不会说我良心黑色吧？不过这有什么方法呢？以她的年龄来守几十年的寡，我以为是苦痛的。但身边带着一个孩子可以嫁给谁去呢？所以我想，万一孩子不幸死了，劝她转嫁。听说有一个年轻商人要想娶她的。

请你给我一条叙述你的平安的回字。

你的岚弟上

他坐在书案之前，苦恼地脸对着窗外。他决计不写回信，待陶岚明天来，他对面告诉她一切。他翻开学生们的习练簿子，拿起一支红笔浸着红墨水，他想校正它们。可是怎样，他却不自觉地于一忽之间，会在空白的纸间画上一朵桃花。他一看，自己苦笑了。就急忙将桃花涂掉，去找寻学生的习练簿上的错误。

第三天早晨，萧涧秋刚刚洗好脸，采莲跑来。他立刻问："小妹妹，你这么早来做什么？"

女孩轻轻地答："妈妈说，弟弟恐怕要死了！"

"啊！"

"妈妈说，不知道萧伯伯有方法没有？"

他随即牵着女孩的手，问："此刻你妈妈怎样？"

"妈妈只有哭。"

"我同你到你的家里去。"

一边，他就向另一位教师说了几句话，牵着女孩子，飞也似的走出校门来。清早的冷风吹着他们，有时萧涧秋咳嗽了一声女孩问："你咳嗽吗？"

"是，好像伤风。"

"为什么伤风呢？"

"你不知道，我昨夜到半夜以后还一个人在操场上走来走去。"

"做什么呢？"

女孩仰头看他。一边脚步不停地前进。

"小妹妹，你是不懂得的。"

女孩没有话，小小的女孩，她似乎开始探究人生的秘密了。一息又问："你夜里要做梦吗？因为要做梦就不去睡吗？"

萧向她笑一笑，点一点头，答："是的。"

可是女孩又问："梦谁呢？"

"并不梦谁。"

"不梦妈妈吗？不梦我吗？"

"是，梦到你。"

于是女孩接着诉说，似乎故事一般。她说她曾经梦到他：他在山里，不知怎样，后面来了一只狼，狼立刻衔着他去了。她于是在后面追，在后面叫，在后面哭。结果，她醒了，是她母亲唤醒她的。醒来以后，她就伏在她母亲的怀内，一动也不敢动。她末尾说："我向妈妈问：萧伯伯此刻不在山里吗？在做什么呢？妈妈说：在校里，他正睡着，同我们一样。于是我放心了。"

这样，萧涧秋向她看看，似乎要从她的脸上，看出无限的意义来。同时，两人已经走到她的家，所有的观念，言语，都结束了，用另一种静默的表情向房内走进去。

这时妇人是坐着，因为她已想过她最后的运命。

萧走到孩子的身边，孩子照样闭着两眼呼吸紧促的。他轻轻向他叫一声："小弟弟。"

而孩子已无力张开眼来瞧他了！

他仔细将他的头，手，脚，摸了一遍。全身是微微热的；鼻子闪烁着。于是他又问了几句关于夜间的病状，就向妇人说："怎么好？此处又没有好的医生。孩子的病大概是肺炎，可是我只懂得一点医学的常识，叫我怎样呢？"

他几乎想得极紧迫样子，一息，又说："莫非任他这样下去吗？让我施一回手术，看看有没有效。"

妇人却立刻跳起说："萧先生，你会医我的儿子吗？"

"我本不会的,可是坐守着,又有什么办法?"

他稍稍踌躇一息,又向妇人说:"你去烧一盆开水吧。拿一条手布给我。最好将房内弄得暖些。"

妇人却呆站着不动。采莲向她催促:"妈妈,萧伯伯叫你拿一条手布。"

同时,这位可爱的姑娘,她就自己动手去拿了一条半新半旧的手布来,递给他,向他问:"给弟弟洗脸吗?"

"不是,浸一些热给你弟弟缚在胸上。"

这样,妇人两腿酸软地去预备开水。

萧涧秋用他的力气,叫妇人将孩子抱起来。一面他就将孩子的衣服解开,再拿出已浸在面盆里的沸水中的手巾,稍稍凉一凉,将过多的水绞去,等它的温度可以接触皮肤,他就将它缚在孩子的胸上。再将衣服给他裹好。孩子已经一天没有哭声,这时,似为他这种举动所扰乱,却不住地单声地哭,还是没有眼泪。母亲的心里微微地有些欢欣着,祝颂着,她从不知道一条手巾和沸水可以医病,这实在是一种天赐的秘法,她想,她儿子的病会好起来,一定无疑。一时房内清静地,她抱着孩子,将头靠在孩子的发上,斜看着身前坐在一把小椅子上也搂着采莲的青年。她的心是极辽远辽远地想起。她想他是一位不知从天涯还是从地角来的天使,将她阴云密布的天色,拨见日光,她恨不能对他跪下去,叫他一声"天哪!"

房内寂静约半点钟,似等着孩子的反应。他一边说:"还得过了一点钟再换一次。"

这时妇人问:"你不上课去吗?"

"上午只有一课,已经告了假了。"

妇人又没有声音。他感到寂寞了，他慢慢地向采莲说："小妹妹，你去拿一本书来，我问问你。"

女孩向他一看，就跑去。妇人却忽然滴下眼泪来说："在我这一生怕无法报答你了！"

萧涧秋稍稍奇怪地问——他似乎没有听清楚。

"什么？"

妇人仍旧低声地流泪地说："你对我们的情太大了！你是救了我们母子三人的命，救了我们这一家！但我们怎样报答你呢？"

他强笑地难以为情地说："不要说这话了！只要我们能好好地团聚下去，就是各人的幸福。"

女孩已经拿书到他的身边，他们就互相问答起来。妇人私语地："真是天差先生来的，天差先生来的。这样，孩子的病会不好吗？哈，天是有它的大眼睛的。我还愁什么？天即使要辜负我，天也不敢辜负先生，孩子的病一定明天就会好。"

萧涧秋知道这位妇人因小孩的病的缠绕过度，神经有些变态，他奇怪地向她望一望。妇人转过脸，避开愁闷的样子。他仍低头和女孩说话。

十五

上午十时左右。

阳光似金花一般洒满人间。春天之使者似在各处舞跃：云间，树上，流动的河水中，还来到人类的各个的心内。在采莲的家里，病的孩子稍稍安静了，呼吸不似以前这么紧张。妇人坐在床边，强笑地静默想着。半空吊起的心似放下一些了。萧涧秋坐在一把小椅子上，女孩是在房内乱跑。酸性的房内，这时舒畅不少安慰不少了。

忽然有人走进来。站在他们的门口,而且气急的——这是陶岚。他们随即转过头,女孩立刻叫起来向她跑去,她也就慢慢地问:"小弟弟怎么样?"

"谢谢天,好些了。"妇人答。

陶岚走进到孩子的身边,低下头向孩子的脸上看了看。采莲的母亲又说:"萧先生用了新的方法使他睡去的。"

陶岚就转头问他,有些讥笑地:"你会医病吗?"

"不会。偶然知道这一种病,和这一种病的医法,还是偶然的。此地又没有好的医生,看孩子气急下去吗?"

他难为情地说。陶岚又道:"我希望你做一尊万灵菩萨。"

萧涧秋当时就站起来,两手擦了一擦,向陶岚说:"你来了,我要回去了。"

"为什么呢?"一个问。

"她已经知道这个手续,我下午再来一趟就是。"

"不,请你稍等片刻,我们同回去。"

青年妇人说:"你不来也可以。有事,我会叫采莲来叫你的。"

陶岚向四周看一看,似侦探什么,随说:"那么我们走吧。"

女孩依依地跟到门口,他们向她摇摇头就走远了。一边陶岚问他:"你要到什么地方去?"

"除出学校还有别的地方吗!"

"慢些,我们向那水边去走一趟吧,我还有话对你说。"

萧涧秋当即同意了。

他慢慢地抬头看她,可是一个已俯下头,问:"钱正兴对你要求过什么呢?"

"什么？没有。"

"请你不要骗我吧。我知道在你的语言的成分中是没有一分谎的，何必对我要异样？"

"什么呢，岚弟？"

他似小孩一般。一个没精打采地说："你运用你另一副心对付我，我苦恼了。钱正兴是我最恨的，已经是我的仇敌。一边毁坏你的名誉，一边也毁坏我的名誉。种种谣言起来，他都同谋的。我说这话并不冤枉他，我有证据。他吃了饭没事做，就随便假造别人的秘密，你想可恨不可恨？"

萧这时插着说："那随他去便了，关系我们什么呢？"

一个冷淡地继续说："关系我们什么？你恐怕忘记了。昨夜，他却忽然又差人送给我一封信，我看了几乎死去！天下有这样一种不知羞耻的男子，我还是昨夜才发现！"她息一息，还是那么冷淡地，"我们一家都对他否认了，你为什么还要对他说，叫他勇敢地向我求婚呢？为友谊计？为什么呢？"

她完全是责备的口气。萧却态度严肃起来，眼光炯炯地问："岚弟，你说什么话呢？"

一个不响，从衣袋内取出一封信，递给他。这时两人已经走到一处清幽的河边，新绿的树叶的荫翳，铺在浅草地上。春色的荒野的光芒，静静地笼罩着他俩的四周。他们坐下。他就从信内抽出一张彩笺，读下：

亲爱的陶岚妹妹：

现在，你总可允诺我的请求了。因为你所爱的那个男子我和他商量他自己愿意将你让给我。他,当然另有深爱的;可以说,他从此不再爱你了。妹妹,你是我的妹妹!

妹妹。假如你再还我一个"否"字,我就决计去做和尚——自杀!我失了你,我的生命就不会再存在了。一月来,我的内心的苦楚,已在前函详述之矣,想邀妹妹青眼垂鉴。

我在秋后决定赴美游历,愿偕妹妹同往。那位男子如与那位寡妇结婚,我当以五千元畀之。

下面就是"敬请闺安"及具名。

他看了,表面倒反笑了一笑。向她说——她是愤愤地看住一边的草地。

"你也会为这种请求所迷惑吗?"

她没有答。

"你以前岂不是告诉我说,你每收到一种无礼的要求的信的时候,你是冷笑一声,将信随随便便地撕破了抛在字纸篓内?现在,你不能这样做吗?"

她含泪地惘惘然回头说:"他侮辱我的人格,但你怎么要同他讨论关于我的事情呢?"

萧涧秋这时心里觉得非常难受,一阵阵地悲伤起来,他想——他亦何尝不侮辱他的人格呢?他愿意去同他说话吗?而陶岚却一味责备他,正似他也是一个要杀她的刽子手,他不能不悲伤了!——一边他挨近她的身向她说:"岚弟,那时设使你处在我的地位,你也一定将我所说的话对付他的。因为我已经完全明了你的人格，感情，志趣。你不相信我吗？"

"我相信你的，深深地相信你的。不过你不该对他说话。他是因为造我们的谣，我们不理他，才向你来软攻的，你竟被他计谋所中吗？"

"不是。我知道假如你还有一分爱他之心，为他某一种魔力所引诱，你不是一个意志坚强的人，那我无论如何也不会叫他向你求婚的。何况，"他静止一息，"岚弟，不要说他吧！"

一边他垂下头去，两手靠在地上，悲伤地，似乎心都要炸裂了。陶岚慢慢地说："不过你为什么不……"她没有说完。

"什么呢？"萧强笑地。她也强笑："你自己想一想吧。"

寂静落在两人之间。许久，萧震颤地说："我们始终做一对兄弟吧，这比什么都好。你不相信吗？你不相信人间有真的爱吗？哈，我还自己不知道要做怎么的一个人，前途开拓在我身前的又是怎样的一种颜色。环境可以改变我，极大的旋涡可以卷我进去。所以，我始终——我也始终愿意你做我的一个弟弟。使我一生不致十分寂寞，错误也可有人来校正。你以为不是吗？"

岚无心地答："是的。"意思几乎是——不是。

他继续凄凉地说："恋爱呢，我实在不愿意说它。结婚呢，我根本还没有想过。岚弟，我不立刻写回信给你，理由就在这里了！"停一息，又说，"而且生命，生命，这是一回什么事呢？在一群朋友的欢聚中，我会感到一己的凄怆，这一种情感我是不该有家庭的了。"

陶岚轻轻地答："你只可否认家庭，你不能否认爱情。除了爱情，人生还有什么呢？"

"爱情，我是不会否认的。就现在，我岂不是爱着一位小妹妹,也爱着一位大弟弟吗?不过我不愿尝出爱情的颜色的另一种滋味罢了。"

她这时身更接近他的娇羞地说:"不过,萧哥,人终究是人呢!人是有一切人的附属性的。"

他垂下头没有声音。随着两人笑了一笑。

一切温柔都收入在阳光的散射中,两人似都管辖着各人自己的沉思。一息,陶岚又说:"我希望在你的记忆中永远伴着我的影子。"

"我希望你也一样。"

"我们回去吧?"

萧随即附和答:"好的。"

十六

萧涧秋回到校内,心非常不舒服。当然,他是受了仇人的极大的侮辱以后。他脸色极青白,中饭吃得很少,引得阿荣问他:"萧先生,你身体好吗?"他答"好的"。于是就在房内呆呆地坐着。几乎半点钟,他一动不动,似心与身同时为女子之爱力所僵化了。他不绝地想起陶岚,他的头壳内充满她的爱;她的爱有如无数个小孩子,穿着各种美丽的衣服,在他的头壳内游戏,跳舞。他隐隐地想去寻求他的前途上所遗失的宝物。但有什么呢?他于是看一看身边似乎这时有陶岚的倩影站着,可是他的身边是空虚的。这样又过十分钟,却有四五个年约十三四岁的少年学生走进来。他们开始就问:"萧先生,听说你身体不好吗?"

"好的。"他答。

"那你为什么上午告假呢?先生们都说你身体不好才告假

的。我们到你的窗外来看看，你又没有睡在床上，我们很奇怪。"一个面貌清秀的学生说。

萧微笑地答："我也不知道他们为什么缘故要骗你们。我是因为采莲妹妹的小弟弟的病很厉害，我去看了一回。"

接着他就和采莲家里雇用的宣传员一样，说起他们的贫穷，苦楚，以及没人帮助的情形，统说了一遍。学生们个个低头叹息，里面一个说："他们为什么要讳言萧先生去救济呢？"

"我实在不知道。"萧答。

另一个学生插嘴道："他们妒忌吧？现在的时候，善心的人是有人妒忌的。"

一个在萧旁边的学生却立刻说："不是，不是，钱正兴先生岂不是对我们说过吗？他说萧先生要娶采莲妹妹的母亲？"那位学生微笑地。

萧愁眉问："他和你们谈这种话吗？"

"是的，他常常同我们说恋爱的事情。他教书教得不好，可是恋爱谈得很好，他每点钟总是上了半课以后，就和我们讲恋爱。他也常常讲到女陶先生，似乎不讲到她，心里就不舒服似的。"

萧涧秋仍旧悲哀地没有说。一个年龄小些的学生急急接上说："有什么兴味呢，讲这种话？书本教不完怎样办？他以后若再在讲台上讲恋爱，我和几个朋友一定要起来驱逐他！"

萧微笑地向他看一眼，那位小学生却态度激昂地，红着脸。

可是另一个学生却又向萧笑嘻嘻地问："萧先生，你为什么不和女陶先生结婚呢？"

萧淡淡地骂："你们不要说这种话吧！这是你们所不懂得

的。"

而那个学生还说:"女陶先生是我们一镇的王后,萧先生假如和她结了婚,萧先生就变作我们一镇的皇帝了。"

萧涧秋说:"我不想做皇帝,我只愿做一个永远的真正的平民。"

而那个学生又说:"但女陶先生是爱萧先生的。"

这时陶慕侃却不及提防地推进门来,学生的嘈杂声音立刻静止下去。陶慕侃俨然校长模样地说:"什么女陶先生男陶先生。哪个叫你们这样说法的?"

可是学生们却一个个微笑地溜出房外去了。

陶慕侃目送学生们去了以后,他就坐在萧涧秋的桌子的对面,说:"萧,这究竟是怎样一回事?昨天钱正兴向我说,又说你决计要同那位寡妇结婚?"

萧涧秋站了起来,似乎要走开的样子,说:"老友,不要说这种事情吧。我们何必要将空气弄得酸苦呢?"

陶慕侃灰心地:"我却被你和我的妹妹弄昏了。"

"并不是我,老友,假如你愿意,我此后决计专心为学校谋福利。我没有别的想念。"

陶慕侃坐了一回,上课铃也就打起了。

十七

阳光的脚跟带了时间移动,照旧过了两天。

萧涧秋和一队学生在操场上游戏。这是课外的随意的游戏,一个球从这人的手内传给那人的。他们的笑声是同春三月的阳光一样照耀,鲜明。将到了吃中饭的时候,操场上的人也预备休歇下来了。陶岚却突然出现在操场出入口的门边，一位小学生顽皮地叫："萧先生，女陶先生叫你。"

萧涧秋随即将他手内的球抛给另一个学生，就汗喘喘地向她跑来。两人没有话，几乎似陶岚领着他，同到他的房内。他随即问："你已吃过中饭了吗？"

"没有，我刚从采莲的家里来。"她萎靡地说。

一个正洗着脸，又问："小弟弟怎样呢？"

"已经死了。"

"死了？"

他随将手巾丢在面盆内，惊骇地。

"两点钟以前，"陶岚说，"我到他们家里，已经是孩子喘着他最后一口气的时候。孩子的喉咙已涨塞住，眼睛不会看他母亲了。他的母亲只有哭，采莲也在旁边哭，就在这哭声中，送去了一个可爱的孩子的灵魂了！我执着他的手，急想设法：可是法子没有想好，我觉得孩子的手冷去了，变青了！天哪，我是紧紧地执住他的手，好像这样执住，他才不致去了似的；谁知他灵魂之手，谁有力量不使他蜕化呢？他死了！造化是没有眼睛的，否则，见到妇人如此悲伤的情形，会不动他的心吗？妇人发狂一般地哭，她抱着孩子的死尸，伏在床上，哭得昏去。以后两位邻舍来，扶住她，劝着，她又哪里能停止呢？孩子是永远睡去了！唉，小生命永远安息了！他丢开了他母亲与姊姊的爱，永远平安了！他母亲的号哭哪里能唤得他回来呢？他又哪里会知道他母亲是如此悲伤呢？"

陶岚泪珠莹莹地停了一息。这时学校摇着吃中饭的铃，她喘一口气说："你吃饭去吧。"

他站着一动不动地说:"停一停,此刻不想吃。"

两人听铃摇完,学生们的脚步声音陆续地向膳厅走进,寂静一忽,萧说:"现在她们怎样呢?"

陶岚一时不答,用手巾拭了一拭眼,更走近他一步,胆怯一般,慢慢说:"妇人足足哭了半点钟,于是我们将昏昏的她放在床上,我又牵着采莲,一边托他们一位邻舍,去买一口小棺;又托一位去叫埋葬的人来,采莲的母亲向我说,她已经哭得没有力气了,她说:'不要葬了他吧,放他在我的身边吧!他不能活着在他的家里,我也要他死着在家里呢!'

"我没有听她的话,向她劝解了几句。劝解是没有力量的,我就任自己的意思做。将孩子再穿上一通新衣服,其实并不怎样新,不过有几朵花,没有破就是,我再寻不出较好的衣服来。孩子是满想来穿新衣服的。像他这样没有一件好看的新衣服,孩子当然要去了,以后我又给他戴上一顶帽子。孩子整齐的,工人和小棺都来了。妇人在床上叫喊:'在家里多放几天吧,在家里多放几天吧!'我们也没有听她,于是孩子就被两位工人抬去了。采莲,这位可爱的小妹妹,含泪问我:'弟弟到哪里去呢?'我答:'到极乐国去了!'她又说:'我也要到极乐国去。'我用嘴向她一努,说:'说不得的。'小妹妹又恍然苦笑地问:'弟弟不再回来了吗?'

"我吻着她的脸上说:'会回来的,你想着他的时候。夜里你睡去以后,他也会来和你相见。'

"她又问:'梦里弟弟会说话吗?'

"'会说的,只要你和他说。'

"于是她跑到她母亲的跟前,向她母亲推着叫:'妈妈,弟弟

梦里会来的。日里不见他,夜里会来的。陶姊姊说的,你不要哭哇.'

"可是她母亲这时非常旷达似的向我说,叫我走,她已经不悲伤了,悲伤也无益。我就到这里来。"

两人沉默一息,陶岚又说:"事实发生得太悲惨了!这位可怜的妇人,她也有几餐没有吃饭,失去了她的肉,消瘦得不成样子。女孩虽跟在她旁边,终究不能安慰她。"

萧涧秋徐徐地说:"我去走一趟,将女孩带到校里来。"

"此刻无用去,女孩一时也不愿离开她母亲的。"

"家里只有她们母女两人吗?"

"邻舍都走了,我空空地坐也坐不住。"

一息,她又低头说:"实在凄凉,悲伤,叫那位妇人怎么活得下去呢?"

萧涧秋呆呆地不动说:"转嫁,只好劝她转嫁。"

一时又心绪繁乱地在房内走一圈,沉闷地继续说:"转嫁,我想你总要负这点责任,找一个动听的理由告诉她。我呢,我不想到她们家里去了。我再没有帮助她的法子;我帮助她的法子,都失去了力量。我不想再到她们家里去了。女孩请你去带她到校里来。"

陶岚轻轻地说:"我想劝她先到我们家里住几天。这个死孩的印象,在她这个环境内更容易引起悲感来的。以后再慢慢代她想法子。孩子刚刚死了就劝她转嫁,在我说不出口,在她也听不进去的。"

他向她看一看,似看他自己镜内的影子,强笑说:"那很好。"

两人又无言地,各人深思着。学生们吃好饭,脚步声在他们的门外陆续地走来走去。房内许久没有声音。采莲，这位不幸的女孩，却含着泪背着书包，慢慢地向他们的门推进去，出现在他俩的前面。萧涧秋骇异地问："采莲，你还来读书吗？"

"妈妈一定要我来。"

说着，就咽咽地哭起来。

他们两人又互相看一看，觉得事情非常奇怪。他愁着眉，又问："妈妈对你说什么话呢？"

女孩还是哭着说："妈妈叫我来读书，妈妈叫我跟萧伯伯好了！"

"你妈妈此刻在做什么呢？"

"睡着。"

"哭吗？"

"不哭，妈妈说她会看见弟弟的，她会去找弟弟回来。"

萧涧秋心跳地向陶岚问："她似有自杀的想念？"

陶岚也泪澄澄地答："一定会有的。如我处在她这个境遇里，我便要自杀了。不过她能丢掉采莲吗？"

"采莲是女孩子，在这男统的宗法社会里，女孩子不算得什么。况且她以为我或能收去这个孤女。"

同时他向采莲一看，采莲随拭泪说："萧伯伯，我不要读书，我要回家去。妈妈自己会不见掉的。"

萧涧秋随又向陶岚说："我们同女孩回去吧。我也只好鼓舞自己的勇气再到她们的家里去走一遭。看看那位运命被狼咀嚼着的妇人的行动，也问问她的心愿。你能去邀她到你家里住几天，是最好的了。我们同孩子走吧。"

"我不去，"陶岚摇摇头说，"我此刻不去。你去，我过一点钟再来。"

"为什么呢?"

"不必我们两人同时去。"

萧明白了。又向她仔细看了一看,听她说:"你不吃点东西吗?我肚子也饿了。"

"我不饿,"他急忙答,"采莲,我们走。"

一边就牵着女孩的手,跑出来。陶岚跟在后面,看他们两个影子向西村去的路上消逝了。她转到她的家里。

十八

妇人在房内整理旧东西。她将孩子所穿过的破小衣服丢在一旁。又将采莲的衣服折叠在桌上,一件一件地。她似要将孩子的一切,连踪迹也没有地掷到河里去,再将采莲的运命裹起来。如此,似悲伤可以灭绝了,而幸福就展开五彩之翅在她眼前翱翔。她没有哭,她的眼内是干燥的,连一丝隐闪的滋润的泪光也没有。她毫无精神地整理着,一时又沉入呆思,幻化她一步步要逼近来的时日:

——男孩是死了!只剩得一个女孩。——

——女孩算得什么呢?于是便空虚了!

——没有一分产业,没有一分积蓄——

——还得要人来帮忙,不成了!——

——一个男子像他一样,不成了!——

——我毁坏了他的名誉,以前是如此的——

——为的忠贞于丈夫,也忍住他的苦痛——

——他可以有幸福的,他可以有——

——于是我的路……便完了——

女孩轻轻地先进门,站在她母亲的身前,她也不知觉。女孩叫一声,"妈妈!"女孩含泪的。

"你没有去吗?我叫你读书去!"

妇人愁结着眉,十分无力地发怒。

"萧伯伯带我回来的。"

妇人仰头一望,萧涧秋站在门边,妇人随即低下头去,没有说。

他远远地站着说了一句,似想了许久才想出来的:"过去了的事情都过去了。"

妇人好像没有听懂,也不说。

萧一时非常急迫,他眼盯住看这妇人,他只从她脸上看出憔悴悲伤,他没有看出她别的。他继续说:"不必想;要想的是以后怎么样。"

于是她抬头缓缓答:"先生,我正在想以后怎么样呢!"

"是,你应该……"

一边他走近拢去。她说,声音轻到几乎听不见:"应该这样。"

一个又转了极弱极和婉的口声,向她发问:"那么你打算怎样呢?"

她的声音还是和以前一样轻地答:"于是我的路……便完了!"

他更走近,两手放在女孩的两肩上,说:"说重一点吧,你怕想错了。"

这时妇人止不住涌流出泪,半哭地说,提高声音:"先生!

我总感谢你的恩惠！我活着一分钟，就记得你一分钟。但这一世我用什么来报答你呢？我只有等待下世，变作一只牛马来报答你吧！"

"你为什么要说像这样陈腐的话呢？"

"从心深处说出来的。以前我满望孩子长大了来报答你的恩，现在孩子死去了，我的方法也完了！"一边拭着泪，又忍止住她的哭。

"还有采莲在。"

"采莲……"她向女孩看一看，"你能收受她去做你的丫头吗？"

萧涧秋稍稍似怒地说："你们妇人真想不明白，愚蠢极了！一个未满三周的小孩，死了，就死了，算得什么？你想，他的父亲二十七八岁了，尚且给一炮打死！似这样小的小孩心痛他做什么？"

"先生，叫我怎样活得下去呢？"

他却向房内走了一圈，忍止不住地说出："转嫁！我劝你转嫁。"

妇人却突然跳起来，似乎她从来没有听到过妇人是可以有这一个念头的。她迟疑地似无声地问："转嫁？"

他吞吐地，一息坐下，一息又站起："我以为这样办好。做一个人来吃几十年的苦有什么意思？还是择一位相当的你所喜欢的人……"

他终于说不全话，他反感到他自己说错了话了。对于这样贞洁的妇人的面，一边疑惑地转过头向壁上自己暗想："天哪，她会不会疑心我要娶她呢？"

妇人果然似触电一般,心急跳着,气促地,两眼盯在他的身上看,一时断续地说:"你,你,你是我的恩人,你的恩和天一样大,我,我是报答不尽的。没有你,我们三人早已死了,这个短命的冤家,也不会到今天才死。"

他却要引开观念地又说:"我们做人,可以活,总要忍着苦痛,设法活下去。"

妇人正经地说:"死了也算完结呢!"

萧涧秋摇摇头说:"你完全乱想,你一点不顾到你的采莲吗?"

采莲却只有谁说话,就看着谁。在她母亲与先生之间,呆呆的。妇人这时将她抱去,一面说:"你对我们太有心了,先生,我们愿做你一世的用人。"

"什么?"

萧吃惊地。她说:"我愿我的女孩,跟做你一世的用人。"

"这是什么意思?"

"你能收我们去做仆役吗,恩人?"

她似乎要跪倒的样子,流着泪。他实在看得非常动情,悲伤。他似乎操着这位不幸的妇人的生死之权在他手里,他极力镇定他自己,强笑说:"以后再商量。我当极力帮助你们,是我所能做到的事。"

一边他心里辗轳地想:"假如我要娶妻,我就娶去这位妇人吧。"

同时他看这位妇人,不知她起一个什么想念和反动,脸孔变得更青;又见她两眼模糊的,她晕倒在地上了。

采莲立刻在她母亲的身边叫:"妈妈!妈妈!"她母亲没有答

应，她便哭了。萧涧秋却非常急忙地跑到她的前面，用两手执着她的两臂，又摇着她的头，口里问："怎样？怎样？"妇人的喉间有些哼哼的。他又用手摸一摸她的额，额冰冷，汗珠出来。于是他扶着她的颈，几乎将她抱起来，扶她到了床上，给她睡着。口子又问，夹并着愁与急的："怎样？你觉得怎样？"

"好了，好了，没有什么了。"

妇人低微着喘气，轻弱地答。用手擦着眼，似睡去一回一样。女孩在床边含泪地叫："妈妈！妈妈！"

妇人又说，无力的："采莲哪，我没有什么，你不用慌。"

她将女孩的脸拉去，偎在她自己的脸上，继续喘气地说："你不用慌，你妈妈是没有什么的。"

萧涧秋站在床边，简直进退维谷的样子，低着头，似想不出什么方法。一时又听妇人说，声音是颤抖如弦的："采莲哪，万一你妈妈又怎样，你就跟萧伯伯去好了。萧伯伯对你的好，和你亲生的伯伯一样的。"

于是青年忧愁地问："你为什么又要说这话呢？"

"我觉得我自己的身体这几天来坏极！"

"你过于悲伤了，你过于疲倦了！"

"先生，孩子一病，我就没有咽下一口饭；孩子一死，我更咽不下一口水了！"

"不对的，不对的，你的思想太卑狭。"

妇人没有说，沉沉地睡在床上。一时又睁开眼向他看一看。他问："现在觉得怎样？"

"好了。"

"方才你想到什么吗？"

她迟疑一息,答:"没有想什么。"

"那么你完全因为太悲伤而疲倦的缘故。"

妇人又没有说,还是睁着眼看他。他待站一息,又强笑用手按一按她的额上,这时稍稍有些温,可是还有冷汗。又按了一按她的脉搏,觉得她的脉搏缓弱到几乎没有。他只得说:"你应当吃点东西下去才好。"

"不想吃。"

"这是不对的,你要饿死你自己吗?"

她也强笑一笑。青年继续说:"你要信任我才好,假如你自己以为我对你都是好意的话。人总有一回死,这样幼小的孩子,又算得什么?而且每个母亲总要死了她一个儿子,假如是做母亲的人,因为死了一个孩子,就自己应该挨饿几十天,那么天下的母亲一个也没有剩了。人的全部生命就是和运命苦斗,我们应当战胜运命,到生命最后的一秒不能动弹为止。你应当听我的话才好。"

她似懂非懂地苦笑一笑,轻轻说:"先生请回去吧,你的事是忙的。我想明白了,我照先生的话做。"

萧涧秋还是执着妇人的枯枝似的手。房内沉寂的,门却忽然又开了,出现一位女子。他随将她的手放回,转脸迎她。女孩也从她母亲怀里起来。

十九

陶岚先生走近他的身前问:"你还没有去吗?"

他答:"因她方才一时又晕去,所以我还在。"

她转头问她,一边也按着她的方才被萧涧秋捻过的手。

"怎样呢，现在？"

妇人似用力勉强答："好了，我请萧先生回校去。萧先生怕也还没有吃过中饭。"

"不要紧，"他说，"我想喝茶。方才她晕去的时候，我找不到一杯热的水。"

"让我来烧吧。"陶岚说，"还有采莲也没有吃中饭吗？已经三点钟了。"

"可怜这小孩子也跟在旁边挨饿。"

陶岚却没有说，就走到灶间。倒水在一只壶里，折断生刺的柴枝来烧它。她似乎想水快一些沸，就用很多的柴塞在灶内，可是柴枝还青，不容易着火，弄得满屋子是烟，她的眼也滚出泪来。妇人在床上向采莲说："你去烧一烧吧，怎么要陶先生烧呢？"

女孩跑到炉子的旁边，水也就沸了。又寻出几乎是茶梗的茶叶来，泡了两杯茶。端到他们的面前。

这样，房内似换了一种情景，好像他们各人的未来的人生问题，必须在这一小时内决定似的。女孩依偎在陶岚的身边，眼睛视着她母亲的脸上，好像她已不是她的母亲了，她的母亲已同她的弟弟同时死去了！而不幸的青年寡妇，似上帝命她来尝尽人间的苦汁的人，这时倒苦笑的，自然的，用她沉静的目光向坐在她床边的陶岚看了一回，又看一回；再向站在窗边垂头看地板的萧涧秋望了几望。她似乎要将他俩的全个身体与生命，剖解开来又连接拢去。似乎她看他俩的衣缘上，纽扣边，统统闪烁着光辉，出没着幸福。女孩在他们中间，也会有地位，有愿望地成长起来，于是她强笑了。严肃的悲惨的空气，过了约一刻钟。陶岚说:"我想请你到我的家里去住几天。你现在处处看见都是伤心的,损坏了你的身体,又有什么用呢?况且小妹妹跟在你的身边也太苦,跟你流泪,跟你挨饿,弄坏小妹妹的身子也不忍。还是到我家里去住几天,关锁起这里的门来。"

她婉转低声地说到这里,妇人接着说:"谢谢你,我真不知怎样报答你们的善意。现在我已经不想到过去了,我只想怎样才可算是真正的报答你们的恩。"

稍停一息,对采莲说:"采莲,你跟萧伯伯去吧!跟陶先生去吧!家里这几天没有人烧饭给你吃。我自己是一些东西也不想吃了。"

采莲仰头向陶岚瞧一瞧,同时陶岚也向她一微笑,更搂紧她,没有其他的表示。一息,陶岚又严肃地问:"你要饿死你自己吗?"

"我一时是死不了的。"

"那么到我家里去住几天吧。"

妇人想了一想说:"走也走不动,两腿醋一般酸。"

"叫人来抬你去。"

陶岚又和王后一般的口气。妇人答:"不要,谢谢你,儿子刚死了,就逃到人家的家里去,也说不过去。过几天再商量吧。我身子也疲倦。让我睡几天。"

他们没有说。一息,她继续说:"请你们回去吧!"

萧涧秋向窗外望了一望天色,向采莲说:"小妹妹,你跟我去吧。"

女孩走到他的身边。他向她们说:"我两人先走了。"

"等一等。"陶岚接着说。

于是女孩问:"妈妈也去吗?"

妇人却心里哽咽,说不出"我不去"三个字,只摇一摇头。岚催促地说:"你同去吧。"

"不,你们去,让我独自睡一天。"

"妈妈不去吗?"

"你跟陶先生去,明天再来看你的妈妈。"

他们没有办法,低着头走出房外。他们一时没有说话。离了西村,陶岚说:"留着那位妇人,我不放心。"

"有什么方法?"

"你以为任她独自不要紧吗?"

"我想不出救她的法子。"

他的语气凄凉而整密的。一个急促地:"明天一早我再去叫她。"

这样,女孩跟陶岚到陶的家里。陶岚先拿了饼干给她吃。萧涧秋独自回到校内。

他愈想那位妇人,觉得危险愈逼近她。他自己非常地不安,好像一切祸患都从他身上出发一样。

他并不吃东西,肚子也不饿。关着房门足足在房内坐了一点钟。黄昏到了,阿荣来给他点上油灯。他就在灯下很快地写这几行信:

> 亲爱的岚!我不知怎样,好像生平所有的烦恼都集中在此时之一刻!我简直似一个杀人犯一样——我杀了人,不久还将被人去杀!
>
> 那位可怜的妇人,在三天之内,我当用正当的根本

的方法救济她。我为了这事，我萦回，思想，考虑：岚，假如最后我仍没有第二条好法子的时候——我决计娶了那位寡妇来！你大概也听得欢喜的，因为对于她你和我都同样的思想。

过了明天，我想亲身去对她说明。岚弟，事实恐非这样不可了！但事实对于我们也处置得适宜的，你不要误会了。

写不出别的话，愿幸福与光荣降落于我们三人之间。

祝君善自珍爱！

萧涧秋上

他急忙将信封好。就差阿荣送去。自己仍兀自坐在房内，苦笑起来。

不上半点钟，一位小学生就送她的回信来了。那位小学生跑得气喘地向萧涧秋说："萧先生，萧先生，陶先生请你最好到她的家里去一趟。采莲妹妹也不时要哭，哭着叫回到家里去。"

"好的。"萧向他点一点头。

学生去了。回信是这么写的：

萧先生！你的决定简直是一个霹雳，打得使我发抖。你非如此做不可吗？你就如此做吧！

可怜的岚

萧涧秋将信读了好几遍，简直已经读出陶岚写这信时的一种幽怨状态，但他还是两眼不转移地注视着她的秀劲潦草的笔迹上，要推敲到她心之极远处一样。

将近七时，他披上一件大衣，用没精打采的脚步走向陶岚的家里。

采莲吃好夜饭就睡着了，小女孩似倦怠得不堪。他们两人一见简直没有话，各人都用苦笑来表示心里的烦闷。几乎过去半时，陶岚问："我知道你，你非这样做不可吗？"

"我想不出比这更好的方法来。"

"你爱她吗？"

萧涧秋慢慢地："爱她的。"

陶岚冷酷地讥笑地做脸说："你一定要回答我。——假如我要自杀，你又怎样？"

"你为什么要说这话？"

他走上前一步。

"请你回答我。"她还是那么冷淡地。

他情急地说："莫非上帝叫我们几人都非死不可吗？"

沉寂一息，陶岚冷笑一声说："我知道你不相信自杀。就是我，我也偏要一个人活下去，活下去；孤独地活到八十岁，还要活下去！等待自然的死神降临，它给我安葬，它给我痛哭——一个孤独活了几十年的老婆婆，到此才会完结了！"一边她眼内含上泪，"在我的四周知道我心的人，只有一个你；现在你又不是我的哥哥了，我从此更成孤独。孤独也好，我也适宜于孤独的，以后天涯海角我当任意去游行。一个女子不好游行的吗？那我剃了头发，扮作尼姑。我是不相信菩萨的，可是必要的时候，我会扮作尼姑。"

萧涧秋简直恍恍惚惚地，垂头说："你为什么要说这话呢？"

"我想说，就说了。"

"为什么要有这种思想呢？"

"我觉到自己孤单。"

"不是的，在你的前路，炫耀着五彩的理想。至于我，我的肩膀上是没有美丽的羽翼的。岚，你不要想错了。"

一个丧气地向他看一看，说："萧哥，你是对的，你回去吧。"

同时她又执住他的手，好似又不肯放他走。一息，放下了，又背转过脸说："你回去，你爱她吧。"

他简直没有话，昏昏地向房外退出去。他站在她的大门外，大地漆黑的。他一时不知道要投向哪里去，似无路可走的样子。仰头看一看天上的大熊星，好像大熊星在发怒道："人类是节外生枝，枝外又生节的——永远弄不清楚。"

二十

他回到校里，看见一队教师聚集在会客室内谈话。他们很起劲地说，又跟着高声地笑，好像他们都是些无牵挂的自由人。他为的要解除他自己的忧念，就向他们走近去。可是他们仍旧谈笑自若，而他总说不出一句话，好像他们是一桶水，他自己是一滴油，终究溶化不拢去。没有一息，陶慕侃跟着进来。他似来找萧涧秋的，可是他却非常不满意地向大众说起话来："事情是非常稀奇的，可是我终在闷葫芦里，莫名其妙。萧先生是讲独身主义的，听说现在要结婚了。我的妹妹是讲恋爱的，今夜却突然要独身主义了！萧，到底是怎么一回事？"

大家立时静止下来，头一齐转向萧，他微笑地答："我自己也不知道到底是怎样一回事。"

方谋立刻就向慕侃问:"那么萧先生要同谁结婚呢!"

慕侃答:"你问萧自己吧。"

于是方谋立刻又问萧,萧说:"请你去问将来吧。"

教师们一笑,哗然说:"回答的话真巧妙,使人坠在五里雾中。"

慕侃接着说,慨叹地:"所以,我做大阿哥的人,也给他们弄得莫名其妙了。我此刻回到家里,妹妹正在哭。我问母亲什么事,母亲说——你妹妹从此要不嫁人了。我又问,母亲说,因为萧先生要结婚。这岂不是奇怪吗?萧先生要结婚而妹妹偏不嫁,这究竟为什么呢?"

萧涧秋就接着说:"无用奇怪,未来自然会告诉你的。至于现在,我自己也不甚清楚。"

说着,他站了起来似乎要走。各人一时默然。慕侃慢慢地又道:"老友,我看你近来的态度太急促,像这样的办事要失败的。这是我妹妹的脾气,你为什么学她呢?"

萧涧秋在室内走来走去,一边强笑答:"不过我是知道要失败才去做的。不是希望失败,是大概要失败。你相信吗?"

"全不懂,全不懂。"

慕侃摇了摇头。

正是这个时候,各人的疑团都聚集在各人的心内,推究着芙蓉镇里的奇闻。有一位陌生的老妇却从外边叫进来,阿荣领着她来找萧先生。萧涧秋立刻跑向前去,知道她就是前次在船上叙述采莲的父亲的故事那人。一边奇怪地向她问道:"什么事?"

那位老妇只是战抖,简直吓得说不出话。一时,她似向室内的人们看遍了。她叫道:"先生,采莲在哪里呢?她的妈妈吊死了!"

"什么?"

萧大惊地。老妇气喘地说:"我,我方才想到她两天来没有吃东西,于是烧了一碗粥送过去。我因为收拾好家里的事才送去,所以迟一点。谁知推不进她的门,我叫采莲,里面也没有人答应。我慌了,俯在板缝上向里一瞧,唉!天哪,她竟高高地吊着!我当时跌落粥碗,粥撒满一地,我立刻跑到门外喊救命,来了四五个男人,敲破进门,将她放下来,唉!气已断了!心头冰冷,脸孔发青,舌吐出来,模样极可怕,不能救了!现在,先生,请你去商量一下,她没有一个亲戚,怎样预备她的后事。"老妇人又向四周一看,问,"采莲在哪里呢?也叫她去哭她母亲几声。"

老妇人慌慌张张地,似又悲又怕。教师们也个个听得发呆。萧涧秋说:"不要叫女孩,我去吧。"

他好似还可救活她一般地疾走。陶慕侃与方谋等三四位教师们也跟去,似要去看看死人的可怕的脸。

他们一路没有说话,只是踢踢踏踏的脚步声,向西村急快地移动。田野是寂静的,黑暗的,猫头鹰的尖厉鸣声从远处传来。在这时的各教师们的心内谁都感觉出寡妇的凄惨与可怜来。

四五位男人绕住寡妇的尸。他们走上前去。尸睡在床上,萧涧秋几乎口子喊出"不幸的妇人哪!"一句话来。而他静静地站住,流出一两滴泪。他看妇人的脸,紧结着眉,愁思万种地。他就用一床棉被将她从发到脚跟盖上了。邻舍的男人们都退到门边去。就商量起明天出葬的事情来。一边,雇了两位胆大些的女工,当晚守望她的尸首。

于是人们从种种的议论中退到寂静的后面。

第二天一早，陶岚跑进校里来，萧涧秋还睡在床上，她进去。

"究竟是怎么一回事？"

陶岚问，含起泪珠。

"事情竟和悲剧一般地演出来……女孩呢？"

"她还不知道，叫着要到她妈妈那里去，我想带她去见一见她母亲的最后的面。"

"随你办吧，我起来。"

陶岚立刻回去。

萧涧秋告了一天假，进行着妇人的丧事。他几乎似一位丈夫模样，除了他并不是怎样哭。

坟做在山边，石灰涂好之后，他就回到校里来。这已下午五时，陶慕侃，陶岚，她搂着采莲皆在。他们一时没有说，女孩哭着问："萧伯伯，妈妈会醒回来吗？"

"好孩子，不会醒回来了！"

女孩又哭，"我要妈妈那里去！我要妈妈那里去！"

陶岚向她说，一边拍她的发，亲昵地，流泪地："会醒回来的，会醒回来的。过几天就会醒回来。"

女孩又哽咽地静下去。萧涧秋低低地说："我带她到她妈妈墓边去坐一回吧。也使她记得一些她妈妈之死的印象，说明一些死的意义。"

"时候晚了，她也不会懂得什么的。就是我哥哥也不懂得这位妇人的自杀的意义。不要带小妹妹去。"

陶岚说了，她哥哥笑一笑没有说，忠厚的。

学校的厨房又摇铃催学生去吃晚饭。陶岚也就站起身来想带采莲回到家里去。她的哥哥说："密司脱萧，你这几天也过得太苦闷了！你好似并不是到芙蓉镇来教书，是到芙蓉镇来讨苦吃的。今晚到敝舍去喝一杯酒吧，消解消解你的苦闷。以后的日子，总是你快乐的日子。"

萧涧秋没有答可否。接着陶岚说："那么去吧，到我家里去吧。我也想回家去喝一点酒，我的胸腔也塞满了块垒。"

"我不想去。我简直将学生的练习簿子堆积满书架。我想今夜把它们改正好。"

陶慕侃说，他站起来，去牵了他朋友的袖子。

"不要太心急，学生们都相信你，不会哄走你的。"

他的妹妹又说："萧先生，我想和你比一比酒量。看今夜谁喝得多，谁的胸中苦闷大。"

"我却不愿获得所谓苦闷呢！"

一下子，他们就从房内走出来。

随着傍晚的朦胧的颜色，他们到了陶的家。晚餐不久就布置起来。在萧涧秋的心里，这一次是缺少从前所有的自然和乐意，似乎这一次晚餐是可纪念的。

事实，他也喝下许多酒，当慕侃斟给他，他在微笑中并不推辞。陶岚微笑地看着他喝下去。他们也说话，说的都是些无关系的学校里的事。这样半点钟，从门外走进三四位教师来，方谋也在内。他们也不快乐地说话，一位说："我们没有吃饱饭，想加入你们喝一杯酒。"

"好的，好的。"

校长急忙答。于是陶岚因吃完便让开座位。他们就来挤满一桌。方谋喝过一口酒以后，就好像喝醉似的说起来："芙蓉镇又有半个月可以热闹了。采莲的母亲的猝然自杀，竟使个个人听得骇然！唉！真可算是一件新闻，拿到报纸上面去揭载的。母亲殉儿子，母亲殉儿子！"

陶慕侃说："真是一位好妇人，实在使她活不下去了！太悲惨，可怜！"

另一位教师说："她的自杀已传遍芙蓉镇了。我们从街上来，没有一家不是在谈论这个问题。他们叹息，有的流泪，谁都说她应当照烈妇论。也有人打听着采莲的下落。萧先生，你在我们一镇内，名望大极了，无论老人，妇女，都想见一见你，以后我们学校的参观者，一定络绎不绝了！"

方谋说："萧先生实在可以佩服，不过枉费心思。"

萧涧秋突然向他问："为什么呢？"

"你如此煞费苦心地去救济他们，他们本来在下雪的那几天就要冻死的。幸你毅然去救济他们。现在结果，孩子死了，妇人死了，岂不是……"

方谋没有说完，萧涧秋就似怒地问："莫非我的救济他们，为的是将来想得到报酬吗？"

一个急忙改口说："不是为的报酬，因为这样不及意料地死去，是你当初所想不到的。"

萧冷冷地带酒意地说："死了就算了！我当初也并没有想过孩子一定会长大，妇人一定守着孩子到老的。于是儿子是中国一位出色的有名的人物，母亲因此也荣耀起来，对她儿子说'儿呀，你还没有报过恩呢！'于是儿子就将我请去，给我供养起来。哈哈，我并没有这样想过。"

陶岚在旁笑了一笑。方谋红起脸，哧哧地说："你不要误会，我是完全对你敬佩的话。以前镇内许多人也误会你，因你常到妇人的家里去。现在，我知道他们都释然了！"

"又为什么呢？"萧问。

方谋停止一息，终于止不住，说出来："他们想，假如寡妇与你恋爱，那孩子死了，正是一个机缘，她又为什么要自杀？可见你与死了的妇人是完全坦白的。"

萧涧秋的心胸，突然非常涌塞的样子。他举起一杯酒喝空了以后，徐徐说："群众的心，群众的口……"

他没有说下去，眼转瞧着陶岚，陶岚默然低下头去。采莲吃过饭依在她的怀前。一时，女孩凄凉地说："我的妈妈呢？"

陶岚轻轻对她说："听，听，听先生们说笑话。假如你要睡，告诉我，我领你睡去。"

女孩又说："我要回到家里去睡。"

"家里只有你一个人了！"

"一个人也要去。"

陶岚含泪地，用头低凑到女孩的耳边："小妹妹，这里的床多好哇，是花的；这里的被儿多好哇，是红的；陶姊姊爱你，你在这里。"

女孩又默默地。

他们吃起饭来，方谋等告退回去，说学校要上夜课了。

二十一

当晚八点钟，萧涧秋微醉地坐在她们的书室内，心思非常缭乱。女孩已经睡了，他还想着女孩——不知这个无父无母的穷孩子，如何给她一个安排。又想他自己——他也是从无父无母的艰难中长大起来，和女孩似乎同一种颜色的运命。他永远想带她在身边,算作自己的女儿般,爱她。但芙蓉镇里的含毒的声音,他没有力量听下去;教书,也难于遂心使他干下去了。他觉得他自己的前途是茫然!而且各种变故都从这茫然之中跌下来,使他不及回避,忍压不住。可是他却想从"这"茫然跳出去,踏到"那"还不可知的茫然里。处处是夜的颜色;因为夜的颜色就幻出各种可怕的魔脸来。他终想镇定他自己,从黑林的这边跑到那边,涉过没漆的在他脚上急流过去的河水。他愿意这样去,这样地再去探求那另一种的颜色。这时他两手支着两颊,两颊燃烧地,心脏搏跳着。陶岚走进来,无心地站在他的身边。一个也烦恼地,静默一息之后,强笑地问他。

"你又想着什么呢?"

"明天告诉你。"

她仰起头似望窗外的漆黑的天空,一边说:"我不一定要知道。"

一个也仰头看着她的下巴,强笑说:"那么我们等待事实吧。"

"你又要怎样?"

陶岚当时又很快地说,而且垂下头,四条目光对视着。萧说:"还不曾一定要怎样。"

"哈,"她又慢慢地转过头笑起来,"你怎么也变作一位辗转多思的。不要去想她吧,过去已经给我们告了一个段落了!虽则事实发生得太悲惨,可是悲剧非要如此结局不可的。不关我们的事。以后是我们的日子,我们去找寻一些光明。"她又转换了一种语气说,"不要讲这些无聊的话,我想请你奏钢琴,我好久没有见你奏了。此刻请你奏一回,怎样?"

他笑眯眯地答她:"假如你愿意的话,我可以奏;恐怕奏得不能和以前一样了。"

"我听好了。"

于是萧涧秋就走到钢琴的旁边。他开始想弹一阕古典的曲,来表示一下这场悲惨的故事。但故事与曲还是联结不起来,况且他也不能记住一首全部的叙事的歌。他在琴边呆呆的,一个问他:"为什么还不奏?又想什么?"

他并不转过头说:"请你点一歌给我奏吧。"

她想了一想,说:"《我心在高原》好吗?"

萧没有答,就翻开谱奏他深情的歌:歌是 Burns 做的。

> 我心在高原,
> 离此若干里;
> 我心在高原,
> 追赶鹿与麋。
> 追赶鹿与麋,
> 中心长不移。

> 别了高原月,
> 别了朔北风,
> 故乡何美勇,
> 祖国何强雄;
> 到处我漂流,
> 漫游任我意,
> 高原之群峰,

永远心相爱。

别了高峻山，
山上雪皓皓，
别了深湛涧，
涧下多芳草，
再别你森林，
森林低头愁；
还别湍流溪，
溪声自今古。

我心在高原，
离此若干里，
…………

　　他弹了三节就突然停止下来，陶岚奇怪地问："为什么不将四节弹完呢？"
　　"这首诗不好，不想弹了。"
　　"那么再弹什么呢？"
　　"简直没有东西。"
　　"你自己有制作吗？"
　　"没有。"
　　Home, Sweet Home，我唱。"
　　"也不好。"
　　"那么什么呢？"

"想一想什么伤葬曲。"

"我不喜欢。"

萧涧秋从琴边离开。陶岚问:"不弹了吗?"

"还弹什么呢?"

"好哥哥!"她小姑娘般撒娇起来,她看得他太忧郁了,"请你再弹一个,快乐一些的,活泼一些的。"

一个却纯正地说:"艺术不能拿来敷衍用的。我们还是真正地谈几句话吧。"

"你又想说什么呢?"

"告诉你。"

"不必等到明天了吗?"

陶岚笑谑地。萧涧秋微怒地局促地说:"不说了似觉不舒服的。"

陶岚快乐地将两手执住他两手,叫起来:"那么请你快说吧。"

一个却将两手抽去伴在背后,低低地说:"我这里住不下去了!"

"什么呀?"

陶岚大惊地,在灯光之前,换白了她的脸色。萧说,没精打采地:"我想向你哥哥辞职,你哥哥也总只得允许。因为这不是我自己心愿的事,我的本心,是想在这里多住几年的。可是现在不能,使我不能。人人的目光看住我,变故压得我喘不出气。这二天来,我有似在黑夜的山冈上寻路一样,一刻钟,都难于挨过去!现在,为了你和我自己的缘故,我想离开这里。"

房内沉寂一忽,他接着说:"我想明后天就要收拾走了。总之，住不下去。"

陶岚却含泪地说："没有理由，没有理由。"

萧强笑地说："你的没有理由是没有理由的。"

"我想，不会有人说那位寡妇是你谋害了的。"

房内的空气，突然紧张起来，陶岚似盛怒地，泪不住地流，又给帕拭了。他却站着没有动。她激昂地说："你完全想错了，你要将你自己的身来赎个人的罪吗？你以为人生是不必挽救快乐的吗？"

"平静一些吧，岚弟！"

这时她却将桌上一条玻璃，压书用的，拿来咕的一声折断。同时气急地说："错误的，你非取消成见不可！"

一个却笑了一笑，陶岚仰头问："你要做一位顽固的人吗？"

"我觉得没有在这里住下去的可能了。"萧涧秋非常气弱的。

陶岚几乎发狂地说："有的，有的，理由就在我。"同时她头向桌上卧倒下去。

他说："假如你一定要我在这里的时候……我是先向你辞职的。"

"能够取消你的意见吗？"

"那么明天再商量，怎样？事情要细细分析开来看的，你实在过用你的神经质，使我没有申辩的余地。"

"你是神经过敏，你的思想是错误的！"

他聚起眉头，走了两步，非常不安地说："那么等明天再来告诉我们到底要怎样做。此刻我要回校去了。"

陶岚和平起来说："再谈一谈。我还想给你一个参考。"

萧涧秋走近她，几乎脸对脸。

"你瞧我的脸,你摸我的额,我心非常难受。"

陶岚用两手放在他的两颊上,深沉地问:"又怎样?"

"太疲乏的缘故吧。"

"睡在这里好吗?"

"让我回去。"

"头晕吗?"

"不,请你明天上午早些到校里来。"

"好的。"

陶岚点点头:左右不住地顾盼,深思的。

这时慕侃正从外边走进来,提着灯光,向萧说:"你的脸还有红红的酒兴呢。"

"哥哥,萧先生说心里有些不舒服。"

"这几天太奔波了,你真是一个忠心的人。还是睡在这里吧。"

"不,赶快走,可以到校里。"

说着,就强笑地疾走出门外。

二十二

门外迎着深夜的寒风,他觉得一流冷战流着他的头部与身上。他摸他的额,额火热的;再按他的脉搏,脉搏也跳得很快。他咬紧他的牙齿,心想:"莫非我病了?"他一步步走去,他是无力的,支持着战抖,有似胆怯的人们第一次上战场去一样。

他还是走得快的,知道迎面的夜的空气,簌簌地从耳边过去。有时他也站住,走到桥边,他想要听一听河水的缓流的声音,他要在河边,舒散地凉爽地坐一息。但他又似非常没有心思,他要快些回到校里。他脸上是微笑的,心也微笑的,他并不忧愁什么,也没有计算什么。似乎对于他这个环境,感到无明的可以微笑。他也微微想到这二月来他有些变化,不自主地变化着。他简直似一只小轮子,装在她们的大轮子里面任她们转动。

到了学校。他将学生的练习簿子看了一下。但他身体寒抖得更厉害,头昏昏的,背上还有冷汗出来。他就将门关好,没有上锁。一边脱了衣服,睡下。这时心想:"这是春寒,这是春寒,不会有病的吧?"

到半夜一点钟的样子,身体大热。他醒来,知道已将病证实了。不过他也并不想什么,只想喝一杯茶。于是他起来,从热水壶里倒出一杯开水喝下。他重又睡,可是一时睡不着。他对于热病并不怎样讨厌,讨厌的是从病里带来的几个小问题:"什么时候脱离病呢?竟使我缠绕着在这镇里吗?""假如我病里就走,也还带去采莲吗?"他又自己不愿意这样多想,极力使他的思潮平静下去。

第二天早晨,阿荣先来给他倒开水。几分钟后,陶岚也来,她走进门,就问:"你身体怎样呢?"

他醒睡在床上答:"夜半似乎发过热,此刻却完全好了。"

同时他问她这时是几点钟。一个答:"正是八点。"

"那么我起来吧,第一时就有功课。"

她两眼望向窗外,窗外有两三个学生在读书,坐在树下。萧坐起,但立刻头晕了,耳鸣,眼眩。他重又跌倒,一边说:"岚,我此刻似乎不能起来。"

"觉得怎样呢?"

"微微头昏。"

"今天再告假一天吧。"

"请再停一息。我还想不荒废学生的功课。"

"不要紧。连今天也不过请了两天假就是。因为身体有病。"

他没有话。她又问:"你不想吃点东西吗?"

"不想吃。"

这时有一位教师进来,问了几句关于病的话,嘱他修养一两天,就走出去了。方谋又进来,又说了几句无聊的话,嘱他休息休息,又走出去,他们全似侦探一般,用心是不能测度的。陶岚坐在他的床边,似对付小孩一般的态度,半亲昵半疏远地说道:"你太真情对付一切,所以你自己觉得很苦吧?不过真情之外,最少要随便一点。现在你病了,我本不该问,但我总要为自己安心,求你告诉我究竟有没有打消你辞职的意见?我是急性的,你知道。"

"一切没有问题,请你放心。"

同时他将手伸出放在她的手上。她说,似不以为然:"你的手掌还很热的!"

"不,此刻已不;昨夜比较热一点。"

"该请一个医生来。"

他却笑起来,说:"我自己清楚的,明天完全可以走起。病并不是传染,稍稍疲倦的关系。让我今天关起门来睡一天就够了。"

"下午我带点药来。"

"也好的。"

陶岚又拿开水给他喝,又问他需要什么,又讲一些关于采莲的话给他听。时光一刻一刻地过去,她的时光似乎全为他花去了。

约十点钟,他又发冷,他的全身收缩的。一群学生走进房内来,他们问陶岚:"女陶先生,萧先生怎样呢?"

"有些冷。"

学生又个个挤到他的床前。问他冷到怎样程度。学生嘈杂地要他起来,他们的见解,要他到操场上去运动,那么就可以不冷,就可以热了。萧涧秋说:"我没有力气。"

学生们说:"看他冷下去吗?我们扶着你去运动吧。"

孩子们的见解是天真的,发笑的,他们胡乱地缠满一房,使得陶岚没有办法驱散。但觉得热闹是有趣的。这样一点钟,待校长先生走进房内,他们才一哄出去。可是有一两个用功的学生,还执着书来问他疑难的地方,他给他们解释了,无力地解释了。陶慕侃说:"你有病都不安,你看。"

萧笑一笑答:"我一定还从这不安中死去。"

陶岚有意支开地说:"哥哥,萧先生一星期内不能教书,你最好去设法请一个朋友来代课。也使得萧先生休息一下。"

萧听着不作声,慕侃说:"是的,不过你的法子灵一些,你能代我去请密司脱王吗?"

"你是校长,我算什么呢?"

"校长的妹妹,不是没有理由的。"

"不高兴。"

"为的还是萧先生。"

"那么让萧先生说吧,谁的责任。"

萧笑着向慕侃说:"你能去请一位朋友来代我一星期教课,最好。我的病是一下就会好的,不过即使明天好,我还想到女佛山去旅行一趟。女佛山是名胜的地方,我想趁到这里来的机会去游历一次。"

慕侃说:"要到女佛山去是便的,那还得我们陪你去。我要你在这里订三年的关约,那我们每次暑假都可以去,何必要趁病里?"

"我想去,人事不可测的。小小的易于满足的欲望,何必要推诿得远?"

"那么哥哥,"岚说,"我们举行一次踏青的旅行也好。女佛山我虽到过一次,终究还想去一次。赶快筹备,在最近。"

"我想一个人去。"萧说。

兄妹同时奇怪地问:"一个人去旅行有什么兴趣呢?"

他慢慢地用心地说:"我却喜欢一个人,因为儿童时代的喜欢一队旅行的脾气已经过去了。我现在只觉得一个人游山玩水是非常自由:你喜欢这块岩石,你就可在这块岩石上坐几个钟点;你如喜欢这树下,或这水边,你就睡在这树下,水边过夜也可以。总之,喜欢怎样就怎样。假使同着一个人,那他非说你古怪不可。所以我要独自去,为的我要求自由。"

两人思考地没有说。他再说道:"请你赶快去请一位代理教师来。"

慕侃答应着走出去。一时房内又深沉的。

窗外有孩子游戏的笑喊声,有孩子的唱歌声,快乐的和谐的<u>一丝丝</u>的音波送到他们两人的耳内,但这时两人感觉到寥寂了。萧睡不去,就向她说:"你回家去吧。"

"放中学的时候去。"一息又问,"你一定要独自去旅行吗?"

"是的。"

她吞吐地说不出似的："无论如何，我想同你一道去。"

他却伤感似的说："等着吧！等着吧！我们终究会有长长的未来的！"说时，头转过床边。

她悲哀地说，"我知道你不会……"又急转语气，"让你睡，我去。我去了你会睡着的，睡吧。"

她就走出去，坐在会客室内看报纸。等待下课钟的发落，带采莲一同回家。她的心意竟如被寒冰冰过，非常冷淡的。

下午，她教了第二课之后，又到他的房内，问他怎样。他答："好了，谢谢你。"

"吃过东西吗？"

"还不想吃。"

"什么也不想吃一点吗？"

同时她又急忙地走出门外，叫阿荣去买了两个苹果与半磅糖来，放在他的床边。她又拿了一把裁纸刀，将苹果的皮薄薄削了，再将苹果一方方切开。她做这种事是非常温爱的。他吃着糖，又吃苹果。四肢伸展在床上是柔软的。身子似被阳光晒得要融化的样子，一种温慰与凄凉紧缠着他心上，他回想起十四五岁的那年，身患重热病，他的堂姊侍护他的情形来。他想了一息，就笑向她说："岚弟，你现在已是我十年前的堂姊了！你以后就做我的堂姊吧，不要再做我的弟弟了，这样可以多聚几时。"

"什么。你说什么？"她奇怪地。萧没有答，她又问："你想起了你的过去吗？"

"想起养护我的堂姊。"

"为什么要想到过去呢？你是不想到过去的呀？"

"每当未来的进行不顺利的时候就容易想起过去。"

"未来的进行不顺利？你的话是什么意思呢？"

"没有什么意思的。"

"你已经没有女佛山旅行的心想了吗？"

"有的。"

同时他伸出手，执住她的臂，提高声音说："假如我的堂姊还在……不过现在你已是我的堂姊了！"

"无论你当我什么，都任你喜欢，只要我接近着你。"

他将她的手放在口边吻一吻，似为了苦痛才这样做的。一边又说："我为什么会遇见你？我从没有像在你身前这样失了主旨的。"

"我，我也一样。"

她垂头娇羞地说。他正经应着："可是，你知道的，我的志趣，我的目的，我不愿——"

"什么呢？"她呼吸紧张地。

他答："结婚。"

"不要说，不要说，"她急忙用手止住他，红着两颊，"我也不愿听到这两个字，人的一生是可以随随便便的。"

这样，两人许久没有添上说话。

二十三

当晚，天气下雨，陶岚从雨中回家去了。两三位教师坐在萧涧秋的房内。他们将种种主义高谈阔论，简直似辩论会一样。他并不说，到了十点钟。

第二天，陶岚又带采莲于八时来校。她已变作一位老看护妇模样。他坐在床上问她："你为什么来得这样早呢？"

她坦白地天真地答:"嘿,我不知怎样,一见你就快乐,不见你就难受。"

他深思了一忽,微笑说:"你向你母亲走,向你母亲的脸看好了。"

她又缓缓地答:"不知怎样,家庭对我也似一座冰山似的。"

于是他没有说。以后两人寂寞地谈些别的。

第三天,他们又这样如荼如蜜地过了一天。

第四天晚上,月色非常皎洁。萧涧秋已从床上起来。他同慕侃兄妹缓步走到村外的河边。树,田,河水,一切在月光下映得异常优美。他慨叹地说道:"我三天没有出门,世界就好像换了一副样子了。月,还是年年常见的月,而我今夜看去却和往昔不同。"

"这是你心境改变些的缘故。今夜或者感到快乐一点吧?"慕侃有心地说。

他答:"或者如此,也就是你的'或者'。因此,我想趁这个心境和天气,明天就往女佛山去玩一回。"

"大概几天回来呢?"慕侃问。

"你想须要几天?"

"三天足够了。"

"那么就勾留三天。"

陶岚说,她非常不愿地:"哥哥,萧先生的身体还没有完全健康,我想不要去吧。哪里听见过病好了只有一天就出去旅行的呢?"

"我的病算作什么?我简直休息了三天,不,还是享福了三天。我一点也不做事,又吃得好,又得你们陪伴我。所以我此刻精神的清朗是从来没有过的。我能够将一切事情解剖得极详细,能够将一切事情整理得极清楚。因此，我今夜的决定，决定明天到女佛山去，是一点也不错的，岚，你放心好了。"

她凄凉地说："当然，我是随你喜欢的。不过哥哥和你要好，我又会和你要好，所以处处有些代你当心，我感觉得你近几天有些异样。"

"那是病的异样，或者我暴躁一些。现在还有什么呢？"

她想了一想说："你全不信任我们。"

"信任的，我信任每位朋友，信任每个人类。"萧涧秋起劲地微笑说。

她又慢慢地开口："我总觉得你和我的意见是相左！"

他也就转了脸色，纯正温文地眼看着她："是的，因为我想我自己是做世纪末的人。"

慕侃却跳起来问："世纪末的人？萧，这句话又是什么意思呢？"

他答："请你想一想吧。"

陶岚松散地不顾她哥哥地接着说："世纪末，也还有个二十世纪的世纪末的。不过我想青年的要求，当首先是爱。"

同时她高声转向她哥哥说："哥哥，你以为人生除了爱，还有什么呢？"

慕侃又惊跳地答："爱，爱！我假使没有爱，一天也活不下去。不过妹妹不是的，妹妹没有爱仍可以活。妹妹不是说过吗？——什么是爱！"

她垂头看她身边的影子道："嘿，不知怎样，现在我却相信爱是在人类的里面存在着的。恐怕真的人生就是真的爱的活动。我以前否认爱的时候，我的人生是假的。"

萧涧秋没有说。她哥哥戏谑地问:"那么你现在爱谁呢?"

她斜过脸答:"你不知道,你就不配来做我的哥哥!"

慕侃笑说:"不过我的不配做你的哥哥这一句话,也不仅今夜一次了。"同时转过头问萧,"那么萧,你以为我妹妹怎样?"

"不要谈这种问题吧!这种问题是愈谈愈缥缈的。"

"那叫我左右做人难。"慕侃正经地坐着。

萧接着说:"现在我想,人只求照他自己所信仰的勇敢做去就好。不必说了,这就是一切了。现在又是什么时候?岚,我们该回去了。"

慕侃仰头向天叫:"你们看,你们看,月有了如此一个大晕。"

他说:"变化当然是不一定的。"

陶岚靠近他说:"明天要发风了,你不该去旅行。"

他对她笑一笑,很慢很慢说出一句:"好的。"

于是他们回来,兄妹往向家里,他独自来到学校。

他一路想,回到他的房内,他还坐着计议。他终于决定,明天应当走了。钱正兴的一见他就回避的态度,他也忍耐不住。

他将他的房内匆匆整了一整。把日常的用品,放在一只小皮箱内。把二十封陶岚给他的信也收集起来,包在一方帕儿内。他起初还想带在身边,可是他想了一忽,却又从那只小皮箱内拿出来,夹在一本大的音乐史内,藏在大箱底里。他不想带它去了。他衣服带得很少,他想天气从此可以热起来了。几乎除他身上穿着以外,只带一二套小衫。他草草地将东西整好以后,就翻开学生的习练簿子,一沓沓地放在桌上,比他的头还高。他开始一本本地拿来改正,又将分数记在左角。有的还加上批语,如:"望照这样用功下去，前途希望当无限量。"或"太不用心"一类。

在十二时，阿荣走来说："萧先生，你身体不好，为什么还不睡呢？"

"我想将学生的习练簿子改好。"

"明天不好改的吗？还有后天呢！"

阿荣说着去了。他还坐着将它们一本本改好，改到最末的一本。

已经是夜半两点钟了。乡村的夜半是比死还寂静。

他望窗外的月色，月色仍然秀丽的。又环顾一圈房内，预备就寝。可是他茫然觉到，他身边很少钱，一时又不知可到何处去借。他惆怅地站在床前。一时又转念："我总不会饿死的！"

于是他睡入被内。

但他睡不着，一切的伤感涌到他的心上。他想起个个人的影子，陶岚的更明显。但在他的想象上没有他父母的影子。眼内润湿地这样自问："父母哇，你以为你的儿子这样做对吗？"

又自己回答道："对的，做吧！"

这一夜，他在床上辗转到村中的鸡鸣第三次，才睡去。

二十四

第二天七时，当萧涧秋拿起小皮箱将离开学校的一刻，陶慕侃急忙跑到，气喘地说："老兄，老兄，求你今天旅行不要去！无论如何，今天不要去，再过几天我当陪你一道去玩。昨夜我们回家之后，我的妹妹又照例哭起来。你知道，她对我表示非常不满意，她说我对朋友没有真心，我被她骂得无法可想。现在，老兄，求你不要去。"

萧涧秋冷冷地说一句："箭在弦上。"

"母亲的意思，"慕侃接着说，"也以为不对。她也说没有听到过一个人病刚好了一天，就远远地跑去旅行的。"

萧又微笑问："你们的意思预备我不回来的吗？"

慕侃更着急地："什么话？老友！"

"那么现在已七点钟，我不能再迟疑一刻了。到码头还有十里路，轮船是八点钟开的，我知道。"

慕侃垂下头，无法可想地说："再商量一下。"

"还商量什么呢？商量到十二点钟，我可以到女佛山了。"

旁边一位年纪较老的教师说："陶先生，让萧先生旅行一次也好。他经过西村这次事件，不到外边去舒散几天，老在这里，心是苦闷的。"

萧涧秋笑说："终究有帮助我的人。否则个个像你们兄妹地围起来，我真被你们急死。那么，再会吧！"

说着，他就提起小皮箱向校外去了。

"那让我送你到码头吧。"慕侃在后面叫。

他回过头来："你还是多教一点钟学生的功课，这比跑二十里路好得多了。"

于是他就掉头不顾地向前面去。

他一路走得非常快，他又看看田野村落的风景。早晨的乳白色空中，太阳照着头顶，还有一缕缕的微风吹来。但他却感不出这些景色的美味了。比他二月前初来时的心境，这时只剩得一种凄凉。农夫们荷锄地陆续到田野来工作，竟使他想他此后还是做一个农夫去。

当他转过一所村子的时候，他看见前面有一位年轻妇人，抱着一位孩子向他走来。他恍惚以为寡妇的母子复活了,他怔忡地站着向他们一看,他们也慢慢地低着头细语地从他身边走过,模样同采莲的母亲很相似,甚至所有脸上的愁思也同量。这时他呆着想:"莫非这样的妇人与孩子在这个国土内很多吗?救救妇人与孩子!"

一边,他又走得非常快。

他到船,正是船在起锚的一刻。他一脚跳进舱,船就离开埠头了。他对着岸气喘地叫:"别了!爱人,朋友,小弟弟小妹妹们!"

他独自走进一间房舱内。

这船并不是他来时所乘的那小轮船,是较大的。要驶出海面。最少要有四小时才得到女佛山。船内乘客并不多,也有到女佛山去烧香的。

陶慕侃到第三天,就等待朋友回来。可是第三天的光阴是一刻一刻过去了,终不见有朋友回来的消息。他心里非常急,晚间到家,采莲又在陶岚的身边哭望她的萧伯伯为什么还不回来。女孩简直不懂事地叫:"萧伯伯也死了吗?从此不回来了吗?"

陶岚的母亲也奇怪。可是大家说:"看明天吧,明天他一定回来的。"

到了第二天下午三时,仍不见有萧涧秋的影子。却从邮差送到一封挂号信,发信人署名是——

"女佛山后寺萧涧秋缄。"

陶慕侃吃了一惊,赶快拆开。他还想或者这位朋友是病倒在那里了;他是绝不会做和尚的。一边就抽出一大沓信纸,两眼似喷出火焰来地急忙读下去。可是已经过去而无法挽回的动作使这位诚实的朋友非常感到失望,悲哀。

信的内容是这样的——

慕侃老友：

　　我平安地到这里有两天了。是可玩的地方大概都去跑过。这里实在是一块好地方——另一个世界寄托另一种人生的。不过我，也不过算是"跑过"就是，并不怎样使我依恋。

　　你是熟悉这里的风景的。所以我对于海潮，岩石，都不说了。我只向你直陈我这次不回芙蓉镇的理由。

　　我从一脚踏到你们这土地，好像魔鬼引诱一样，会立刻同情于那位自杀的青年寡妇的运命。究竟为什么要同情他们呢？我自己是一些不了然的。但社会是喜欢热闹的，喜欢用某一种的生毛的手来探摸人类的内在的心的。因此我们三人所受的苦痛，精神上的创伤，尽有尽多了。实在呢，我倒还会排遣的。我常以人们的无理的毁谤与妒忌为荣；你的妹妹也不介意的，因你妹妹毫不当社会的语言是怎么一回事。不料孩子突然死亡，妇人又慷慨自杀——我心将要怎样呢，而且她为什么死？老友，你知道吗？她为爱我和你的妹妹而出此的。

　　你的妹妹是上帝差遣她到人间来的！她用一缕缕五彩的纤细的爱丝，将我身缠得紧紧，实在说，我已跌入你妹妹的爱网中，将成俘虏了：我是幸福的。我也曾经幻化过自己是一座五彩的楼阁，想象你的妹妹是住在这楼阁之上的人。有几回我在房内徘徊，我的耳朵会完全听不到上课铃的打过了，学生们跑到窗外来喊我，我才自己恍然向自己说：

——醒了吧，拿出点理智来！

我又自己向自己答：

——是的，她不过是我的一位弟弟。

自采莲的母亲自杀以后，情形更逼切了！各方面竟如千军万马地围困拢来，实在说，我是有被这班箭手的乱箭所射死的可能性的。而且你的妹妹对我的情义，叫我用什么来接受呢？心呢，还是两手？我不能拿理智来释解与应用的时候，我只有逃走之一法。

现在，我是冲出围军了。我仍是两月前一个故我，孤零地徘徊在人间之中的人。清风掠着我的发，落霞映着我的胸，站在茫茫大海的孤岛之上，我歌，我笑，我声接触着天风了。

采莲的问题，恐怕是我牵累了你们。但我之妹妹，就是你和你妹妹之妹妹，我知道你们一定也爱她的。待我生活着落时，我当叫人来领她，我决愿此生带她在我身边。

我的行李暂存贵处，幸亏我身边没有一件值钱的物，也到将来领女孩时一同来取。假如你和你妹妹有什么书籍之类要看，可自由取用。我此后想不再研究音乐。

今天下午五时，有此处直驶上海的轮船，我想乘这轮到上海去。此后或南或北，尚未一定。人说光明是在南方，我亦愿一瞻光明之地。又想哲理还在北方，愿赴北方去垦种着美丽之花。时势可以支配我，像我如此孑然一身的青年。

此信本想写给你妹妹的,奈思维再四,无话可言。望你婉辞代说几句。不过她的聪明,对于我这次的不告而别是会了解的。希望她努力自爱!

余后再谈。

弟萧涧秋上

陶慕侃将这封信读完,就对他们几位同事说:"萧涧秋往上海去了,不回来了。"

"不回来了?"

个个奇怪的,连学生和阿荣都奇怪,大家走拢来。

慕侃怅怅地回家,他妹妹迎着问:"萧先生回来了吗?"

"你读这信。"

他失望地将信交给陶岚,陶岚发抖地读了一遍,默了一忽,眼含泪说:"哥哥,请你到上海去找萧先生回来。"

慕侃怔忡的。她母亲走出来问什么事。陶岚说:"妈妈,萧先生不回来了,他往上海去了。他带什么去的呢?一个钱也没有,一件衣服也没有。他是哥哥放走他的,请哥哥找他回来。"

"妹妹真冤枉人。你这脾气就是赶走萧先生的原因。"

慕侃也发怒地。陶岚急气说:"那么,哥哥,我去,我同采莲妹妹到上海去。在这情形之下,我也住不下去的,除非我也死了。"

她母亲也流泪的,在旁劝说道:"女儿呀,你说什么话呀?"同时转脸对慕侃说:"那你到上海去走一趟吧。那个孩子也孤身,可怜,应该找他回来。我已经愿将女儿给他了。"

慕侃慢慢地向他母亲说:"向数百万的人群内,哪里去找得像他这样一个人呢?"

"你去找一回吧。"他母亲重复说。

陶岚接着说:"哥哥,你这推诿就是对朋友不忠心的证据。要找他会没有方法吗?"

老诚的慕侃由怒转笑脸,注视他妹妹说:"妹妹,最好你同我到上海去。"

上海春潮书局1929年11月

边　城

沈从文

一

　　由四川过湖南去，靠东有一条官路。这官路将近湘西边境到了一个地方名为"茶峒"的小山城时，有一小溪，溪边有座白色小塔，塔下住了一户单独的人家。这人家只一个老人，一个女孩子，一只黄狗。

　　小溪流下去，绕山岨流，约三里便汇入茶峒的大河。人若过溪越小山走去，则只一里路就到了茶峒城边。溪流如弓背，山路如弓弦，故远近有了小小差异。小溪宽约廿丈，河床为大片石头做成。静静的水即或深到一篙不能落底，却依然清澈透明，河中游鱼来去皆可以计数。小溪既为川湘来往孔道，限于财力不能搭桥，就安排了一只方头渡船。一次连人带马，约可以载二十位，人数多时则反复来去。渡船头竖了一支小小竹竿，挂着一个可以活动的铁环，溪岸两端水面牵了一段废缆，有人过渡时，把铁环挂在废缆上，船上人则引手攀缘那横缆，慢慢地牵船过对岸去。船将拢岸了，管理这渡船的，一面口中嚷着"慢点慢点"，自己霍地跃上了岸，拉着铁环，于是人货牛马全上了岸，翻过小山不见了。渡头为公家所有，故过渡人不必出钱。有人心中不安，抓了一把钱掷到船板上时，管渡船的必为一一拾起，仍然塞到那人手心里去，俨然吵嘴时的认真神气："我有了口量，三斗米，七百钱，够了！谁要这个？！"

但不成，不管如何还是有人把钱的。管船人也为了心安起见，便把这些钱托人到茶峒去买茶叶和草烟，将茶峒出产的上等草烟，挂在自己腰带边，过渡的谁需要这东西皆慷慨奉赠，估计那远路人对于身边草烟引起了相当的注意时，便把一小束草烟扎到那人包袱上去，一面说："不吸这个吗，这好的，这妙的，送人也很合适！"茶叶则在六月里放进大缸里去，用开水泡好，给过路人解渴。

管理这渡船的，就是住在塔下的那个老人。活了七十年，从二十岁起便守在这小溪边，五十年来不知把船来去渡了若干人。年纪虽那么老了，本来应当休息了，但天不许他休息，他仿佛便不能够同这一份生活离开。他从不思索自己的职务对于本人的意义，只是静静地很忠实地在那里活下去。代替了天，使他在日头升起时，感到生活的力量，当日头落下时，又不至于思量与日头同时死去的，是那个伴在他身旁的女孩子。他唯一的朋友为一只渡船与一只黄狗，唯一的亲人便只那个女孩子。

女孩子的母亲，老船夫的独生女，十五年前同一个茶峒军人，很秘密地背着那忠厚爸爸发生了暧昧关系。有了小孩子后，这屯戍军士便想约了她一同向下游逃去。但从逃走的行为上看来，一个违背了军人的责任，一个却必得离开孤独的父亲。经过一番考虑后，军人见她无远走勇气，自己也不便毁去做军人的名誉，就心想：一同去生既无法聚首，一同去死当无人可以阻拦，首先服了毒。事情业已为做渡船夫的父亲知道，父亲却不加上一个有分量的字眼儿，只作为并不听到过这事情一样，仍然把日子很平静地过下去。女儿一面怀了羞惭一面却怀了怜悯，仍守在父亲身边，待到腹中小孩生下后，却到溪边吃了许多冷水死去了。在一种奇迹中这遗孤居然已长大成人，一转眼间便十三岁了。为了住处两山多篁竹，翠色逼人而来，老船夫随便为这可怜的孤雏，拾取了一个近身的名字，叫作"翠翠"。

翠翠在风日里长养着，故把皮肤变得黑黑的，触目为青山绿水，故眸子清明如水晶。自然既长养她且教育她，故天真活泼，处处俨然如一只小兽物。人又那么乖，如山头黄麂一样，从不想到残忍事情，从不发愁，从不动气。平时在渡船上遇陌生人对她有所注意时，便把光光的眼睛瞅着那陌生人，做成随时皆可举步逃入深山的神气，但明白了人无机心后，就又从从容容地在水边玩耍了。

老船夫不论晴雨，皆守在船头。有人过渡时，便略弯着腰，两手缘引了竹缆，把船横渡过小溪。有时疲倦了，躺在临溪大石上睡着了，人在隔岸招手喊过渡，翠翠不让祖父起身，就跳下船去，很敏捷地替祖父把路人渡过溪，一切皆溜刷在行，从不误事。有时又与祖父黄狗一同在船上，过渡时与祖父一同动手，船将近岸边，祖父正向客人招呼"慢点，慢点"时，那只黄狗便口衔绳子，最先一跃而上，且俨然懂得如何为尽职似的，把船绳紧衔着拖船拢岸。

风日清和的天气，无人过渡，镇日长闲，祖父同翠翠便坐在门前大岩石上晒太阳,或把一段木头从高处向水中抛去,嗾身边黄狗自岩石高处跃下,把木头衔回来。或翠翠与黄狗皆张着耳朵,听祖父说些城中多年以前的战争故事。或祖父同翠翠两人,各把小竹做成的竖笛,逗在嘴边吹着迎亲送女的曲子,过渡人来了,老船夫放下了竹管,独自跟到船边去,横溪渡人,在岩上的一个,见船开动时,于是锐声喊着:

"爷爷,爷爷,你听我吹——你唱!"

爷爷到溪中央便很快乐地唱起来,哑哑的声音同竹管声,振荡在寂静空气里,溪中仿佛也热闹了一些(实则歌声的来复,反而使一切更寂静一些了)。

有时过渡的是从川东过茶峒的小牛,是羊群,是新娘子的花轿,翠翠必争着做渡船夫,站在船头,懒懒地攀引缆索,让船缓缓地过去,牛羊花轿上岸后,翠翠必跟着走,站到小山头,目送这些东西走去很远了,方回转船上,把船牵靠近家的岸边。且独自低低地学小羊叫着,学母牛叫着,或采一把野花缚在头上,独自装扮新娘子。

茶峒山城只隔渡头一里路,买油买盐时,逢年过节祖父得喝一杯酒时,祖父不上城,黄狗就伴同翠翠入城里去备办东西。到了买杂货的铺子里,有大把的粉条,大缸的白糖,有炮仗,有红蜡烛,莫不给翠翠一种很深的印象,回到祖父身边,总把这些东西说个半天。那里河边还有许多船,比起渡船来全大得多,有趣味得多,翠翠也不容易忘记。

二

茶峒地方凭水依山筑城,近山的一面,城墙如一条长蛇,缘山爬去。临水一面则在城外河边留出余地设码头，湾泊小小篷船。船下行时运桐油青盐，染色的倍子。上行则运棉花，棉纱，以及布匹杂货同海味。贯穿各个码头有一条河街，人家房子多一半着陆，一半在水，因为余地有限，那些房子莫不设吊脚楼。河中涨了春水，到水进街后，河街上人家，便各用长长的梯子，一端搭在屋檐口，一端搭在城墙上，人人皆骂着嚷着，带了包袱铺盖米缸，从梯子上进城里去，水退时，方又从城门口出城。水若特别猛一些，沿河吊脚楼，必有一处两处为水冲去，大家皆在城上头呆望，受损失的也同样呆望着，对于所受的损失仿佛无话可说，与在自然安排下，眼见其他无可挽救的不幸来时相似。涨水时在城上还可望着骤然展宽的河面，流水浩浩荡荡，随同山水从上流浮沉而来的有房子、牛、羊、大树。于是在水势较缓处，税关趸船前面，便常常有人驾了小舢板，一见河心浮沉而来的是一匹牲畜，一段小木，或一只空船；船上有一个妇人或一个小孩哭喊的声音，便急急地把船桨去，在下游一些迎着了那个目的物，把它用长绳系定，再向岸边桨去。这些勇敢的人，也爱利，也仗义，同一般当地人相似。不拘救人救物，却同样在一种愉快冒险行为中，做得十分敏捷勇敢，使人见及不能不为之喝彩。

那条河水便是历史上知名的酉水，新名字叫作白河。白河到辰州与沅水汇流后，便略显浑浊，有出山泉水的意思。若溯流而上，则三丈五丈的深潭皆清澈见底。深潭中为白日所映照，河底小小白石子，有花纹的玛瑙石子，皆看得明明白白。水中游鱼来去，皆如浮在空气里。两岸多高山，山中多可以造纸的细竹，长年做深翠颜色，逼人眼目。近水人家多在桃杏花里，春天时只需注意，凡有桃花处必有人家，凡有人家处必可沽酒。夏天则晒晾在日光下耀目的紫花布衣裤，可以作为人家所在的旗帜。秋冬来时，房屋在悬崖上的，滨水的，无不朗然入目。黄泥的墙，乌黑的瓦，位置则永远那么妥帖，且与四围环境极其调和，使人迎面得到的印象，非常愉快。一个对于诗歌图画稍有兴味的旅客，在这小河中，蜷伏于一只小船上，做三十天的旅行，必不至于感到厌烦，正因为处处有奇迹，自然的大胆处与精巧处，无一处不使人神往倾心。

白河的源流，从四川边境而来，故凡从白河上行的小船，春水发时可以直达川属的秀山。但属于湖南境界的，则茶峒为最后一个水码头。这条河水的河面，在茶峒时虽宽约半里，当秋冬之际水落时，河床流水处还不到二十丈，其余皆一滩青石，小船到此后，即无从上行，故凡川东的进出口货物，皆由这地方落水起岸。出口货物俱由脚夫用杉木扁担压在肩膀上挑抬而来，入口货物也莫不从这地方成束成担地用人力搬去。

这地方城中只驻扎一营由昔年绿营屯丁改编而成的戍兵，及五百家左右的住户（这些住户中，除了一部分拥有了些山田同油坊，或放账屯油、屯米、屯棉纱的小资本家外，其余多数皆为当年屯戍来此有军籍的人家）。地方还有个厘金局，办事机关在城外河街下面小庙里，局长则住在城中。一营兵士驻在老参将衙门，除了号兵每天上城吹号玩，使人知道这里驻有军队以外，兵士皆仿佛并不存在。冬天的白日里，到城里去，便只见各处人家门前皆晾晒有衣服同青菜。红薯多带藤悬挂在屋檐下。用棕衣做成的口袋，装满了栗子榛子，也多悬挂在檐口下。各处有大小鸡叫着玩着。间或有什么男子，占据在自己屋前门限上锯木，或用斧头劈树，把劈好的柴堆到敞坪里去如宝塔。又或可以见到几个妇人，穿了浆洗得极硬的蓝布衣裳，胸前挂有白布围裙，弓着腰在日光下一面说话一面做事。一切总永远那么寂静，所有人民每个日子皆在这种寂寞里过去。一分安静增加了人对于"人事"的思索力，增加了梦，在这小城中生存的，各人也一定皆各在分定一份日子里，怀了对于人事爱憎必然的期待。但这些人想些什么？谁知道。住在城中较高处，门前一站便可以眺望对河以及河中的景致，船来时，远远地就从对河滩上看着无数纤夫。那些纤夫也有从下游地方，带了细点心洋糖之类，拢岸时却拿进城中来换钱的。船来时，小孩子的想象，当在那些拉船人方面。大人呢，孵一窠小鸡，养两只猪，托下行船夫带两丈官青布，或一坛好酱油，一个双料的美孚灯罩回来，便占去了大部分做主妇的心了。

  这小城里虽那么安静和平，但地方既为川东商业交易接头处，故城外小小河街，却不同了一点。也有商人落脚的客店，坐镇不动的理发馆。此外饭店、杂货铺、油行、盐栈、花衣庄，莫不各有一种地位，装点了这条河街。还有卖船上檀木活车竹缆与罐锅铺子，介绍水手职业吃码头饭的人家。小饭店门前，常有煎得焦黄的鲤鱼豆腐，身上装饰了红辣椒丝，卧在浅口钵头里，钵旁大竹筒中插着大把红筷子，不拘谁个愿意花点钱，这人就可以傍了门前长案坐下来，抽出一双筷子到手上，那边一个眉毛扯得极细脸上擦了白粉的妇人，就走过来问："要甜酒？要烧酒？"男子火焰高一点的，谐趣的，对内掌柜有点意思的，必装成生气似的说："吃甜酒？又不是小孩，还问人吃甜酒！"那么，酽冽的烧酒，从大瓮里用木滤子舀出，倒进土碗里，即刻就来到身边案桌上了。杂货铺卖美孚油，及点美孚油的洋灯，与香烛纸张。油行囤桐油。盐栈堆火井出的青盐。花衣庄则有白棉纱，大布，棉花，以及包头的黑绉绸出卖。卖船上用物的，百物罗列，无所不备，且间或有重至百斤以外的铁锚，搁在门外路旁，等候主顾问价的。专以介绍水手为事业，吃水码头饭的，则在河街的家中，终日大门敞开着，常有穿青羽缎马褂的船主与毛手毛脚的水手进出，地方像茶馆却不卖茶，不是烟馆又可以抽烟。来到这里的，虽说所谈的是船上生意经，然而船只的上下，划船拉纤人大都有一定规矩，不必做数目上的讨论。他们来到这里大多数倒是在"联欢"。以"龙头管事"做中心，谈论点本地时事，两省商务上情形，以及下游的"新事"。邀会的，集款时大多数皆在此地，扒骰子看点数多少轮作会首时，也常常在此举行。常常成为他们生意经的，有两件事：买卖船只，买卖媳妇。

大都市随了商务发达而产生的某种寄食者，因为商人的需要，水手的需要，这小小边城的河街，也居然有那么一群人，聚集在一些有吊脚楼的人家。这种妇人不是从附近乡下弄来，便是随同川军来湘流落后的妇人，穿了假洋绸的衣服，印花标布的裤子，把眉毛扯得成一条细线，大大的发髻上敷了香味极浓俗的油类。白日里无事，就坐在门口做鞋子，在鞋尖上用红绿丝线挑绣双凤，或靠在临河窗口上看水手起货，听水手爬桅子唱歌。到了晚间，则轮流地接待商人同水手，切切实实尽一个妓女应尽的义务。

由于边地的风俗淳朴，便是做妓女，也永远那么浑厚，遇不相熟的人，做生意时得先交钱，再关门撒野，人既相熟后，钱便在可有可无之间了。妓女多靠四川商人维持生活，但恩情所结，则多在水手方面。感情好的，互相咬着嘴唇咬着颈脖发了誓，约好了"分手后各人皆不许胡闹",四十天或五十天,在船上浮着的那一个,同在岸上蹲着的这一个,便皆呆着打发这一堆日子,尽把自己的心紧紧缚定远远的一个人。尤其是妇人,痴到无可形容,男子过了约定时间不回来,做梦时,就总常常梦船拢了岸,一个人摇摇荡荡地从船跳板到了岸上,直向身边跑来。或日中有了疑心,则梦里必见男子在桅上向另一方面唱歌,却不理会自己。性格弱一点儿的,接着就在梦里投河吞鸦片烟,强一点的便手执菜刀,直向那水手奔去。他们生活虽那么同一般社会疏远,但是眼泪与欢乐,在一种爱憎得失间,糅进了这些人生活里时,也便同另外一片土地另外一些人相似,全个身心为那点爱憎所浸透,见寒作热,忘了一切。若有多少不同处,不过是这些人更真切一点儿,也更近于糊涂一点罢了。短期的包定,长期的嫁娶,一时间的关门,这些关于一个女人身体上的交易,由于民情的淳朴,身当其事的不觉得如何下流可耻,旁观者也就从不用读书人的观念,加以指摘与轻视。这些人既重义轻利,又能守信自约,即便是娼妓,也常常较之知羞耻的城市中人还更可信任。

掌水码头的名叫顺顺,一个前清时便在营伍中混过日子来的人物,革命时在著名的陆军四十九标做个什长。同样做什长的,有因革命成了伟人名人的,有杀头碎尸的,他却带着少年喜事得来的脚疯痛,回到了家乡,把所积蓄的一点钱,买了一条六桨白木船,租给一个穷船主,代人装货在茶峒与辰州之间来往。气运好,半年之内船皆不坏事,于是他从所赚的钱上,又讨了一个略有产业的白脸黑发小寡妇。数年后,在这条河上,他就有了八只船,一个妻子,两个儿子了。

但这个大方洒脱的人,事业虽十分顺手,却因欢喜交朋结友,慷慨而又能济人之急,便不能同贩油商人一样大大发作起来。自己既在粮子里混过日子,明白出门人的甘苦,理解失意人的心情,故凡因船失事破产的船家,过路的退伍兵士,游学文人,凡到了这个地方,闻名求助的莫不尽力帮助。一面从水上赚来钱,一面就这样洒脱散去。这人虽然脚上有点小毛病,还能泅水,走路难得其平,为人却那么公正无私。水面上各事原本极其简单,一切皆为一个习惯所支配,谁个船碰了头,谁个船妨害了别一个人别一只船的利益,皆照例有习惯方法来解决。唯运用这种习惯规矩排调一切的,必需一个高年硕德的中心人物。某年秋天,那原来一个人死去了,顺顺做了这样一个代替者。那时他还只五十岁,明事明理,为人既正直和平,又不爱财,故无人对他年龄怀疑。

到如今,他的儿子大的已十六岁,小的已十四岁。两个年轻人皆结实如小公牛,能驾船,能泅水,能走长路。凡从小乡城里出身的年轻人所能够做的事,他们无一不做,做去无一不精。年纪较长的,如他们爸爸一样,豪放豁达,不拘常套小节,年幼的则气质近于那个白脸黑发的母亲,不爱说话,眼眉却秀拔出群,一望即知其为人聪明而又富于感情。

两兄弟既年已长大,必须在各一种生活上来训练他们的人格,做父亲的就轮流派遣两个小孩子各处旅行;向下行船时,多随了自己的船只充伙计,甘苦与人相共。荡桨时选最重的一把,背纤时拉头纤二纤,吃的是干鱼,辣子,臭酸菜,睡的是硬邦邦的舱板。向上行从旱路走去,则跟了川东客货,过秀山龙潭酉阳做生意,不论寒暑雨雪,必穿了草鞋按站赶路。且佩了短刀,遇不得已必需动手,便霍地把刀抽出,站到空阔处去,等候对面的一个,继着就同这个人用肉搏来解决。帮里的风气,既为"对付仇敌必须用刀,联结朋友也必须用刀",故需要刀时,他们也就从不让它失去那点机会。学贸易,学应酬,学习到一个新地方去生活,且学习用刀保护身体同名誉,教育的目的,似乎在使两个孩子学得做人的勇气与义气。一分教育的结果,弄得两个人皆结实如老虎,却又和气亲人,不骄惰,不浮华,故父子三人在茶峒边境上,为人所提及时,人人对这个名姓无不加以一种尊敬。

做父亲的当两个儿子很小时,就明白大儿子一切与自己相似,却稍稍见得溺爱那第二个儿子。由于这点不自觉的私心,他把长子取名天保,次子取名傩送。天保佑的在人事上或不免有龃龉处,至于傩神所送来的,照当地习气,人便不能稍加轻视了。傩送美丽得很,茶峒船家人拙于赞扬这种美丽,只知道为他取出一个诨名为"岳云"。虽无什么人亲眼看到过岳云,一般的印象,却从戏台上小生岳云,得来一个相近的神气。

三

两省接壤处,十余年来主持地方军事的,注重在安辑保守,处置极其得法,并无变故发生。水陆商务既不至于受战争停顿,也不至于为土匪影响,一切莫不极有秩序,人民也莫不安分乐生。这些人,除了家中死了牛,翻了船,或发生别的死亡大变,为一种不幸所绊倒,觉得十分伤心外,中国其他地方正在如何不幸挣扎中的情形,似乎就永远不会为这边城人民所感到。

边城所在一年中最热闹的日子,是端午,中秋,与过年。三个节日过去三五十年前,如何兴奋了这地方人,直到现在,还毫无什么变化,仍能成为那地方居民最有意义的几个日子。

端午日,当地妇女小孩子,莫不穿了新衣,额角上用雄黄蘸酒画了个王字。任何人家到了这天必皆可以吃鱼吃肉。大约上午十一点钟左右,全茶峒人就皆吃了午饭,把饭吃过后,在城里住家的,莫不倒锁了门,全家出城到河边看划船。河街有熟人的,可到河街吊脚楼门口边看,不然就站在税关门口与各个码头上看。河中龙船以长潭某处做起点,税关前做终点。因为这一天军官税官以及当地有身份的人,莫不在税关前看热闹。划船的事各人在数天以前就早有了准备,分组分帮各自选出了若干身体结实手脚伶俐的小伙子,在潭中练习进退,船只的形式,与平常木船皆不相同,形体一律又长又狭,两头高高翘起,船身绘着朱红颜色长线,平常时节多搁在河边干燥洞穴里,要用它时,拖下水去。每只船可坐十二个到十八个桨手,一个带头的,一个鼓手,一个锣手。桨手每人持一支短桨,随了鼓声缓促为节拍,把船向前划去。坐在船头上,头上缠裹着红布包头,手上拿两支小令旗,左右挥动,指挥船只的进退。擂鼓打锣的,多坐在船只的中部,船一划动便即刻嘭嘭铛铛把锣鼓很单纯地敲打起来,为划桨水手调理下桨节拍。一船快慢既不得不靠鼓声,故每当两船竞赛到剧烈时,鼓声如雷鸣,加上两岸人呐喊助威,便使人想起梁红玉老鹳河时水战擂鼓,牛皋水擒杨么时也是水战擂鼓。凡把船划到前面一点的,必可在税关前领赏,一匹红,一块小银牌,不拘缠挂到船上某一个人头上去,皆显出这一船合作的光荣。好事的军人,且当每次某一只船胜利时,必在水边放些表示胜利庆祝的五百响鞭炮。

赛船过后,城中的戍军长官,为了与民同乐,增加这节日的愉快起见,便把绿头长颈大雄鸭,颈脖上缚了红布条子,放入河中，尽善于泅水的军民人等，下水追赶鸭子。不拘谁把鸭子捉到，谁就成为这鸭子的主人。于是长潭换了新的花样，水面各处是鸭子，各处有追赶鸭子的人。

船与船的竞赛，人与鸭子的竞赛，直到天晚方能完事。

掌水码头的龙头大哥顺顺，年青时节便是一个泅水的高手，入水中去追逐鸭子，在任何情形下总不落空。但一到次子傩送年过十二岁时，已能入水闭气氽着到鸭子身边，再忽然从水中冒水而出，把鸭子捉到，这做爸爸的便解嘲似的说："好，这种事有你们来做，我不必再下水了。"于是当真就不下水与人来竞争捉鸭子。但下水救人呢，当作别论。凡帮助人远离患难，便是入火，人到八十岁，也还是成为这个人一种不可逃避的责任！

天保傩送两人皆是当地泅水划船好选手。

端午又快来了，初五划船，河街上初一开会，就决定了属于河街的那只船当天入水。天保恰好在那天应向上行，随了陆路商人过川东龙潭送节货，故参加的就只傩送。十六个结实如牛犊的小伙子，带了香、灯、鞭炮，同一个用生牛皮蒙好绘有朱红太极图的高脚鼓，到了搁船的河上游山洞边，烧了香灯，把船拖入水后，各人上了船，燃着鞭炮，擂着鼓，这船便如一支箭似的，很迅速地向下游长潭射去。

那时节还是上午，到了午后，对河渔人的龙船也下了水，两只龙船就开始预习种种竞赛的方法。水面上第一次听到了鼓声，许多人从这鼓声中，感到了节日临近的欢悦。住临河吊脚楼有所盼望的，也莫不因鼓声想到远人。在这个节日里，必然有许多船只可以赶回，也有许多船只合在半路过节，这之间，便有些眼目所难见的人事哀乐，在这小山城河街间，让一些人嬉喜，也让一些人皱眉!

　　嘭嘭鼓声掠水越山到了渡船头那里时,最先注意到的是那只黄狗。那黄狗汪汪地吠着,受了惊似的绕屋乱走,有人过渡时,便随船渡过河东岸去,且跑到那小山头向城里一方面大吠。

　　翠翠正坐在门外大石上用棕叶编蚱蜢蜈蚣玩,见黄狗先在太阳下睡着,忽然醒来便发疯似的乱跑,过了河又回来,就问它骂它:"狗,狗,你做什么! 不许这样子!"

　　可是一会儿那声音被她发现了,她于是也绕屋跑着,且同黄狗一块儿渡过了小溪,站在小山头听了许久,让那点迷人的鼓声,把自己带到一个过去的节日里去。

四

　　还是两年前的事。五月端阳,渡船头祖父找人做了代替,便带了黄狗同翠翠进城,过大河边去看划船。河边站满了人,四只朱色长船在潭中滑着,龙船水刚刚涨过,河中水皆豆绿色,天气又那么明朗,鼓声嘭嘭响着,翠翠抿着嘴一句话不说,心中充满了不可言说的快乐。河边人太多了一点,各人皆尽张着眼睛望河中,不多久,黄狗还在身边,祖父却挤得不见了。

　　翠翠一面注意划船,一面心想"过不久祖父总会找来的"。但过了许久,祖父还不来,翠翠便稍稍有点儿着慌了。先是两人同黄狗进城前一天,祖父就问翠翠:"明天城里划船,倘若一个人去看,人多怕不怕?"翠翠就说:"人多我不怕,但自己只是一个人可不好玩。"于是祖父想了半天,方想起一个住在城中的老熟人,赶夜里到城里去商量,请那老人来看一天渡船,自己却陪翠翠进城玩一天。且因为那人比渡船老人更孤单,身边无一个亲人，也无一只狗，因此便约好了那人早上过家中来吃饭，喝一杯雄黄酒。第二天那人来了，吃了饭，把职务委托那人以后，翠翠等便进了城。到路上时，祖父想起什么似的，又问翠翠："翠翠，翠翠，人那么多，好热闹，你一个人敢到河边看龙船吗？"翠翠说："怎么不敢？可是一个人有什么意思。"到了河边后，长潭里的四只红船，把翠翠的注意力完全占去了，身边祖父似乎也可有可无了。祖父心想："时间还早，到收场时，至少还得三个时刻。溪边的那个朋友，也应当来看看年轻人的热闹，回去一趟，换换地位还赶得及。"因此就告翠翠，"人太多了，站在这里看，不要动，我到别处去有事情，无论如何总赶得回来伴你回家。"翠翠正为两只竞速并进的船迷着，祖父说的话毫不思索皆答应了。祖父知道黄狗在翠翠身边，也许比他自己在她身边还稳当，于是便回家看船去了。

祖父到了那渡船处时，见代替他的老朋友，正站在白塔下注意听远处鼓声。

祖父喊他，请他把船拉过来，两人渡过小溪仍然站到白塔下去。那人问老船夫为什么又跑回来，祖父就说想替他一会儿故把翠翠留在河边，自己赶回来，好让他也过河边去看看热闹，且说："看得好，就不必再回来，只需见了翠翠告她一声，翠翠到时自会回家的，小丫头不敢回家，你就伴她走走！"但那替手对于看龙船已无什么兴味，却愿意同老船夫在这溪边大石上各自再喝两杯烧酒。老船夫十分高兴，把酒葫芦取出，推给城中来的那一个。两人一面谈些端午旧事，一面喝酒，不到一会儿，那人却在岩石上为烧酒醉倒了。

人既醉倒了，无从入城，祖父为了责任又不便与渡船离开，留在河边的翠翠便不能不着急了。

　　河中划船的决了最后胜负后,城里军官已派人驾小船在潭中放了一群鸭子,祖父还不见来。翠翠恐怕祖父也正在什么地方等着她,因此带了黄狗各处丛中挤着去寻祖父,结果还是不得祖父的踪迹。后来看看天快要黑了,军人扛了长凳出城看热闹的,皆已陆续扛了那凳子回家。潭中的鸭子只剩下三五只,捉鸭人也渐渐地少了。落日向上游翠翠家中那一方落去,黄昏把河面装饰了一层薄雾。翠翠望到这个景致,忽然起了一个怕人的想头,她想:"假若爷爷死了?"

　　她记起祖父嘱咐她不要离开原来地方那一句话,便又为自己解释这想头的错误,以为祖父不来必是进城去或到什么熟人处去,被人拉着喝酒,故一时不能来的。正因为这也是可能的事,她又不愿在天未断黑以前,同黄狗赶回家去,只好站在那石码头边等候祖父。

　　再过一会儿,对河那两只长船已泊到对河小溪里去不见了,看龙船的人也差不多全散了。吊脚楼有娼妓的人家,已上了灯,且有人敲小斑鼓弹月琴唱曲子。另外一些人家,又有划拳行酒的吵嚷声音。同时泊在吊脚楼下的一些船只,上面也有人在摆酒炒菜,把青菜萝卜之类,倒进滚热油锅里去时发出吵——的声音。河面已朦朦胧胧,看去好像只有一只白鸭在潭中浮着,也只剩一个人追着这只鸭子。

　　翠翠还是不离开码头,总相信祖父会来找她,同她一起回家。吊脚楼上唱曲子声音热闹了一些,只听到下面船上有人说话,一个水手说:"金亭,你听你那婊子陪川东庄客喝酒唱曲子,我赌个手指,说这是她的声音!"另一个水手就说:"她陪他们喝酒唱曲子,心里可想我。她知道我在船上!"先前那一个又说:"身体让别人玩着,心还想着你;你有什么凭据?"另一个说:"有凭据。"于是这水手吹着呼哨,做出一个古怪的记号,一会儿,楼上歌声便停止了。歌声停止后,两个水手皆笑了。两人接着便说了些关于那个女人的一切,使用了不少粗鄙字眼,翠翠很不习惯把这种话听下去,但又不能走开。且听水手之一说楼上妇人的爸爸是被人杀死的,一共杀了十七刀。翠翠心中那个古怪的想头,"爷爷死了呢?"便仍然占据到心里有一会儿。

两个水手还正在谈话,潭中那只白鸭慢慢地向翠翠所在的码头边游来,翠翠想:"再过来些我就捉住你!"于是静静地等着,但那鸭子将近岸边三丈远近时,却有个人笑着,喊那船上水手。原来水中还有个人,那人已把鸭子捉到手,却慢慢地"踹水"游近岸边的。船上人听到水面的喊声,在隐约里也喊道:"二老,二老,你真能干,你今天得了五只吧。"那水上人说:"这家伙狡猾得很,现在可归我了。""你这时捉鸭子,将来捉女人,一定有同样的本领。"水上那一个不再说什么,手脚并用地拍着水傍了码头。湿淋淋地爬上岸时,翠翠身旁的黄狗,仿佛警告水中人似的,汪汪地叫了几声,那人方注意到翠翠。码头上已无别的人,那人问:"是谁人?"

"是翠翠!"

"翠翠又是谁?"

"是碧溪岨撑渡船的孙女。"

"你在这儿做什么?"

"我等我爷爷。我等他来。"

"等他来他可不会来,你爷爷一定到城里军营里喝了酒,醉倒后被人抬回去了!"

"他不会这样子,他答应来找我,他就一定会来的。"

"这里等也不成。到我家里去,到那边点了灯的楼上去,等爷爷来找你好不好?"

翠翠误会邀他进屋里去那个人的好意,正记着水手说的妇人丑事,她以为那男子就是要她上有女人唱歌的楼上去,本来从不骂人,这时正因等候祖父太久了,心中焦急得很,听人要她上去,以为欺侮了她,就轻轻地说:"悖时砍脑壳的!"

话虽轻轻的,那男的却听得出,且从声音上听得出翠翠年纪,便带笑说:"怎么,你骂人!你不愿意上去,要耽在这儿,回头水里大鱼来咬了你,可不要叫喊!"

翠翠说:"鱼咬了我也不管你的事。"

那黄狗好像明白翠翠被人欺侮了,又汪汪地吠起来。那男子把手中白鸭举起,向黄狗吓了一下,便走上河街去了。黄狗为了自己被欺还想追过去,翠翠便喊:"狗,狗,你叫人也看人叫!"翠翠意思仿佛只在告给狗"那轻薄男子还不值得叫",但男子听去的却是另外一种好意,放肆地笑着,不见了。

又过了一阵,有人从河街拿了一个废缆做成的火炬,喊叫着翠翠的名字来找寻她,到身边时翠翠却不认识那个人。那人说:老船夫回到家中,不能来接她,故搭了过渡的以口信来告翠翠要她即刻就回去。翠翠听说是祖父派来的,就同那人一起回家,让打火把的在前引路,黄狗时前时后,一同沿了城墙向渡口走去。翠翠一面走一面问那拿火把的人,是谁告他就知道她在河边。那人说这是二老告他的,他是二老家里的伙计,送翠翠回家后还得回转河街。

翠翠说:"二老他怎么知道我在河边?"

那人便笑着说:"他从河里捉鸭子回来,在码头上见你,他说好意请你上家里坐坐,等候你爷爷,你还骂过他!"

翠翠带了点儿惊讶轻轻地问:"二老是谁?"

那人也带了点儿惊讶说:"二老你都不知道?!就是傩送二老!就是岳云!他要我送你回去!"

傩送二老在茶峒地方不是一个生疏的名字!

翠翠想起自己先前骂人那句话,心里又吃惊又害羞,再也不说什么,默默地随了那火把走去。

翻过了小山岨,望得见对溪家中火光时,那一方面也看见了翠翠方面的火把,老船夫即刻把船拉过来,一面拉船一面哑声儿喊问:"翠翠,翠翠,是不是你?"翠翠不理会祖父,口中却轻轻地说:"不是翠翠,不是翠翠,翠翠早被大河里鲤鱼吃去了。"翠翠上了船,二老派来的人,打着火把走了,祖父牵着船问:"翠翠,你怎么不答应我,生我的气了吗?"

翠翠站在船头还是不作声。翠翠对祖父那一点儿埋怨,等到把船拉过了溪,一到了家中,看明白了醉倒的另一个老人后,就完事了。但另一件事,属于自己不关祖父的,却使翠翠沉默了一个夜晚。

五

两年日子过去了。

这两年来两个中秋节,恰好皆无月亮可看,凡在这边城地方,因看月而起整夜男女唱歌的故事,皆不能如期举行,故两个中秋留给翠翠的印象,极其平淡无奇。两个新年虽照例可以看到军营里与各乡来的狮子龙灯,在小教场迎春,锣鼓喧阗很热闹。到了十五夜晚,城中舞龙耍狮子的镇筸兵士,还各自赤裸着肩膊,往各处去欢迎炮仗烟火。城中军营里,税关局长公馆,河街上一些大字号,莫不预先截老毛竹筒,或镂空棕榈树根株,用洞硝拌和磺炭钢砂,一千捶八百捶把烟火做好。好勇取乐的光身军士,玩着灯打着鼓来了,小鞭炮如落雨的样子,从悬到长竿尖端的空中落到玩灯的肩背上,锣鼓催动急促的拍子,大家皆为这事情十分兴奋。鞭炮放过一阵后,用长凳绑着的大筒灯火,在敞坪一端燃起了引线,先是咝咝地流泻白光,慢慢的这白光便吼啸起来,做出如雷如虎惊人的声音,白光向上空冲去,高至二十丈,下落时便洒散着满天花雨。玩灯的兵士,在火花中绕着圈子,俨然毫不在意的样子。翠翠同他的祖父,也看过这样的热闹,留下一个热闹的印象,但这印象不知为什么原因,总不如那个端午所经过的事情甜而美。

　　翠翠为了不能忘记那件事,上年一个端午又同祖父到城边河街去看了半天船,一切玩得正好时,忽然落了行雨,无人衣衫不被雨湿透,为了避雨,祖孙二人同那只黄狗,走到顺顺吊脚楼上去,挤在一个角隅里。有人扛凳子从身边过去,翠翠认得那人是去年打了火把送她回家的人,就告给祖父:"爷爷,那个人去年送我回家,他拿了火把走路时,真像个喽啰!"

　　祖父当时不作声,等到那人回头又走过面前时,就一把抓住那个人,笑嘻嘻说:"嘿嘿,你这个人!要你到我家喝一杯也不成,还怕酒里有毒,把你这个真命天子毒死!"

　　那人一看是守渡船的,且看到了翠翠,就笑了。"翠翠,你长大了!二老说你在河边大鱼会吃你,我们这里河中的鱼,现在可吞不下你了。"

翠翠一句话不说,只是抿起嘴唇笑着。

这一次虽在这喽啰长年口中听到个"二老"名字,却不曾见及这个人。从祖父与那长年谈话里,翠翠听明白了二老是在下游六百里外青浪滩过端午的。但这次不见二老却认识了"大老",且见着了那个一地出名的顺顺。大老把河中的鸭子捉回家里后,因为守渡船的老家伙称赞了那只肥鸭两次,顺顺就要大老把鸭子给翠翠。且知道祖孙二人所过的日子,十分拮据,节日里自己不能包粽子,又送了许多三角粽子。

那水上名人同祖父谈话时,翠翠虽装作眺望河中景致,耳朵却把每一句话听得清清楚楚。那人向祖父说翠翠长得很美,问过翠翠年纪,又问有没有人家。祖父则很快乐地夸奖了翠翠不少,且似乎不许别人来关心翠翠的婚事,故一到这件事便闭口不谈。

回家时,祖父抱了那只白鸭子同别的东西,翠翠打火把引路。两人沿城墙走去,一面是城,一面是水。祖父说:"顺顺是好人,大方得很。大老也很好。这一家人都好!"翠翠说:"一家人都好,你认识他们一家人吗?"祖父不明白这句话的意思所在,因为今天太高兴一点,便笑着说:"翠翠,假若大老要你做媳妇,请人来做媒,你答应不答应?"翠翠就说:"爷爷,你疯了!再说我就生你的气!"

祖父话虽不说了,心中却很显然的还转着这些不好的可笑的念头。翠翠着了恼,把火炬向路两旁乱晃着,向前快快地走去了。

"翠翠,莫闹,我摔到河里去,鸭子会走脱的!"

"谁也不稀罕那只鸭子!"

祖父明白翠翠为什么事不高兴，祖父便唱起摇橹人驶船下滩时催橹的歌声，声音虽然哑沙沙的，字眼儿却稳稳当当毫不含糊。翠翠一面听着一面向前走去，忽然停住了发问："爷爷，你的船是不是正在下青浪滩呢？"

祖父不说什么，还是唱着，两人皆记顺顺家二老的船正在青浪滩过节，但谁也不明白另外一个人的记忆所止处。祖孙二人便沉默地一直走还家中。到了渡口，那代理看船的，正把船泊在岸边等候他们。几人渡过溪到了家中，剥粽子吃，到后那人要进城去，翠翠赶即为那人点上火把，让他有火把照路。人过了小溪上小山时，翠翠同祖父在船上望着，翠翠说："爷爷，看喽啰上山了啊！"

祖父把手攀引着横缆，注目溪面的薄雾，仿佛看到了什么东西，轻轻地吁了一口气。祖父静静地拉船过对岸家边时，要翠翠先上岸去，自己却守在船边，因为过节，明白一定有乡下人上城里看龙船，还得趁黑赶回家去。

六

白日里，老船夫正在渡船上，同个卖皮纸的过渡人有所争持。一个不能接受所给的钱，一个却非把钱送给老人不可。正似乎因为那个过渡人送钱气派，使老船夫受了点压迫，这撑渡船人就俨然生气似的，迫着那人把钱收回，使这人不得不把钱捏在手里，但船拢岸时，那人跳上了码头，一手铜钱向船舱里一撒，却笑眯眯地匆匆忙忙走了。老船夫手还得拉着船让别一个人上岸，无法去追赶那个人，就喊小山头的孙女："翠翠，翠翠，为我拉着那个卖皮纸的小伙子，不许他走！"

翠翠不知道是怎么回事,当真便同黄狗去拦着那第一个下山人。那人笑着说:"不要拦我!……"

正说着,第二个商人赶来了,就告给翠翠是什么事情。翠翠明白了,更拉着卖纸人衣服不放,只说:"不许走!不许走!"黄狗为了表示同主人的意见一致,也便在翠翠身边汪汪汪地吠着。其余商人皆笑着,一时不能走路。祖父气呼呼地赶来了,把钱强迫塞到那人手心里,且搭了一大束草烟到那商人担子上去,搓着两手笑着说:"走哇!你们上路走!"那些人于是全笑着走了。

翠翠说:"爷爷,我还以为那人偷你东西同你打架!"

祖父就说:"他送我好些钱,我才不要这些钱!告他不要钱,他还同我吵,不讲道理!"

翠翠说:"全还给他了吗?"

祖父抿着嘴把头摇摇,装成狡猾得意神气笑着,把扎在腰带上留下的那枚单铜子取出,送给翠翠。且说:"他得了我们那把烟叶,可以吃到镇筸城!"

远处鼓声又嘭嘭地响起来了,黄狗张着两个耳朵听着。翠翠问祖父,听不听到什么声音。祖父一注意,知道是什么声音了,便说:"翠翠,端午又来了。你记不记得去年天保大老送你那只肥鸭子。早上大老同一群人上川东去,过渡时还问你。你一定忘记那次落的行雨。我们这次若去,又得打火把回家;你记不记得我们两人用火把照路回家?"

翠翠还正想起两年前的端午一切事情呢。但祖父一问,翠翠却微带点儿恼着的神气,把头摇摇,故意说:"我记不得,我记不得。"其实她那意思就是"我怎么记不得?!"

祖父明白那话里意思,又说:"前年还更有趣,你一个人在河边等我,差点儿不知道回来,我还以为大鱼会吃掉你!"

提起旧事翠翠唏地笑了。

"爷爷,你还以为大鱼会吃掉我?!是别人家说我,我告给你!你那天只是恨不得让城中的那个爷爷把装酒的葫芦吃掉!你这种记性!"

"我人老了,记性也坏透了。翠翠,现在你也人大了,一个人一定敢上城看船不怕鱼吃掉你了。"

"人大了就应当守船呢。"

"人老了才当守船。"

"人老了应当歇憩!"

"你爷爷还可以打老虎,人不老!"祖父说着,于是,把膀子弯曲起来,努力使筋肉在局束中显得又有力又年轻,且说:"翠翠,你不信,你咬。"

翠翠睨着腰背微驼的祖父,不说什么话。远处有吹唢呐的声音,她知道那是什么事情,且知道唢呐方向,要祖父同她下了船,把船拉过家中那边岸旁去。为了想早早地看到那迎婚送亲的喜轿,翠翠还爬到屋后塔下去眺望。过不久,那一伙人来了,两个吹唢呐的,四个强壮乡下汉子,一顶空花轿,一个穿新衣的团总儿子模样的青年,另外还有两只羊,一个牵羊的孩子,一坛酒,一盒糍粑,一个担礼物的人。一伙人上了渡船后,翠翠同祖父也上了渡船,祖父拉船,翠翠却傍花轿站定,去欣赏每一个人的脸色与花轿上的流苏。拢岸后,团总儿子模样的人,从扣花抱肚里掏出了一个小红纸包封,递给老船夫。这是规矩,祖父再不能说不接收了。但得了钱祖父却说话了,问那个人,新娘是什么地方人,明白了,又问姓什么,明白了,又问多大年纪,一起皆弄明白了。吹唢呐的一上岸后又把唢呐呜呜喇喇吹起来，一行人便翻山走了。祖父同翠翠留在船上，感情仿佛皆追着那唢呐声音走去，走了很远的路方回到自己身边来。

祖父掂着那红纸包封的分量说："翠翠，宋家堡子里新嫁娘只十五岁。"

翠翠明白祖父这句话的意思所在，不做理会，静静地把船拉动起来。

到了家边，翠翠跑还家中去取小小竹子做的双管唢呐，请祖父坐在船头吹"娘送女"曲子给她听，她却同黄狗躺到门前大岩石上荫处看天上的云。白日渐长，不知什么时节，祖父睡着了，翠翠同黄狗睡着了。

七

到了端午。祖父同翠翠在三天前业已预先约好，祖父守船，翠翠同黄狗过顺顺吊脚楼去看热闹。翠翠先不答应，后来答应了。但过了一天，翠翠又翻悔回来，以为要看两人去看，要守船两人守船。祖父明白那个意思，是翠翠玩心与爱心相战争的结果。为了祖父的牵绊，应当玩的也无法去玩，这不成！祖父含笑说："翠翠，你这是为什么？说定了的又翻悔，同茶峒人平素品德不相称。我们应当说一是一，不许三心二意。我记性并不坏到这样子，把你答应了我的即刻忘掉！"祖父虽那么说，很显然的事，祖父对于翠翠的打算是同意的。但人太乖了，祖父有点愀然不乐了。见祖父不再说话，翠翠就说："我走了，谁陪你？"

祖父说："你走了，船陪我。"

翠翠把眉毛皱拢去苦笑着："船陪你，嘿，嘿，船陪你。"

祖父心想:"你总有一天会要走的。"但不敢提这件事。祖父一时无话可说,于是走过屋后塔下小圃里去看葱,翠翠跟过去。

"爷爷,我决定不去,要去让船去,我替船陪你!"

"好,翠翠,你不去我去,我还得戴了朵红花,装老太婆去见世面!"

两人皆为这句话笑了许久。

祖父理葱,翠翠却摘了一根大葱吹着,有人在东岸喊过渡,翠翠不让祖父占先,便忙着跑下去,跳上了渡船,援着横溪缆子拉船过溪去接人。一面拉船一面喊祖父:

"爷爷,你唱,你唱!"

祖父不唱,却只站在高岩上望翠翠,把手摇着,一句话不说。

祖父有点心事。

翠翠一天比一天大了,无意中提到什么时,会红脸了。时间在成长她,似乎正催促她,使她在另外一件事情上负点儿责。她欢喜看扑粉满脸的新嫁娘,欢喜说到关于新嫁娘的故事,欢喜把野花戴到头上去,还欢喜听人唱歌。茶峒人的歌声,缠绵处她已领略得出。她有时仿佛孤独了一点,爱坐在岩石上去,向天空一片云一颗星凝眸。祖父若问:"翠翠,想什么?"她便带着点儿害羞情绪,轻轻地说:"翠翠不想什么。"但在心里却同时又自问:"翠翠,你想什么?"同是自己也在心里答着,"我想得很远,很多。可是我不知想些什么!"她的确在想,又的确连自己也不知在想些什么。这女孩子身体既发育得很完全,在本身上因年龄自然而来的一件"奇事",也使她多了些思索。

祖父明白这类事情对于一个女子的影响,祖父心情也变了些。祖父是一个在自然里活了七十年的人,但在人事上的自然现象，就有了些不能安排处。因为翠翠的长成，使祖父记起了些旧事，从掩埋在一大堆时间里的故事中，重新找回了些东西。

翠翠的母亲，某一时节原同翠翠一个样子。眉毛长，眼睛大，皮肤红红的。也乖得使人怜爱——也懂在一些小处，使家中长辈快乐。也仿佛永远不会同家中这一个分开。但一点不幸来了，她认识了那个兵。这些事从老船夫说来谁也无罪过，只应"天"去负责。翠翠的祖父口中不怨天，心却不能完全同意这种不幸的安排。到底还像年轻人，说是放下了，也正是不能放下的莫可奈何容忍到的一件事！

并且那时还有个翠翠。如今假若翠翠又同妈妈一样，老船夫的年龄，还能把小雏儿再抚育下去吗？人愿意神却不同意！人太老了，应当休息了，凡是一个良善的乡下人，所应得到的劳苦与不幸，全得到了。假若另外高处有一个上帝，这上帝且有一双手支配一切，很明显的事，十分公道的办法，是应把祖父先收回去，再来让那个年青的在新的生活上得到应分接受那一份的。

可是祖父并不那么想。他为翠翠担心。他有时便躺到门外岩石上，对着星子想他的心事。他以为死是应当快到了的，正因为翠翠人已长大了，证明自己也真正老了。无论如何，得让翠翠有个着落。翠翠既是她那可怜母亲交把他的，翠翠大了，他也得把翠翠交给一个人，他的事才算完结！交给谁？必需什么样的方不委屈她？

前几天顺顺家天保大老过溪时，同祖父谈话，这心直口快的青年人，第一句话就说："老伯伯，你翠翠长得真标致，再过两年，若我有闲空能留在茶峒照料事情，不必像老鸦到处飞，我一定每夜到这溪边来为翠翠唱歌。"

祖父用微笑奖励这种自白。一面把船拉动,一面把那双小眼睛瞅着大老。

于是大老又说:"翠翠太娇了,我担心她只宜于听点茶峒人的歌声,不能做茶峒女子做媳妇的一切正经事。我要个能听我唱歌的情人,却更不能缺少个照料家务的媳妇。'又要马儿不吃草,又要马儿走得好,'唉,这两句话恰是古人为我说的!"

祖父慢条斯理把船掉了头,让船尾傍岸,就说:"大老,也有这种事儿!你瞧着吧。"

那青年走去后,祖父温习着那些出于一个男子口中的真话,实在又愁又喜。翠翠若应当交把一个人,这个人是不是适宜于照料翠翠?当真交把了他,翠翠是不是愿意?

八

初五大清早落了点毛毛雨,上游且涨点了"龙船水",河水已做豆绿色。祖父上城买办过节的东西,戴了个棕粑叶"斗篷",携带了一个篮子,一个装酒的大葫芦,肩头上挂了个褡裢,其中放了一吊六百钱就走了。因为是节日,这一天从小村小寨带了铜钱担了货物上城去办货掉货的极多,这些人起身也极早,故祖父走后,黄狗就伴同翠翠守船。翠翠头上戴了一个崭新的斗篷,把过渡人一趟一趟地送来送去。黄狗坐在船头,每当船拢岸时必先跳上岸边去衔绳头,引起每个过渡人的兴味。有些过渡乡下人也携了狗上城,照例如俗话说的,"狗离不得屋",一离了自己的家,即或傍着主人,也变得非常老实了。到过渡时,翠翠的狗必走过去嗅嗅,从翠翠方面讨取了一个眼色,似乎明白翠翠的意思,就不敢有什么举动。直到上岸后,把拉绳子的事情做完,眼见到那只陌生的狗上小山去了,也必跟着追去。或者向狗主人轻轻吠着,或者逐着那陌生的狗,必得翠翠带点儿嗔恼地嚷着:"狗,狗,你狂什么?还有事情做,你就跑哇!"于是这黄狗赶快跑回船上来,且依然满船闻嗅不已。翠翠说:"这算什么轻狂举动!跟谁学得的!还不好好蹲到那边去!"狗俨然极其懂事,便即刻到它自己原来的地方去,只间或又想象起什么似的,轻轻地吠几声。

　　雨落个不止,溪面一起烟。翠翠在船上无事可做时,便算着老船夫的行程。她知道他这一去应到什么地方碰到什么人,谈些什么话,这一天城门边应当是些什么情形,河街上应当是些什么情形,"心中一本册",她完全如同眼见到的那么明明白白。她又知道祖父的脾气,一见城中相熟粮子上人物,不管是马夫伙夫,总会把过节时应有的颂祝说出。这边说,"副爷,你过节吃饱喝饱!"那一个便也将说,"划船的,你吃饱喝饱!"这边若说着如上的话,那边人说,"有什么可以吃饱喝饱?四两肉,两碗酒,既不会饱也不会醉!"那么,祖父必很诚实邀请这熟人过碧溪岨喝个够量。倘若有人当时就想喝一口祖父葫芦中的酒,这老船夫也从不吝啬,必很快地就把葫芦递过去。酒喝过了,那兵营中人卷舌子舔着嘴唇,称赞酒好,于是又必被勒迫着喝第二口。酒在这种情形下少起来了,就又跑到原来铺上去,加满为止。翠翠且知道祖父还会到码头上去同刚拢岸一天两天的上水船水手谈谈话,问问下河的米价盐价,有时且弯着腰钻进那带有海带鱿鱼味,以及其他油味、醋味、柴烟味的船舱里去,水手们从小坛中抓出一把红枣,递给老船夫,过一阵,等到祖父回家被翠翠埋怨时,这红枣便成为祖父与翠翠和解的工具。祖父一到河街上,且一定有许多铺子上商人送他粽子与其他东西,作为对这个忠于职守的划船人一点敬意,祖父虽嚷着"我带了那么一大堆,回去会把老骨头压断",可是不管如何,这些东西多少总得领点情。走到卖肉案桌边去,他想"买肉"人家却不愿接钱,屠户若不接钱,他却宁可到另外一家去,绝不想沾那点便宜。那屠户说:"爷爷,你为人那么硬算什么?又不是要你去做犁口耕田!"但不行,他以为这是血钱,不比别的事情,你不收钱他会把钱预先算好,猛地把钱掷到大而长的钱筒里去,攫了肉就走去的。卖肉的明白他那种性情,到他称肉时总选取最好的一处,且把分量故意加多,他见及时却将说:"喂喂,大老板,我不要你那些好处!腿上的肉是城里人炒鱿鱼肉丝用的肉,莫同我开玩笑!我要夹项肉,我要浓的糯的,我是个划船人,我要拿去炖胡萝卜喝酒的!"得了肉,把钱交过手时,自己先数一次,又嘱咐屠户再数,屠户却照例不理会他,把一手钱哗的向长竹筒口丢去,他于是简直是妩媚地微笑着走了。屠户与其他买肉人,见到他这种神气,必笑个不止。……

翠翠还知道祖父必到河街上顺顺家里去。

翠翠温习着两次过节两个日子所见所闻的一切,心中很快乐,好像目前有一个东西,同早间在床上闭了眼睛所看到那种捉摸不定的黄葵花一样,这东西仿佛很明朗地在眼前,却看不准,抓不住。

翠翠想:"白鸡关真出老虎吗?"她不知道为什么忽然想起白鸡关。

于是又想:"三十二个人摇六匹橹,上水走风时张起个大篷,一百幅白布拼成的一片东西,先在这样大船上过洞庭湖,多可笑……"她不明白洞庭湖有多大，也就从不见过这种大船，更可笑的，还是她自己也不知道为什么却想到这个问题！

一群过渡人来了，有担子，有跑差模样的人物，另外还有母女二人。母亲穿了新浆洗得硬朗的蓝布衣服，女孩子脸上涂着两饼红色，穿了新衣，上城到亲戚家中去拜节看龙船的。等待众人上船稳定后，翠翠一面望着那小女孩，一面把船拉过溪去。那小孩从翠翠估来年纪也将十岁了，神气却很娇，似乎从不曾离开过母亲。脚下穿的是一双尖头新油过的钉鞋，上面沾污了些黄泥。裤子是那种翻紫的葱绿布做的。见翠翠尽是望她，她也便看着翠翠，眼睛光光的如同两粒水晶球。那母亲模样的妇人便问翠翠，年纪有几岁。翠翠笑着，不高兴答应，却反问小女孩今年几岁。听那母亲说十二岁时，翠翠忍不住笑了。那母女显然是财主人家的妻女，从神气上就可看出的。翠翠注视那女孩，发现了女孩子手上还戴得有一副麻花绞的银手镯，闪着白白的亮光，心中有点儿爱羡。船傍岸后，人陆续地上了岸，妇人从身上摸出一铜子，塞到翠翠手中，就走了，翠翠当时竟忘了祖父的规矩了，也不说道谢，也不把钱退还，只望着这一行人中那个女孩子身后发痴。一行人正将翻过小山时，翠翠忽又忙匆匆地追上去，在山头上把钱还给那妇人。那妇人说："这是送你的！"翠翠不说什么，只微笑把头尽摇，且不等妇人来得及说第二句话，就很快地向自己渡船边跑去了。

到了渡船上，溪那边又有人喊过渡，翠翠把船又拉回去。第二次过渡是七个人，又有两个女孩子，也同样因为看龙船特意换了干净衣服，相貌却并不如何美观，因此使翠翠更不能忘记先前那一个。

今天过渡的人特别多，其中女孩子比平时更多，翠翠既在船上拉缆子摆渡，故见到什么好看的，极古怪的，人乖的，眼睛眶子红红的，莫不在记忆中留下个印象。无人过渡时，等着祖父祖父又不来，便尽只反复温习这些女孩子的神气。且轻轻地无所谓地唱着：

    白鸡关出老虎咬人，不咬别人，团总的小姐排第一。……大姐戴副金簪子，二姐戴副银钏子，只有我三妹莫得什么戴，耳朵上长年戴条豆芽菜。

  城中有人下乡的，在河街上一个酒店前面，曾见及那个撑渡船的老头子，把葫芦嘴推让给一个年青水手，请水手喝他新买的白烧酒，翠翠问及时，那城中人就告给她所见到的事情。翠翠笑祖父的慷慨不是时候，不是地方。过渡人走了，翠翠就在船上又轻轻地哼着巫师迎神的歌玩。

  那首歌声音既极柔和，快乐中又微带忧，歌调末尾说：

    福禄绵绵是神恩，
    和风和雨神好心，
    好酒好饭当前陈，
    肥猪肥羊火上烹！
    …………

    洪秀全，李鸿章，
    你们在生是霸王，

杀人放火尽节全忠各有道,
今来坐席又何妨!
…………

慢慢吃,慢慢喝,
月白风清好过河!
醉时携手同归去,
我当为你再唱歌!

　　唱完了这歌,翠翠觉得有一丝儿凄凉。她想起秋末还愿时田坪中的火燎同鼓角。

　　远处鼓声已起来了,她知道绘有朱红长线的龙船这时节已下河了,细雨还依然落个不止,溪面一片烟。

九

　　祖父回家时,大约已将近平常吃早饭时节了,肩上手上皆是东西,一上小山头便喊翠翠,要翠翠拉船过小溪来迎接他。翠翠眼看到多少人皆进了城,正在船上急得莫可奈何,听到祖父的声音,神旺了,锐声答着:"爷爷,爷爷,我来了!"老船夫从码头边上了渡船后,把肩上手上的东西皆搁到船头上,一面帮着翠翠拉船,一面向翠翠笑着,如同一个小孩子,神气充满了谦虚与羞怯。"你急坏了,是不是?"翠翠本应埋怨祖父的,但她却回答说:"爷爷,我知道你在河街上劝人喝酒,好玩得很。"翠翠还知道祖父极高兴到河街上去玩,但如此说来,将更使祖父害羞乱嚷了,故不提出。

翠翠把搁在船头的东西一一估记在眼里，不见了酒葫芦。翠翠哧地笑了。

"爷爷，你倒大方，请副爷同船上人吃酒，连葫芦也吃到肚里去了！"

祖父笑着："哪里，哪里，我那葫芦被顺顺大哥，扣下了，他见我在河街上请人喝酒，就说：'喂，喂，摆渡的张横，这不成的。你不开槽坊，如何这样子。把你那个放下来，请我全喝了吧。'他当真那么说，请我全喝了吧。我把葫芦放下了。但我猜想他是同我闹着玩的。他家里还少烧酒吗？翠翠，你说……"

"爷爷，你以为人家真想喝你的酒，便是同你开玩笑吗？"

"那是怎么的？"

"你放心，人家一定因为你请客不是地方，故扣下你的葫芦，等等就会为你送来的，你还不明白，真是！——"

"唉，当真会是这样的！"

说着船已拢了岸，翠翠抢先为祖父搬东西，但结果却只拿了那尾鱼，那个花褡裢；褡裢中钱已用光了，却有一包白糖，一包小饼子。

两人刚把新买的东西搬运到家中，对溪就有人喊过渡，祖父要翠翠看着肉菜免得被野猫拖去，争着下溪去做事，一会儿，便同那个过渡人嚷着到家中来了。原来这人便是送酒葫芦的。只听到祖父说："翠翠，你猜对了。人家当真把酒葫芦送来了！"

翠翠来不及向灶边走去，祖父同一个年纪轻轻的脸黑肩膊宽的人物，便进到屋里了。

翠翠同客人皆笑着，让祖父把话说下去。客人又望着翠翠笑，翠翠仿佛明白为什么被人望着，有点不好意思起来，走到灶边烧火去了。溪边又有人喊过渡，翠翠赶忙跑出门外船上去，把人渡过了溪。恰好又有人过溪。天虽落小雨，过渡人却分外多，一连三次。翠翠在船上一面做事一面想起祖父的趣处。不知怎么的，从城里被人打发来送酒葫芦的，她觉得好像是个熟人。可是眼睛里像是熟人，却不明白在什么地方见过面。但也正像是不肯把这人想到某方面去，方猜不着这来人的身份。

祖父在岩坎上边喊："翠翠，翠翠，你上来歇歇，陪陪客！"本来无人过渡便想上岸去烧火，但经祖父一喊，反而不上岸了。

来客问祖父"进不进城看船"，老渡船夫就说"应当看守渡船"。两人又谈了些别的话。到后来客方言归正传："伯伯，你翠翠像个大人了，长得很好看！"

撑渡船的笑了。"口气同哥哥一样，倒爽快呢。"这样想着，却那么说："二老，这地方配受人称赞的只有你，人家都说你好看！'八面山的豹子，地地溪的锦鸡'，全是特为颂扬你这个人好处的警句！"

"但是，这很不公平。"

"很公平的！我听船上人说，你上次押船，船到三门下面白鸡关滩出了事，从急浪中你援救过三个人。你们在滩上过夜，被村子里女人见着了，人家在你棚子边唱歌一夜，是不是真事？"

"不是女人唱歌一夜，是狼嗥。那地方著名多狼，只想得机会吃我们！"

老船夫笑了："那更妙！人家说的话还是很对的。狼是只吃姑娘，吃小孩，吃标致青年，像我这种老骨头，它不会要的！"

那二老说："伯伯，你到这里见过两万个日头，别人家全说我们这个地方风水好，出大人，不知为什么原因，如今还不出大人?"

"你是不是说风水好应出有大名头的人？我以为这种人，不生在我们这个小地方，也不碍事。我们有聪明、正直、勇敢、耐劳的年轻人，就够了。像你们父子兄弟，为本地也增光！"

"伯伯，你说得好，我也是那么想。地方不出坏人出好人，如伯伯那么样子，人虽老了，还硬朗得同棵楠木树一样，稳稳当当地活到这块地面，又正经，又大方，难得的咧。"

"我是老骨头了，还说什么。日头，雨水，走长路，挑分量沉重的担子，大吃大喝，挨饿受寒，自己分上的皆拿过了，不久就会躺到这冰凉土地上喂蛆吃的。这世界有的是你们小伙子分上的一切，好好地干，日头不辜负你们，你们也莫辜负日头！"

"伯伯，看你那么勤快，我们年轻人不敢辜负日头！"

说了一阵，二老想走了，老船夫便站到门口去喊叫翠翠，要她到屋里来烧水煮饭，调换他自己看船。翠翠不肯上岸，客人却已下船了，翠翠把船拉动时，祖父故意装作埋怨神气说："翠翠，你不上来，难道要我在家里做媳妇煮饭吗？"

翠翠斜睨了客人一眼，见客人正盯着她，便把脸背过去，抿着嘴儿，很自负地拉着那条横缆，船慢慢拉过对岸了。客人站在船头同翠翠说话："翠翠，吃了饭，同你爷爷去看划船吧？"

翠翠不好意思不说话，便说："爷爷说不去，去了无人守这个船！"

"你呢？"

"爷爷不去我也不去。"

"你也守船吗？"

"我陪我爷爷。"

"我要一个人来替你们守渡船,好不好?"

砰的一下船头已撞到岸边土坎上了,船拢岸了。二老向岸上一跃,站在岸上说:"翠翠,难为你!……我回去就要人来替你们,你们快吃饭,一同到我家里去看船,今天人多咧。"

翠翠不明白这陌生人的好意,不懂得为什么一定要到他家中去看船,抿着小嘴笑笑,就把船拉回去了。到了家中一边溪岸后,只见那个人还正在对溪小山上。翠翠回转家中,到灶口边去烧火,一面把带点湿气的草塞进灶里去,一面向正在把客人带回的那一葫芦酒试着的祖父询问:"爷爷,那人说回去就要人来替你,要我们两人去看船,你去不去?"

"你高兴去吗?"

"两人同去我高兴。那个人很好,我像认得他,他是谁?"

祖父心想:"这倒对了,人家也觉得你好!"祖父笑着说:"翠翠,你不记得你以前年在大河边时,有个人说要让大鱼咬你吗?"

翠翠明白了,却仍然装不明白问:"他是谁?"

"顺顺船总家的二老,他认识你你不认识他啊!"他抿了一口酒,像赞美这个酒又像赞美另一个人,低低地说,"好的,妙的,这是难得的。"

过渡的人在门外坎下叫唤着,老祖父口中还是"好的,妙的……"匆匆地下船做事去了。

十

吃饭时隔溪有人喊过渡,翠翠抢着下船,到了那边,方知道原来过渡的人,便是船总顺顺家派来做替手的水手,一见翠翠就说道:"二老要你们一吃了饭就去,他已下河了。"见了祖父又说,"二老要你们吃了饭就去,他已下河了。"

张耳听听,便可听出远处鼓声已较密,从鼓声里使人想到那些极狭的船,在长潭中笔直前进时,水面上画着如何美丽的长长的线路!

新来的人茶也不吃,便在船头站妥了,翠翠同祖父吃饭时,邀他喝一杯,只是摇头推辞。祖父说:"翠翠,我不去,你同小狗去好不好?"

"要不去我也不想去!"

"我去呢?"

"我本来也不想去,但我愿意陪你去。"

祖父微笑着:"翠翠,翠翠,你陪我去,好的,你陪我去!"

……

祖父同翠翠到城里大河边时河边早站满了人。细雨已经停止,地面还是湿湿的,祖父要翠翠过河街船总家吊脚楼上去看船,翠翠却以为站在河边较好。两人虽在河边站定,不多久,顺顺便派人把他们请去了。吊脚楼上已有了很多的人。早上过渡时,为翠翠所注意的乡绅妻女,受顺顺家的款待,占据了最好窗口,一见到翠翠,那女孩子就说:"你来,你来!"翠翠带着点羞怯走去,坐在她们身边后,祖父便走开了。

祖父并不看龙船竞渡,却为一个熟人拉到河上游半里路远近,到一个新碾坊看水碾子去了。老船夫对于水碾子原来就极有兴味的。倚山滨水来一座小小茅屋,屋中有那么一个圆石片子,固定在一个横轴子上,斜斜地搁在石槽里,当水闸门抽去时,流水冲击地下的暗轮,上面的石片便飞转起来。做主人的管理这个东西，把毛谷倒进石槽中去，把碾好的米弄出放在屋角隅筛子里，再筛去糠灰。地下全是糠灰，自己头上包着块白布帕子，头上肩上也全是糠灰。天气好时就在碾坊前后隙地里种些萝卜青菜大蒜四季葱。水沟坏了，就把裤子脱去，到河里去堆砌石头修理泄水处。管理一个碾坊比管理一只渡船有趣味，一看也就明白了。但一个撑渡船的想有座碾坊，那是不可能的妄想。凡碾坊照例是属于当地小财主的。那熟人把老船夫带到碾坊边时，就告给他这碾坊业主为谁。两人一面各处视察一面说话。

那熟人用脚踢着新碾盘说："中寨人自己坐在高山上，却欢喜来到这大河边置产业；这是中寨王团总的，大钱七百吊！"

老船夫转着那双小眼睛，很羡慕地去看一切，把头点着，且对于碾坊中物件一一加以很得体的批评。后来两人就坐到那还未完工的白木条凳上去，熟人又说到这碾坊的将来，似乎是团总女儿陪嫁的妆奁。那人于是想起了翠翠，且记起大老托过他的事情来了，便问道："伯伯，你翠翠今年十几岁？"

"十四岁。"老船夫说过这句话后，便接着在心中计算过去的年月。

"十四岁多能干！将来谁得她真有福气！"

"有什么福气？又无碾坊陪嫁，一个光人。"

"别说一个光人，两只手敌得五座碾坊！洛阳桥也是鲁班两只手造的！……"这样那样地说着，那人笑了。

老船夫也笑了，心想："翠翠将来也去造洛阳桥吧，新鲜事！"

那人过了一会儿又说："茶峒人年轻男子眼睛光，选媳妇也极在行。伯伯，你若不多我的心时，我就说个笑话给你听。"

老船夫问:"是什么笑话?"

那人说:"伯伯你若不多心时,这笑话也可以当真话去听咧。"

接着说的下去就是顺顺家大老如何在人家赞美翠翠,且如何托他来探听老船夫口气那么一件事。末了同老船夫来转述另一回会话的情形。"我问他:'大老,大老,你是说真话还是说笑话?'他就说:'你为我去探听探听那老的,我欢喜翠翠,想要翠翠,是真话呀!'我说:'我这口钝得很,说出了口老的一巴掌打来呢?'他说:'你怕打,你先当笑话去说,不会挨打的!'所以,伯伯,我就把这件真事情当笑话来同你说了。你试想想,他初九从川东回来见我时,我应当如何回答他?"

老船夫记前一次大老亲口所说的话,知道大老的意思很真,且知道顺顺也欢喜翠翠,故心里很高兴。但这件事照规矩得这个人带封点心亲自到碧溪岨家中去说,方见得郑重其事,老船夫就说:"等他来时你说:'老家伙听过了笑话后,自己也说了个笑话,他说,'车是车路,马是马路,大老走的是车路,应当由大老爹爹做主,请了媒人来同我说,走的是马路,应当自己做主,站在渡口对溪高崖上,为翠翠唱三年六个月的歌。'"

"伯伯,若唱三年六个月的歌动得翠翠的心,我赶明天就自己来唱歌了。"

"你以为翠翠肯了我还会不肯吗?"

"不咧,人家以为你肯了翠翠便无有不肯呢。"

"不能那么说,这是她的事啊!"

"便是她的事,人家也仍然以为在日头月光下唱三年六个月的歌,还不如得伯伯说一句话好!"

"那么，我说，我们就这样办，等他从川东回来时要他同顺顺去说明白。我呢，我也先问问翠翠；若以为听了三年六个月的歌再跟那唱歌人走去有意思些，我就请你劝大老走他那弯弯曲曲的马路。"

"那好的。见了他我就说：'笑话吗，我已说过了。真话呢，看你自己的命运去了。'当真看他的命运去了，不过我明白他的命运，还是在你老人家手上捏着的。"

"不是那么说！我若捏得定这件事，我马上就答应了。"

这里两人把话说妥后，就过另一处看一只顺顺新近买来的三舱船去了，河街上顺顺吊脚楼方面，却有了如下事情。

翠翠虽被那乡绅女人喊到身边去坐，地位非常之好，从窗口望出去，河中一切朗然在望，然而心中可不安宁。挤在其他几个窗口看热闹的人，似乎皆常常把眼光从河中景物挪到这边几个人身上来。还有些人故意装成有别的事情样子，从楼这边走过那一边，事实上却全为的是好仔细看看翠翠这方面几个人。翠翠心中老不自在，只想借故跑去。一会儿河下的炮声响了，几只从对河取齐的船只直向这方面划来。先是四条船皆相去不远，如四支箭在水面射着，到了一半，已有两只船占先了些，再过一会子，那两只船中间便又有一只超过了并进的船只而前。看看船到了税局门前时，第二次炮声又响，那船便胜利了。这时节胜利的已判明属于河街人所划的一只，各处便皆响着庆祝的小鞭炮。那船于是沿了河街吊脚楼划去，鼓声嘭嘭作响，河边与吊脚楼各处，皆呐喊表示快乐的祝贺。翠翠眼见在船头站定摇动小旗指挥进退头上包着红布的那个年轻人，便是送酒葫芦到碧溪岨的二老，心中便印着三年前的旧事，"大鱼吃掉你！""吃掉不吃掉，不用你管！"

"好的,我不管!""狗,狗,你也看人叫!"想起狗,翠翠才注意到自己身边那只黄狗,已不知跑到什么地方去,便离了座位,在楼上各处找寻她的黄狗,把船头人忘掉了。

她一面在人丛里找寻黄狗,一面听人家正说些什么话。

一个大脸妇人问:"是谁家的人,坐到顺顺家当中窗口前的那块好地方?"

一个妇人就说:"是王乡绅大姑娘,今天说是自己来看船,其实来看人,同时也让人看!人家有本领坐那好地方!"

"看谁人,被谁看?"

"那乡绅想同顺顺成为一对亲家呢。"

"是大老,还是二老呢?"

"是二老哇,等等你们看这岳云,就会上楼来看他丈母娘的!"

另有一个便插嘴说:"事弄同了,好得很呢,人家有一座崭新碾坊陪嫁,比十个长年还好一些。"

有人问:"二老怎么样?"

有人就轻轻地说:"二老已说过了,这不必看,第一件事我就不想做那个碾坊的主人!"

"你听岳云二老说吗?"

"我听别人说的。还说二老欢喜一个撑渡船的。"

"他不要碾坊,要渡船吗?"

"那谁知道。横顺人是'牛肉炒韭菜,只看各人心里爱什么就吃什么'。渡船不会不如碾坊!"

当时各人眼睛对着河里,口中说着这些话,却无一个人回头来注意到身后边的翠翠。

翠翠脸发火烧走到另外一处去，又听有两个人提及这件事。且说："一切早安排好了，只需要二老一句话。"又说，"只看二老今天那么一股劲儿，就可以猜想得出这劲儿是岸上一个黄花姑娘给他的！"

谁是激动二老的黄花姑娘？

翠翠人矮了些，在人背后已望不见河中情形，只听到敲鼓声渐近渐激越，岸上呐喊声自远而近，便知道二老的船正经过楼下。楼上人也大喊着，杂夹叫着二老的名字，乡绅太太那方面，且有人放小百子鞭炮。忽然又用另外一种惊讶声音喊着，且同时便见许多人出门向河下走去。翠翠不知出了什么事，心中有点迷乱，正不知走回原来座位边去好，还是依然站在人背后好。只见那边正有人拿了个托盘，装了一大盘粽子同细点心，在请乡绅太太小姐用点心，不好意思再过那边去，便想也挤出大门外到河下去看看。从河街一个盐店旁边甬道下河时，正在一排吊脚楼的梁柱间，迎面碰头一群人，拥着那个头包红布的二老来了。原来二老因失足落水，已从水中爬起来了。路太窄了一些，翠翠虽闪过一旁，仍然得肘子触着肘子。二老一见翠翠就说："翠翠，你来了，爷爷也来了吗？"

翠翠脸还发着烧不便作声，心想："黄狗跑到什么地方去了呢？"

二老又说："怎不到我家楼上去看呢？我已要人替你弄了个好位子。"

翠翠心想："碾坊陪嫁，稀奇事情咧。"

二老不能逼迫翠翠回去，到后便各自走开了。翠翠到河下时，心中充满了一种说不分明的东西。是烦恼吧，不是！是忧愁吧，不是！是快乐吧，不，有什么事情使这个女孩子快乐呢？是生气了吧——是的，她当真仿佛觉得自己是在生一个人的气。河边人太多了，码头边浅水中，船桅船篷上，以至于吊脚楼的柱子上，也莫不有人。翠翠自言自语："人那么多，有什么可看的？"先还以为可以在什么船上发现她的祖父，但搜寻了一阵，各处却无祖父的影子。她挤到水边去，一眼便看到了自己家中那条黄狗，同顺顺家一个长年，正在去岸数丈一只空船上看热闹。翠翠锐声叫喊，黄狗张着耳叶昂头四面一望，便猛地扑下水中，向翠翠方面泅来了。到了身边时狗身上已全是水，把水抖着且跳跃不已，翠翠便说："得了，你又不翻船，谁要你落水呢？"

翠翠同黄狗找祖父去，在河街上一个木行前恰好遇着了祖父。

老船夫说："翠翠，我看了个好碾坊，碾盘是新的，水车是新的，屋上稻草也是新的！水坝管着一绺水，抽水闸时水车转得如陀螺。"

翠翠带着点做作问："是谁的？"

"是谁的？住在山上的王团总的。我听人说是那中寨人为女儿做嫁妆的东西，好不阔气，包工就是七百吊大制钱，还不管风车，不管家什！"

"谁讨那个人家的女儿？"

祖父望着翠翠干笑着："翠翠，大鱼咬你，大鱼咬你。"

翠翠因为对于这件事心中有了个数目，便仍然装着全不明白，只询问祖父："谁个人得到那个碾坊？"

"岳云二老！"祖父说了又自言自语："有人羡慕二老得到碾坊，也有人羡慕碾坊得到二老！"

"谁羡慕呢,祖父?"

"我羡慕。"祖父说着便又笑了。

翠翠说:"爷爷,你醉了。"

"可是二老还称赞你长得美呢。"

翠翠说:"爷爷,你疯了。"

祖父说:"爷爷不醉不疯……去,我们看他们放鸭子去。"他还想说,"二老捉得鸭子,一定又会送给我们的。"话不及说,二老来了,站在翠翠面前笑着。

于是三个人回到吊脚楼上去。

十一

有人带了礼物到碧溪岨,掌水码头的顺顺,当真请了媒人为儿子向渡船的认亲戚来了。老船夫慌慌张张把这个人渡过溪口,一同到家里去。翠翠正在屋门前剥豌豆,来了客并不如何注意。但一听到客人进门说"贺喜贺喜",心中有事,不敢再蹲在屋门边,就装作追赶菜园地的鸡,拿了竹响篙唰唰地摇着,一面口中轻轻喝着,向屋后白塔跑去了。

来人说了些闲话,言归正传转述到顺顺的意见时,老船夫不知如何回答,只是很惊惶地搓着两只茧结的大手,且神气中则只像在说:"那好的,那妙的!"其实这老头子却不曾说过一句话。

来人把话说完后,就问做祖父的意见怎么样。老船夫笑着把头点着说:"大老想走车路,这个很好。可是我得问问翠翠,看她自己主张怎么样。"来人被打发走后,祖父在船头叫翠翠下河边来说话。

翠翠拿了一簸箕豌豆下到溪边,上了船,娇娇地问他的祖父:"爷爷,你有什么事?"祖父笑着不说什么,只看翠翠。看了许久。翠翠坐到船头,低下头去剥豌豆,耳中听着远处竹篁里的黄鸟叫。翠翠想:"日子长咧,爷爷话也长了。"翠翠心跳着。

过了一会儿祖父说:"翠翠,翠翠,先前那个人来做什么,你知道不知道?"

翠翠说:"我不知道。"说后脸同颈脖全红了。

祖父看看那种情景,明白翠翠的心事了,便把眼睛向远处望去,在空雾里望见了十五年前翠翠的母亲,老船夫心中异常柔和了。轻轻地自言自语:"每一只船总要有个码头,每一只雀儿得有个窠。"他同时想起那个可怜的母亲过去的事情,心中有了一点隐痛,却勉强笑着。

翠翠呢,正从山中黄鸟杜鹃叫声里,以及伐竹人咔咔一下一下的砍伐竹声音里,想到许多事情。老虎咬人的故事,与人对骂时四句头的山歌,造纸作坊中的方坑,熔铁炉里泄出的铁汁,耳朵听来的,眼睛看到的,她似乎皆去温习它。她其所以这样做,又似乎全只为了希望忘掉眼前的一桩事而起。但她实在有点误会了。

祖父说:"翠翠,船总顺顺家里请人来为大老做媒,讨你做媳妇,问我愿不愿。我呢,人老了,再过三年两载会过去的,我没有不愿的事情。这是你自己的事,你自己想想,自己来说。愿意,就成了;不愿意,也好。"

翠翠弄明白了,人来做媒的大老,不曾把头抬起,心忡忡地跳着,脸烧得厉害,仍然剥她的豌豆,且随手把空豆荚抛到水中去,望着它们在流水中从从容容地流去,自己也俨然从容了许多。

见翠翠总不作声，祖父于是笑了，且说："翠翠，想几天不碍事。洛阳桥并不是一个晚上弄得好的，要日子咧。前次那人来的就向我说到这件事，我已经就告过他：车是车路，马是马路，想爸爸做主，请媒人正正经经来说是车路；要自己做主，站到对溪高崖竹林里为你唱三年六个月的歌是马路——你若欢喜走马路，我相信人家会为你在日头下唱热情的歌，在月光下唱温柔的歌，一直唱到吐血喉咙烂！"

翠翠不作声，心中只想哭，可是也无理由可哭。祖父是再说下去，便引到死去了的母亲来了。说了一阵，沉默了。翠翠悄悄把头撇过一些，祖父眼中业已酿了一汪眼泪。翠翠又惊又怕怯生生地说："爷爷，你怎么的？"祖父不作声，用大手掌擦着眼睛，小孩子似的咕咕笑着，跳上岸跑回家中去了。

翠翠想赶去却不赶去。

雨后放晴的天气，日头炙到人肩上背上已有了点力量。溪边芦苇水杨柳，菜园中菜蔬，莫不繁荣滋茂，带着一分有野性的生气。草丛里绿色蚱蜢各处飞着，翅膀搏动空气时皆习习作声。枝头新蝉声音已渐渐宏大。两山深翠逼入竹篁中，有黄鸟与竹雀杜鹃鸣叫。翠翠感觉着，望着，听着，同时也思索着："爷爷今年七十岁……三年六个月的歌——谁送那只白鸭子呢？……得碾子的好运气，碾子得谁更是好运气？……"

痴着，忽地站起，半簸箕豌豆便倾倒到水中去了。伸手把那簸箕从水中捞起时，隔溪有人喊过渡。

十二

翠翠第二天第二次在白塔下菜园地里，被祖父询问到自己主张时,仍然心儿忡忡地跳着,把头低下不做理会,只顾用手去掐葱。祖父笑着,心想:"还是等等看,再说下去这一坪葱会全掐掉了。"同时似乎又觉得其间有点古怪处,不好再说下去,便自己按捺到言语,用一个做作的笑话,把问题引到另外一件事情上去了。

天气渐渐地越来越热了。近六月时,天气热了些,老船夫把一个满是灰尘的黑缸子,从屋角隅里搬出,自己还匀出闲工夫,拼了几方木板,做成一个圆盖。锯木头做成一个架子,且削刮了个大竹筒,用葛藤系定,放在缸边作为舀茶的家具。自从这茶缸移到屋门溪边后,每早上翠翠就烧一大锅开水,倒进那缸子里去。有时缸里加些茶叶,有时却只放下一些用火烧焦的锅巴,趁那东西还燃着时便抛进缸里去。老船夫且照例准备了些发痧肚痛治疮疤痒子的草根木皮,把这些药搁在家中当眼处,一见过渡人神气不对,就忙匆匆地把药取来,善意地勒迫这过路人使用他的药方,且告人这许多救急丹方的来源(这些丹方自然全是他从城中军医同巫师学来的)。他终日裸着两只膀子,在溪中方头船上站定,头上还常常是光光的,一头短短白发,在日光下如银子。翠翠依然是个快乐人,屋前屋后跑着唱着,不走动时就坐在门前高崖树荫下,吹小竹管儿玩。爷爷仿佛把大老提婚的事早已忘掉,翠翠自然也早忘掉这件事情了。

可是那做媒的不久又来探口气了,依然是同从前一样,祖父把事情成否全推到翠翠身上去,打发了媒人上路。回头又同翠翠谈了一次,也依然不得结果。

老船夫猜不透这事情在这什么方面有个疙瘩,解除不去,夜里躺在床上便常常陷入一种沉思里去,隐隐约约体会到一件事情,便是……想到了这里时,他笑了,为了害怕而勉强笑了。其实他有点忧愁,因为他忽然觉得翠翠一切全像那个母亲,而且隐隐约约便感觉到这母女二人共通的命运。一堆过去的事情蜂拥而来,不能再睡下去了,一个人便跑出门外,到那临溪高崖上去,望天上的星辰,听河边纺织娘以及一切虫类如雨的声音,许久许久还不睡觉。

这件事翠翠是毫不注意的,这小女孩子日里尽管玩着,工作着,也同时为一些很神秘的东西驰骋她那颗心,但一到夜里,却甜甜地睡眠了。

不过一切皆得在一份时间中变化。这一家安静平凡的生活,也因了一堆接连而来的日子,在人事上把那安静空气完全打破了。

船总顺顺家中一方面,则天保大老的事已被二老知道了,傩送二老同时也让他哥哥知道了弟弟的心事。这一对难兄难弟原来绵爱上了那个撑渡船的外孙女。这事情在茶峒人并不稀奇,茶峒人的俗话说:"火是各处可烧的,水是各处可流的,日月是各处可照的,爱情是各处可到的。"有钱船总儿子,爱上一个弄渡船的穷人家女儿,不能成为稀罕的新闻,有一点困难处,只是这两兄弟到了谁应娶得这个女人做媳妇时,是不是也还得照茶峒人规矩,来一次流血的挣扎?

兄弟两人在这方面是不至于动刀的,但也不作兴有"情人奉让"如大都市懦怯男子爱与仇对面时做出的可笑行为。

那哥哥同弟弟在河上游一个造船的地方看他家中那一只新船,在新船旁把一切心事全告给了弟弟,且附带说明,这点爱还是两年前植下根基的。弟弟微笑着,把话听下去。两人从造船处沿了河岸又走到王乡绅新碾坊去，那大哥就说："二老，你倒好，有座碾坊；我呢，若把事情弄好了，我应当划渡船了。我欢喜这个事情，我还想把碧溪岨两个山头买过来在界线上种大南竹，围着这一条小溪作为我的寨子！"

那二老仍然地听着，把手中拿的一把弯月形镰刀随意斫削路旁的草木，到了碾坊时，却站住了向他哥哥说："大老，你信不信这女子早已有了个人？"

"我不信。"

"大老，你信不信这碾坊将来归我？"

"我不信。"

两人进了碾坊。

二老说："你不必——大老，我再问你假若我不想得这座碾坊，却打量要那只渡船，而且这念头还三年前的事你信不信呢？"

那大哥真着了一惊，望了一下坐在碾盘横轴上的傩送二老，知道二老不是说谎，于是站近了一点，伸手在二老肩上拍打了一下，且想把二老拉下来。他明白了这件事，他笑了。他说："我相信的，你说的是真话！"

二老把眼睛望着他的哥哥，很诚实地说："大老，相信我，这是真事。我早就那么打算到了。家中不答应，那边若答应了，我当真预备去弄渡船的！——你告我，你呢？"

"爸爸已听了我的话，为我要城里的杨马兵做保山，向划渡船说亲去了！"大老说到这个求亲手续时，好像知道二老要笑他，又解释要保山去的用意，只是"因为老的说车有车路，马有马路，我就走了车路。"

"结果呢？"

"得不到什么结果。"

"马路呢?"

"马路呢,那老的说若走马路,得在碧溪岨对溪高崖上唱三年六个月的歌。"

"这并不是个坏主张!"

"是呀,一个结巴人话说不出还唱得出。可是这件事轮不到我了。我不是竹雀,不会唱歌。鬼知道那老的存心是要把孙女儿嫁个会唱歌的水车,还是预备规规矩矩嫁个人!"

"那你怎么样?"

"我想告那老的,要他说句实在话。只一句话。不成,我跟船下桃源去了;成呢,便是要我撑渡船,我也答应了他。"

"唱歌呢?"

"这是你的拿手好戏,你要去做竹雀你就去吧,我不会捡马粪塞你嘴巴的。"

二老看到哥哥那种样子,便知道为这件事哥哥感到的是一种如何烦恼了。他明白他哥哥的性情,代表了茶峒人粗鲁爽直一面,弄得好,掏出心子来给人也很慷慨做去,弄不好,亲舅舅也必一是一二是二。大老何尝不想在车路上失败时走马路;但他一听到二老的坦白陈述后,他就知道马路只二老有份,他自己的事不能提了。因此他有点气恼,有点愤慨,自然是无从掩饰的。

二老想出了个主意,就是两兄弟月夜里同过碧溪岨去唱歌,莫让人知道是弟兄两个,两人轮流唱下去,谁得到回答,谁便继续用那张唱歌胜利的嘴唇,服侍那划渡船的外孙女。大老不善于唱歌,轮到大老时也仍然由二老代替。两人凭命运来决定自己的幸福,这么办可说是极公平了。提议时,那大老还以为他自己不会唱,也不想请二老替他做竹雀。但二老那种诗人性格,却使他很固执地要哥哥实行这个办法。二老说必须这样做,一切方公平一点。

大老把弟弟提议想想,做了一个苦笑。"娘的,自己不是竹雀,还请老弟做竹雀?好,就是这样子,我们各人轮流唱,我也不要你帮忙,一切我自己来吧。树林子里的猫头鹰,声音不动听,要老婆时,也仍然是自己叫下去,不请人帮忙的!"

两人把事情说妥当后,算算日子,今天十四,明天十五,后天十六,接连而来的三个日子,正是有大月亮天气。气候既到了中夏,半夜里不冷不热,穿了自家机布汗褂,到那些月光照及的高崖上去,遵照当地的习惯,很诚实与坦白去为一个"初生之犊"的黄花女唱歌。露水降了,歌声涩了,到应当回家了时,就趁残月赶回家去。或过那些熟识的整夜工作不息的碾坊里去,躺到温暖的谷仓里小睡,等候天明。一切安排皆极其自然,结果是什么,两人虽不明白,但也看得极其自然。两人便决定了从当夜起始,来做这种为当地习惯所认可的竞争。

十三

黄昏来时翠翠坐在家中屋后白塔下,看天空为夕阳烘成桃花色的薄云。十四中寨逢场,城中生意人过中寨收买山货的很多,过渡人也特别多,祖父在溪中渡船上,忙个不息。天快夜了,别的雀子皆似乎在休息了,只杜鹃叫个不息。石头泥土为白日晒了一整天,草木为白日晒了一整天,到这时节皆放散一种热气。空气中有泥土气味,有草木气味,且有甲虫类气味。翠翠看着天上的红云,听着渡口飘乡生意人的杂乱声音,心中有些儿薄薄的凄凉。

黄昏照样的温柔美丽平静。但一个人若体念到这个当前一切时,也就照样地在这黄昏中会有点薄薄的凄凉。于是,这日子成为痛苦的东西了。翠翠觉得好像缺少了什么。好像眼见到这个日子过去了,想在一件新的人事上攀住它,但不成。好像生活太平凡了,忍受不住。

"我要坐船下桃源县过洞庭湖,让爷爷满城打锣去叫我,点了灯笼火把去找我。"

她便同祖父故意生气似的,很放肆地去想到这样一件事,她且想象祖父用各种方法寻觅她皆无结果,到后如何躺在渡船上。

"人家喊,'过渡,过渡,老伯伯,你怎么的!''怎么的!翠翠走了,下桃源县了!''那你怎的?''怎么的吗?拿了把刀,放在包袱里,搭下水船去杀了她!'……"

翠翠仿佛听着这种对话,吓怕起来了,一面锐声喊着她的祖父,一面从坎上跑向溪边渡口去。见到了祖父正把船拉在溪中心,船上人嘿嘿说着话,小小心子还依然跳跃不已。

"爷爷,爷爷,你拉回来呀!"

那老船夫不明白她的意思,还以为是翠翠要为他代劳了,就说:"翠翠,等一等,我就回来!"

"你不拉回来了吗?"

"我就回来!"

翠翠坐在溪边,望着溪面为暮色所笼罩的一切,且望到那只渡船上一群过渡人,其中有个吸旱烟的打着火镰吸烟,且把烟杆在船边剥剥地敲着烟灰,忽然哭起来了。

祖父把船拉回来时,见翠翠痴痴地坐在岸边,问她是什么事，翠翠不作声。祖父要她去烧火煮饭，想了一会儿，觉得自己哭得可笑，一个人便回到屋中去，坐在黑黝黝的灶边把火烧燃后，她又走到门外高崖上去，喊叫她的祖父，要他回家里来，在职务上毫不儿戏的老船夫，因为明白过渡人皆是赶回城中吃晚饭的人，来一个就渡一个，不便要人站在那岸边待等，故不上岸来。只站在船头告翠翠，且让他做点事，把人渡完事后，就会回家里来吃饭。

翠翠第二次请求祖父祖父不理会，她坐在悬崖上，很觉得悲伤。

天夜了，有一只大萤火虫尾上闪着蓝光，很迅速地从翠翠身旁飞过去，翠翠想，"看你飞得多远！"便把眼睛随着那萤火虫的明光追去。杜鹃又叫了。

"爷爷，为什么不上来？我要你！"

在船上的祖父听到这种带着娇有点儿埋怨的声音，一面粗声粗气地答道："翠翠，我就来，我就来！"一面心中却自言自语："翠翠，爷爷不在了，你将怎么样？"

老船夫回到家中时，见家中还黑黝黝的，只灶间有火光，见翠翠坐在灶边矮条凳上，用手蒙着眼睛。

走过去才晓得翠翠已哭了许久。祖父一个下半天来，皆弯着个腰在船上拉来拉去，歇歇时手也酸了，腰也酸了，照规矩，一到家里就会嗅到锅中所焖瓜菜的味道，且可见到翠翠安排晚饭在灯光下跑来跑去的影子。

祖父说："翠翠，我来慢了，你就哭，这还成吗？我死了呢？"

翠翠不作声。

祖父又说:"不许哭,做一个大人,不管有什么事皆不许哭。要硬扎一点,结实一点,才配活到这块土地上!"

翠翠把手从眼睛边移开,靠近了祖父身边去:"我不哭了。"

两人做饭时,祖父为翠翠说到一些有趣味的故事。因此提到了死去了的翠翠的母亲。两人在豆油灯下把饭吃过后,老船夫因为工作疲倦,喝了半碗白酒,故饭后兴致极好,又同翠翠到门外高崖上月光下去说故事。说了些那个可怜母亲的乖巧处,同时且说到那可怜母亲性格强硬处,使翠翠听来神往倾心。

翠翠抱膝坐在月光下,傍着祖父身边,问了许多关于那个可怜母亲的故事。间或吁一口气,似乎心中压上了些分量沉重的东西,想挪移得远一点,才吁着这种气,可是却无从把东西挪开。

月光如银子,无处不可照及,山上篁竹在月光下皆成为黑色。身边虫声繁密如落雨。间或不知道从什么地方,忽然会有一只黄莺"落落落落嘘"啭着它的喉咙,不久之间,这小鸟儿又好像明白这是半夜,便仍然闭着那小小眼儿安睡了。

祖父夜来兴致很好,为翠翠把故事说下去,就提到了本城人二十年前唱歌的风气,如何驰名于川黔边地。翠翠的父亲,便是唱歌的第一手,能用各种比喻解释爱与憎的结子,这些事也说到了。翠翠母亲如何爱唱歌,且如何同父亲在未认识以前在白日里对歌,一个在半山上竹篁里砍竹子,一个在溪面渡船上拉船,这些事也说到了。

翠翠问:"后来怎么样?"

祖父说:"后来的事长得很,最重要的事情,就是这种歌唱出了你。"

十四

　　老船夫做事累了睡了，翠翠哭倦了也睡了。翠翠不能忘记祖父所说的事情，梦中灵魂为一种美妙歌声浮起来了，仿佛轻轻地各处飘着，上了白塔，下了菜园，到了船上，又复飞蹿过悬崖半腰——去做什么呢？摘虎耳草！白日里拉船时，她仰头望着崖上那些肥大虎耳草已极熟习。

　　一切皆像是祖父说的故事，翠翠只迷迷糊糊地躺在粗麻布帐子里草荐上，以为这梦做得顶美顶甜。祖父却在床上醒着张起个耳朵听对溪高崖上的人唱了半夜的歌。他知道那是谁唱的，他知道是河街上天保大老走马路的第一着，又忧愁又快乐地听下去。翠翠因为日里哭倦了，睡得正好，他就不去惊动她。

　　第二天，天一亮翠翠就同祖父起身了，用溪水洗了脸，把早上说梦的忌讳去掉了，翠翠赶忙同祖父去说昨晚上所梦的事情。

　　"爷爷，你说唱歌，我昨天就在梦里听到一种歌声，又软又缠绵，我像跟了这声音各处飞，飞到对溪悬崖半腰，摘了一大把虎耳草，得到了虎耳草，我可不知道把这个东西交给谁去了。我睡得真好，梦得真有趣！"

　　祖父温和悲悯地笑着，并不告给翠翠昨晚上的事实。

　　祖父心里想："做梦一辈子更好，还有人在梦里做宰相咧。"

　　昨晚上唱歌的，老船夫还以为是天保大老，日来便要翠翠守船，借故到城里去送药，在河街见到了大老，就一把拉住那小伙子，很快乐地说："大老，你这个人，又走车路又走马路，是怎样一个狡猾东西！"

但老船夫却做错了一件事情,把昨晚唱歌人"张冠李戴"了。这两弟兄昨晚上同时到碧溪岨去,为了做哥哥的走车路占了先,无论如何也不肯先开腔唱歌,一定得让那弟弟先唱。弟弟一开口,哥哥却因为明知不是敌手,更不能开口了。翠翠同她祖父晚上听到的歌声,便全是那个傩送二老所唱的。大老伴弟弟回家时,就决定了同茶峒地方离开,驾家中那只新油船下驶,好忘却了上面的一切。这时正想下河去看新船装货。老船夫见他冷冷的,不明白他的意思,就用眉眼做了一个可笑的记号,表示他明白大老的冷淡处是装成的,表示他有消息可以奉告。

他拍了大老一下,轻轻地说:"你唱得很好,别人在梦里听着你那个歌,为那个歌带得很远,走了不少的路!"

大老望着弄渡船的老船夫涎皮的老脸,轻轻地说:"算了吧,你把宝贝孙女儿送给了竹雀吧。"

这句话使老船夫完全弄不明白它的意思。大老从一个吊脚楼甬道走下河去了,老船夫也跟着下去。到了河边,见那只新船正在装货,许多油篓子搁到岸边,一个水手正在用茅草扎成长束,备作船舷上挡浪用的茅把,还有人在河边用脂油擦桨板。老船夫问那个坐在大太阳下扎茅把的水手,这船什么日子下行,谁押船。那水手把手指着大老。老船夫搓着手说:"大老,听我说句正经话,你那件事走车路,不对;走马路,你有份的!"

那大老把手指着窗口说:"伯伯,你看那边,你要竹雀做孙女婿,竹雀在那里啊!"

老船夫抬头望到二老,正在窗口整理一个渔网。

回碧溪岨到渡船上时,翠翠问:"爷爷,你同谁吵了架,脸色那样难看!"

祖父莞尔而笑，他到城里的事情，不告给翠翠一个字。

十五

大老坐了那只新油船向下河走去了，留下傩送二老在家。老船夫方面还以为上次歌声既归二老唱的，在此后几个日子里，自然还会听到那种歌声。一到了晚间就故意从别样事情上，促翠翠注意夜晚的歌声。两人吃完饭坐在屋里，因屋前滨水，长脚蚊子一到黄昏就嗡嗡地叫着，翠翠便把艾蒿束成的烟包点燃，向屋中角隅各处晃着驱逐蚊子。晃了一阵，估计全屋子里皆为艾蒿烟气熏透了，才搁到床前地上去，再坐在小板凳上来听祖父说话。从一些故事上慢慢地谈到了唱歌，祖父话说得很妙。祖父到后发问道："翠翠，梦里的歌可以使你爬上高崖去摘那虎耳草，若当真有谁来在对溪高崖上为你唱歌，你怎么样？"祖父把话当笑话说着的。

翠翠便也当笑话答道："有人唱歌我就听下去，他唱多久我也听多久！"

"唱三年六个月呢？"

"唱得好听，我听三年六个月。"

"这不公平吧。"

"怎么不公平？为我唱歌的人，不是极愿意我长远听他的歌吗？"

"照理说：炒菜要人吃，唱歌要人听。可是人家为你唱，是要你懂他歌中的意思！"

"爷爷，懂歌中什么意思？"

"自然是他那颗想同你要好的真心！不懂那点心事，不是同听竹雀唱歌一样了吗?"

"我懂了他的心又怎么样?"

祖父用拳头把自己腿重重地捶着,且笑着:"翠翠,你人乖,爷爷笨得很,话也不说得温柔,莫生气。我信口开河,说个笑话给你听。应当当笑话听。河街天保大老走车路,请保山来提亲,我告诉过你这件事了,你那神气不愿意,是不是?可是,假若那个人还有个兄弟,走马路,为你来唱歌,向你求婚,你将怎么说?"

翠翠吃了一惊,低下头去。因为她不明白这笑话有几分真,又不清楚这笑话是谁诌的。

翠翠便微笑着轻轻地带点恳求的神气说:"爷爷莫说这个笑话吧。"翠翠站起身了。

"我说的若是真话呢?"

"爷爷你真是个……"翠翠说着走出去了。

祖父说:"我说的是笑话,你生我的气吗?"

翠翠不敢生祖父的气,走近门限边时,就把话引到另外一件事情上去:"爷爷看天上的月亮,那么大!"说着,出了屋外,便在那一派清光的露天中站定。站了一会儿,祖父也从屋中出到外边来了。翠翠于是坐到那白日里为强烈阳光晒热的岩石上去,石头正散发日间所储的余热。祖父就说:"翠翠,莫坐热石头,免得生坐板疮。"

但自己用手摸摸后,自己便也坐到那岩石上了。

月光极其柔和,溪面浮着一层薄薄白雾,这时节对溪若有人唱歌,隔溪应和,实在太美丽了。翠翠还记着先前祖父说的笑话。耳朵又不聋,祖父的话说得极分明,一个兄弟走马路,唱歌来打发这样的晚上,算是怎么回事?她似乎为了等着这样的歌声,沉默了许久。

她在月光下坐了一阵,心里却当真愿意听一个人来唱歌。久之,对溪除了一片草虫的清音复奏以外别无所有。翠翠走回家里去,在房门边摸着了那个芦管,拿出来在月光下自己吹着。觉吹得不好,又递给祖父要祖父吹。老船夫把那个芦管竖在嘴边,吹了个长长的曲子,翠翠的心被吹柔软了。

翠翠依傍祖父坐着,问祖父:"爷爷,谁是第一个做这个小管子的人?"

"一定是个最快乐的人做的,因为他分给人的也是许多快乐;可又像是个最不快乐的人做的,因为他同时也可以引起人不快乐!"

"爷爷,你不快乐了吗?生我的气了吗?"

"我不生你的气。你在我身边,我很快乐。"

"我万一跑了呢?"

"你不会离开爷爷的。"

"万一有这种事,爷爷你怎么样?"

"万一有这种事,我就驾了这只渡船去找你。"

翠翠咏地笑了。"凤滩茨滩不为凶,下面还有绕鸡笼;绕鸡笼也容易下,青浪滩浪如屋大。爷爷你渡船也能下凤滩茨滩青浪滩吗?那些地方的水,你不说过像疯子吗?"

祖父说:"翠翠,我到那时可真像疯子,还怕大水大浪?"

翠翠俨然极认真地想了一下,就说:"爷爷,我一定不走。可是,你会不会走?你会不会被一个人抓到别处去?"

祖父不作声了,他想到被死亡抓走那一类事情。

老船夫打量着自己被死亡抓走以后的情形，痴痴地看望天南角上一颗星子，心想："七月八月天上方有流星，人也会在七月八月死去吧？"又想起白日在河街上同大老谈话的经过，想起中寨人陪嫁的那座碾坊，想起二老！想起一大堆事情，心中有点儿乱。

翠翠忽然说："爷爷，你唱个歌给我听听，好不好？"

祖父唱了十个歌，翠翠傍在祖父身边，闭着眼睛听下去，等到祖父不作声时，翠翠自言自语："我又摘了一把虎耳草了。"

祖父所唱的歌便是那晚上听来的歌。

十六

二老有机会唱歌却从此不再到碧溪岨唱歌。十五过去了，十六也过去了，到了十七，老船夫忍不住了，进城往河街去找寻那个年轻小伙子，到城门边正预备入河街时，就遇着上次为大老做保山的杨马兵，正牵了一匹骡马预备出城，一见老船夫，就拉住了他："伯伯，我正有事情告你，碰巧你就来城里！"

"什么事？"

"天保大老坐下水船到茨滩出了事，闪不知这个人掉到滩下旋水里就淹坏了。早上顺顺家里得到这个信，听说二老一早就赶去了。"

这消息同有力巴掌一样重重地捆了他那么一下，他不相信这是当真的消息。他故作从容地说："天保大老淹坏了吗？从不听闻有水鸭子被水淹坏的！"

"可是那只水鸭子仍然有那么一次被淹坏了……我赞成你的卓见，不让那小子走车路十分顺手。"

从马兵言语上，老船夫还十分怀疑这个新闻，但从马兵神气上注意，老船夫却看清楚这是个真的消息了。他惨惨地说："我有什么卓见可言？这是天意！……"老船夫说时心中充满了感情。

特为证明那马兵所说的话，有多少可靠处，老船夫同马兵分手后，于是匆匆赶到河街上去。到了顺顺家门前，正有人烧纸钱，许多人围在一处说话。加进去听听，所说的便是杨马兵提到的那件事。但一到有人发现了身后的老船夫时，大家便把话语转了方向，故意来谈下河油价涨落情形了。老船夫心中很不安，正想找一个比较要好的水手谈谈。

一会儿船总顺顺从外面回来了，样子沉沉的，这豪爽正直的中年人，正似乎为不幸打倒，努力想挣扎爬起的神气，一见到老船夫就说："老伯伯，我们谈的那件事情吹了吧。天保大老已经坏了，你知道了吧。"

老船夫两只眼睛红红的，把手搓着，"怎么的，这是真事！是昨天，是前天？"

另一个像是赶路同来报信的，插嘴说道："十六中上，船搁到石包子上，船头进了水，大老想把篙撇着，人就弹到水中去了。"

老船夫说："你眼见他下水吗？"

"我还与他同时下水！"

"他说什么？"

"什么都来不及说！这几天来他都不说话！"

老船夫把头摇摇，向顺顺那么溜了一眼。船总顺顺像知道他的心中不安处，说："伯伯，一切是天，算了吧。我这里有大兴场送来的好烧酒,你拿一点去喝吧。"一个伙计用竹筒上了一筒酒,用新桐木叶蒙着筒口,交给了老船夫。

老船夫把酒拿走,到了河街后,低头向河码头走去,到河边天保大前天上船处去看看。杨马兵还在那里放马到沙地上打滚,自己坐在柳树荫下乘凉。老船夫就走过去请马兵试试那大兴场的烧酒,两人兴致似乎皆好些了,老船夫告给杨马兵,十四夜里二老两兄过碧溪岨唱歌那件事情。

那马兵听到后便说:"伯伯,你是不是以为翠翠愿意二老应该派归二老……"

话不说完,傩送二老却从河街下来了。这年轻人正像要远行的样子,一见了老船夫就回头走去。杨马兵就喊他说:"二老,二老,你来,有话同你说呀!"

二老站定了,问马兵"有什么话说"。马兵望望老船夫,就向二老说:"你来,有话说!"

"什么话?"

"我听人说你已经走了——你过来我同你说,我不会吃掉你!"

那黑脸宽肩膊,样子虎虎有生气的傩送二老,勉强似的笑着,到了柳荫下时,老船夫指着河上游远处那座新碾坊说:"二老,听人说那碾坊将来是归你的!归了你,派我来守碾子,行不行?"

二老仿佛听不惯这个询问的用意,便不作声。杨马兵看风头有点儿僵,便说:"二老,你怎么的,预备下去吗?"那年轻人把头点点,就走开了。

老船夫讨了个没趣,赶回碧溪岨去,到了渡船上时,就装作把事情看得极随便似的,告给翠翠。

"翠翠，城里出了件新鲜事情，天保大老驾油船下辰州，掉到茨滩淹坏了。"

翠翠因为听不懂，对于这个报告最先好像全不在意，祖父又说："翠翠，这是真事，上次来到这里做保山的杨马兵，还说我早不答应亲事极有见识！"

翠翠瞥了祖父一眼，见他眼睛红红的，知道他喝了酒，且有了点事情不高兴，心中想："谁撩你生气？"船到家边时，祖父不自然地笑着向家中走去，翠翠守船，半天不闻祖父声息，赶回家去看看，见祖父正坐在门槛上编草鞋耳子。

翠翠见祖父神气极不对，就蹲到他身前去。

"爷爷，你怎么的？"

"天保当真死了！二老生了我们的气，以为他家中出这件事情是我们分派的！"

有人在溪边大喊渡船过渡，祖父匆匆出去了。翠翠坐在那屋角隅稻草上，心中极乱，等等还不见祖父回来，就哭起来了。

十七

祖父似乎生谁的气，脸上笑容减少了，对于翠翠方面也不大注意了。翠翠像知道祖父已不很疼她，但又像不明白它的原因。但这并不是很久的事，日子一过去，也就好了。两人仍然划船过日子，一切依旧，唯对于生活，却仿佛什么地方有了个看不见的缺口，无法填补起来。祖父过河街去仍然可以得到船总顺顺的款待，但很明显的事，那船总却并不忘掉死去者死亡的原因。二老出北河下辰州走了六百里，沿河找寻那个可怜哥哥的尸骸，毫无结果，在各处税关上贴下招字，返回茶峒来了。过不久，他又过川东去办货，过渡时见到老船夫。老船夫看看那小伙子，好像已完全忘掉了从前的事情，就同他说话。

"二老，大六月日头毒人，又上川东去？"

"要饭吃，头上是火也得上路！"

"要吃饭！二老家还少饭吃！"

"有饭吃，爹爹说年轻人也不应该在家中白吃不做事！"

"你爹爹好吗？"

"吃得做得，有什么不好。"

"你哥哥坏了，我看你爹爹为这件事情也好像萎悴多了！"

二老听到这句话，不作声了，眼睛望着老船夫屋后那个白塔。他似乎想起了过去那个晚上，那件旧事，心中十分惆怅。

老船夫怯怯地望了年轻人一眼，一个微笑在脸上漾开。

"二老，我家里翠翠说，五月里有天晚上，做了个梦……"说时他又望望二老，见二老并不惊讶，也不厌烦，又接着说，"她梦得古怪，说在梦中被一个人的歌声浮起来，上悬岩摘了一把虎耳草！"

二老把头偏过一旁去做了一个苦笑，心中想到"老头子倒会做作"。这点意思在那个苦笑上，仿佛同样泄露出来，仍然被老船夫看到了，老船夫就说："二老，你不信吗？"

那年轻人说："我怎么不相信？因为我做傻子在那边岩上唱过一晚的歌！"

老船夫被一句料想不到的老实话窘住了，口中结结巴巴地说："这是真的……这是假的……"

老船夫的做作处，原意只是想把事情弄明白一点，但一起始自己叙述这段事情时，方法上就有了错处，故反而被二老误会了。他这时正想把那夜的情形好好说出来,船已到了岸边。二老一跃上了岸,就想走去。老船夫在船上显得有点忙乱的样子说:"二老,二老,你等等我有话同你说,你先前不是说到那个——你做傻子的事情吗?你并不傻,别人方当真为你那歌弄成傻相!"

那年轻人虽站定了,口中却轻轻地说:"得了够了,不要说了。"

老船夫说:"二老,我听人说你不要碾子要渡船,这是杨马兵说的,不是真的吧?"

那年轻人说:"要渡船又怎样?"

老船夫看看二老的神气,心中忽然高兴起来了,就情不自禁地高声叫着翠翠,要她下溪边来。不知翠翠是故意不从屋里出来,是到别处去了,许久还不见到翠翠的影子,也不闻这个女孩子的声音。二老等了一会儿看看老船夫那副神气,一句话不说,便微笑着,大踏步同一个挑担粉条白糖货物的脚夫走去了。

过了碧溪岨小山,两人应沿着一条曲曲折折的竹林走去,那个脚夫这时节开了口:"傩送二老,看那弄渡船的神气,很欢喜你!"

二老不作声,那人就又说道:"二老,他问你要碾坊还是要渡船,你当真预备做他的孙女婿,接替他那只渡船吗?"

二老笑了,那人又说:"二老,若这件事派给我,我要那座碾坊。一座碾坊的出息,每天可收七升米,三斗糠。"

二老说:"我回来时向我爹爹去说,为你向中寨人做媒,让你得到那座碾坊吧。至于我呢,我想弄渡船是很好的。只是老家伙坏,大老是他弄死的。"

老船夫见二老那么走去了,翠翠还不出来,心中很不快乐,走回家去看看，原来翠翠并不在家。过一会儿，翠翠提了个篮子从小山后回来了，方知道大清早翠翠已出门掘竹鞭笋去了。

"翠翠，我喊了你好久，你不听到？"

"做什么？"

"一个过渡……一个熟人，我们谈起你……我喊你你可不答应！"

"是谁？"

"你猜，翠翠。不是陌生人……你认识他！"

翠翠想起适间从竹林里无意中听来的话，脸红了，半天不说话。

老船夫问："翠翠，你得了多少鞭笋？"

翠翠把竹篮向地下一倒，除了十来根小小鞭笋外，只是一把大的虎耳草。

老船夫望了翠翠一眼，翠翠两颊绯红跑了。

十八

日子平平地过了一个月，一切人心上的病痛，似乎皆在那么份长长的白日下医治好了。天气特别热，各人皆只忙着流汗，用凉水淘江米酒吃，不用什么心事，心事在人生活中，也就留不住了。翠翠每天皆到白塔下背太阳的一面去午睡，高处既极凉快，两山竹篁里叫得使人发松的竹雀，与其他鸟类，又如此之多，致使她在睡梦里尽为山鸟歌声所浮着，做的梦也便常是顶荒唐的梦。

这不是人的罪过。诗人们会在一件小事上写出一整本整部的诗，雕刻家在一块石头上雕得出骨血如生的人像，画家一撇儿绿，一撇儿红，一撇儿灰，画得出一幅一幅带有魔力的彩画，谁不是为了惦着一个微笑的影子，或是一个皱眉的记号，方弄出那么些古怪成绩？翠翠不能用文字，不能用石头，不能用颜色，把那点心头上的爱憎移到另一件东西上去，却只让她的心，在一切顶荒唐事情上驰骋。她从这份隐秘里，常常得到又惊又喜的兴奋。一点不可知的未来，摇撼她的极厉害，她无从完全把那种痴处不让祖父知道。

祖父呢，可以说一切都知道了的。但事实上他又是个一无所知的人。他明白翠翠不讨厌那个二老，却不明白那小伙子二老怎么样。他从船总处与二老处，皆碰过了钉子，但他并不灰心。

"要安排得对一点，方合道理。"他那么想着，就更显得好事多磨起来了。睁着眼睛时，他做的梦比那个孙女翠翠便更荒唐更寥廓。

他向各个过渡本地人打听二老父子的生活，关切他们如同自己家中一样。但也古怪，因此他却怕见到那个船总同二老了。一见他们他就不知说些什么，只是老脾气把两只手搓来搓去，从容处完全失去了。二老父子方面皆明白他的意思，但那个死去的人，却用一个凄凉的印象，镶嵌到父子心中，两人便对于老船夫的意思，俨然全不明白似的，一同把日子打发下去。

明明白白夜来并不做梦，早晨同翠翠说话时，那做祖父的会说："翠翠，翠翠，我做了个好不怕人的梦！"

翠翠问："什么怕人的梦？"

就装作思索梦境似的，一面细看翠翠小脸长眉毛，一面说出他另一时张着眼睛所做的好梦。不消说，那些梦并不是当真怎样使人吓怕的。

一切河流皆得归海，话起始说得纵极远，到头来总仍然是归到使翠翠红脸那件事情上去。待到翠翠显得不大高兴，神气上露出受了点小窘时，这老船夫又才像有了一点儿吓怕，忙着解释，用闲话来遮掩自己所说到那问题的原意。

"翠翠，我不是那么说，我不是那么说。爷爷老了，糊涂了，笑话多咧。"

但有时翠翠却静静地把祖父那些笑话糊涂话听下去，一直听到后来还抿着嘴儿微笑。

翠翠也会忽然说道："爷爷，你真是有一点糊涂！"

祖父听过了不再作声，他将说"我有一大堆心事"，但来不及说，恰好就被过渡人喊走了。

天气热了，过渡人从远处走来，肩上挑的是七十斤担子，到了溪边，贪凉快不即走路，必蹲在岩石下茶缸边喝凉茶，与同伴交换吹吹棒烟管，且一面与弄渡船的攀谈。许多子虚乌有的话皆从此说出口来，给老船夫听到了。过渡人有时还因溪水清洁，就溪边洗脚抹澡的，坐得更久话也就更多。祖父把些话转说给翠翠，翠翠也就学懂了许多事情。货物的价钱涨落呀，坐轿搭船的用费呀，放木筏的人把他那个木筏从滩上流下时，十来把大招子如何活动啊，在小烟船上吃荤烟，大脚娘如何烧烟哪……无一不备。

傩送二老从川东押物回到了茶峒。时间已近黄昏了，溪面很寂寞，祖父同翠翠在菜园地里看萝卜秧子。翠翠白日中觉睡久了些，觉得有点寂寞，好像听人嘶声喊过渡，就争先走下溪边去，下坎时，见两个人站在码头边，斜阳影里背身看得极分明，正是傩送二老同他家中的长年！翠翠大吃一惊，同小兽物见到猎人一样,回头便向山竹林里跑掉了。但那两个在溪边的人,听到脚步响时,一转身,也就看明白这件事情了。等了一下再也不见人来,那长年又嘶声音喊叫过渡。

老船夫听得清清楚楚,却仍然蹲在萝卜秧地上数菜,心里觉得好笑。他已见到翠翠走去,他知道必是翠翠看明白了过渡人是谁,故蹲在那高岩上不理会。翠翠人小不管事,过渡人求她不干,奈何她不得,故只好嘶着个喉咙叫过渡了。那长年叫了几声,见无人来,就停了,同二老说:"这是什么玩意儿,难道老的害病弄翻了,只剩下翠翠一个人了吗?"二老说:"等等看,不算什么!"就等了一阵。因为这边在静静地等着,园地上老船夫却在心里想:"难道是二老吗?"他仿佛担心搅恼了翠翠似的,就仍然蹲着不动。

但再过一阵,溪边又喊起过渡来了,声音不同了一点,这才真是二老的声音。生气了吧?等久了吧?吵嘴了吧?老船夫一面胡乱估着一面跑到溪边去。到了溪边,见两个人业已上了船,其中之一正是二老。老船夫惊讶地喊叫:"呀,二老,你回来了!"

年轻人很不高兴似的:"回来了——你们这渡船是怎么的,等了半天也不来个人!"

"我以为——"老船夫四处一望,并不见翠翠的影子,只见黄狗从山上竹林里跑来,知道翠翠上山了,便改口说,"我以为你们过了渡。"

"过了渡!不得你上船,谁敢开船?"那长年说着,一只水鸟掠着水面飞去,"翠鸟儿归窠了,我们还得赶回家去吃饭!"

"早咧,到河街早咧,"说着,老船夫已跳上了船,且在心中一面说着,"你不是想承继这只渡船嘛!"一面把船索拉动,船便离岸了。

"二老,路上累得很!……"

老船夫说着,二老不置可否不动感情听下去。船拢了岸,那年青小伙子同家中长年挑担子翻山走了。那点淡漠印象留在老船夫心上,老船夫于是在两个人身后,捏紧拳头威吓了三下,轻轻地吼着,把船拉回去了。

十九

翠翠向竹林里跑去,老船夫半天还不下船,这件事从傩送二老看来,前途显然有点不利。虽老船夫言辞之间,无一句话不在说明"这事有边",但那畏畏缩缩的说明,极不得体,二老想起他的哥哥,便把这件事曲解了。他有一点愤愤不平,有一点气恼。回到家里第三天,中寨有人来探口风,在河街顺顺家中住下,把话问及顺顺,想明白二老的心中,是不是还有意接受那座新碾坊,顺顺就转问二老自己意见怎么样。

二老说:"爸爸,你以为这事为你,家中多座碾坊多个人,便可以快活,你就答应了。若果为的是我,我要好好去想一下,过些日子再说它吧。我还不知道我应当得座碾坊,还应当得一只渡船,因为我命里或只许我撑个渡船!"

探口风的人把话记住,回中寨去报命,到碧溪岨过渡时,见到了老船夫,想起二老说的话,不由得不眯眯地笑着。老船夫问明白了他是中寨人,就又问他过茶峒做些什么事。

那心中有分寸的中寨人说:"什么事也不做,只是过河街船总顺顺家里坐了一会儿。"

"坐了一定就有话说!"

"话倒说了几句。"

"说了些什么话?"那人不再说了。

老船夫却问道:"听说你们中寨人想把大河边一座碾坊连同家中闺女儿送给河街上顺顺,这事情有不有了点眉目?"

那中寨人笑了:"事情同了,我问过顺顺,顺顺很愿意同中寨人结亲家,又问过那小伙子……"

"小伙子意思怎么样?"

"他说:我眼前有座碾坊,有条渡船,我本想要渡船,现在就决定要碾坊了。渡船是活动的,不如碾坊固定。这小子会打算盘呢。"

中寨人是个米场经纪人,话说得极有斤两,他明知道"渡船"指的是什么意思,但他可并不说穿。他看到老船夫口唇嚅动,想要说话,中寨人便又抢着说道:"一切皆是命,可怜顺顺家那个大老,相貌仪表堂堂,会淹死在水里!"

老船夫被这句话在心上戳了一下,把想问的话咽住了。中寨人上岸走去后,老船夫闷闷地立在船头,痴了许久。又把二老日前过渡时落寞神气温习一番,心中大不快乐。

翠翠在塔下玩得极高兴,走到溪边高岩上想要祖父唱唱歌,见祖父不理会她,一路埋怨赶下溪边去,到了溪边方见到祖父神气十分沮丧,不明白为什么原因。翠翠来了,祖父看看翠翠的快活黑脸儿,粗鲁地笑笑。对溪有扛货物过渡的,便不说什么,沉默地把船拉过溪南,到了中心却大声唱起歌来了。把人渡了过溪,祖父跳上码头走近翠翠身边来,还是那么粗鲁地笑着,把手抚着头额。

翠翠说:"爷爷怎么的,你发痧了?你躺到荫下去,我来管船!"

"你来管船,好的妙的,这只船归你管!"

老船夫似乎当真发了疹,心头发闷,虽当着翠翠还显出硬扎样子,独自走回屋里后,找寻得到一些碎瓷片,在自己臂上腿上扎了几下,放出了些乌血,就躺到床上睡了。

翠翠自己守船,心中却古怪的快乐,心想:"爷爷不为我唱歌,我自己会唱!"

她唱了许多歌,老船夫躺在床上闭着眼睛,一句一句听下去,心中极乱,但他知道这不是能够把他打倒的大病,他明天就仍然会爬起来的。他想明天进城,到河街去看看,又想起许多旁的事情。

但到了第二天,人虽起了床,头还沉沉的。祖父当真已病了。翠翠显得懂事了些,为祖父煎了一罐大发药,逼着祖父喝,又去过屋后菜园地里摘取蒜苗泡在米汤里做酸蒜苗。一面照料船只,一面还时时刻刻抽空赶回家里来看祖父,问这样那样。祖父可不说什么,只是为一个秘密痛苦着。躺了三天,人居然好了。屋前屋后走动了一下,骨头还硬硬的,心中惦念到一件事情,便预备进城过河街去。翠翠看不出祖父有什么要紧事情,必须当天入城,请求他莫去。

老船夫把手搓着,估量到是不是应说出那个理由。翠翠一张黑黑的瓜子脸,一双水汪汪的眼睛,使他吁了一口气。

他说:"我有要紧事情,得今天去!"

翠翠苦笑着说:"有多大要紧事情,还不是……"

老船夫知道翠翠脾气,听翠翠口气已有点不高兴,不再说要走了,把预备带走的竹筒,同扣花裢褙搁到长机上后,带点儿诡媚笑着说:"不去吧,你担心我会把自己摔死,我就不去吧。我以为天气早上不很热,到城里把事办完了就回来——不去也得,我明天去!"

翠翠轻声地温柔地说:"你明天去也好,你腿还软!"

老船夫似乎心中还不甘服,撒着两手走出去,在门限边一个打草鞋的棒槌,差点儿把他绊了一大跤。稳住了时翠翠苦笑着说:"爷爷,你瞧,还不服气!"老船夫拾起那棒槌,向屋角隅摔去,说道:"爷爷老了!过几天打豹子给你看!"

到了午后,落了一阵行雨,老船夫却同翠翠好好商量,仍然进了城。翠翠不能陪祖父进城,就要黄狗跟去。老船夫在城里被一个熟人拉着谈了许久的盐价米价,又过守备衙门看了一会儿新买的骡马,方到河街顺顺家里去。到了那里见到顺顺正同三个人打纸牌,不便谈话,就站在身后看了一阵牌,后来顺顺请他喝酒,借口病刚好点不敢喝酒推辞了。牌既不散场,老船夫又不想即走,顺顺似乎并不明白他等着有何话说,却只注意手中的牌。后来老船夫的神气倒为另外一个人看出了,就问他是不是有什么事情。老船夫方忸忸怩怩照老方子搓着他那两只大手,说别的事没有,只想同船总说两句话。

那船总方明白在看牌半天的理由,回头对老船夫笑将起来。

"怎不早说?你不说,我还以为你在看我牌学张子!"

"没有什么,只是三五句话,我不便扫兴,不敢说出。"

船总把牌向桌上一撒,笑着向后房走去了,老船夫跟在身后。

"什么事?"船总问着,神气似乎先就明白了他来此要说的话,显得略微有点儿怜悯的样子。

"我听一个中寨人说你预备同中寨团总打亲家,是不是真事?"

船总见老船夫的眼睛盯着他的脸,想得一个满意的回答,就说:"有这事情。"那么答应,意思却是:"有了你怎么样?"

老船夫说:"真的吗?"

那一个很自然地说:"真的。"意思却依旧包含了"真的又怎么样?"一个疑问。

老船夫装得很从容地问:"二老呢?"

船总说:"二老坐船下桃源好些日子了!"

二老下桃源的事,原来还同他爸爸吵了一阵方走的。船总性情虽异常豪爽,可不愿意间接把第一个儿子弄死的女孩子,又来做第二个儿子的媳妇。若照当地风气,这些事认为只是小孩子的事,大人管不着,二老当真欢喜翠翠,翠翠又爱二老,他也并不反对这种爱怨纠缠的婚姻。但不知怎么的,老船夫的关心处,使二老父子对于老船夫皆有了一点误会了。船总想起家庭间的近事,以为全与这老而好事的船夫有关。

船总不让老船夫再开口了,就语气略粗地说道:"伯伯,算了吧,我们的口只应当喝酒了,莫再只想替儿女唱歌!你的意思我全明白,你是好意。可是我也求你明白我的意思,我以为我们只应当谈点自己分上的事情,不适宜于想那些年轻人的门路了。"

老船夫被一个闷拳打倒后,还想说两句话,但船总却不让他再有说话机会,把他拉出到牌桌边去。

老船夫无话可说,看看船总时,船总虽还笑着谈到许多笑话,心中却似乎很沉郁,把牌用力掷到桌上去。老船夫不说什么,戴起他那个斗笠,自己走了。

天气还早，老船夫心中很不高兴，又进城去找杨马兵。那马兵正在喝酒，老船夫虽推病，也免不了喝个三五杯。回到碧溪岨，走得热了一点，又用溪水去抹身子。觉得很疲倦，就要翠翠守船，自己回家睡去了。

黄昏时天气十分郁闷，溪面各处飞着红蜻蜓。天上已起了云，热风把两山竹篁吹得声音极大，看样子到晚上必落大雨。翠翠守在渡船上，看着那些溪面飞来飞去的蜻蜓，心也极乱。看祖父脸上颜色惨惨的，放心不下，便又赶回家中去。先以为祖父一定早睡了，谁知还坐在门限上打草鞋！

"爷爷，你要多少双草鞋，床头上不是还有十四双吗？怎么不好好地躺一躺？"

老船夫不作声，却站起身来昂头向天空望着，轻轻地说："翠翠，今晚上要落大雨响大雷的！回头把我们的船系到岩下去，这雨大哩。"

翠翠说："爷爷，我真吓怕！"翠翠怕的似乎并不是晚上要来的雷雨。

老船夫似乎也懂得那个意思，就说："怕什么？一切要来的都得来，不必怕！"

二十

夜间果然落了大雨，挟以吓人的雷声。电光从屋脊上掠过时，接着就是訇的一个炸电。翠翠在暗中抖着，祖父也醒了，知道她害怕，且担心她着凉，还起身来把一条布单搭到她身上去。祖父说："翠翠，不要怕！"

翠翠说："我不怕！"说了还想说："爷爷你在这里我不怕！"

匐的一个大雷,接着是一种超越雨声而上的洪大倾圮声。两人皆以为一定是溪岸悬崖崩落了;担心到那只渡船,会早已压在崖石下面去了。

祖孙两人便默默地躺在床上听雨声雷声。

但无论如何大雨,过不久,翠翠却依然就睡着了。醒来时天已亮了,雨不知在何时业已止息,醒来只听到溪两岸山沟里注水入溪的声音,翠翠爬起身来看看祖父还似乎睡得很好,开了门走出去,门前已成为一个水沟,一股水便从塔后哗哗地流来,从前面悬崖直堕而下。并且各处皆是那么一种临时的水道。屋旁菜园地已为山水冲乱了,菜秧皆掩在粗沙泥里了。再走过前面去看看溪里一切,才知道溪中也涨了大水,已漫过了码头,水脚快到茶缸边了。下到码头去的那条路,正同一条小河一样,哗哗地泄着黄泥水。过渡的那一条横溪牵定的缆绳,也被水淹没了,泊在崖下的渡船,已不见了。

翠翠看看屋前悬崖并不崩坍,故当时还不注意渡船的失去。但再过一阵,她上下搜索不到这东西,无意中回头一看,屋后白塔已不见了,一惊非同小可。赶忙向屋后跑去,才知道白塔业已坍倒,大堆砖石极零乱地摊在那儿。翠翠吓慌得不知所措,只锐声叫她的祖父。祖父不起身,也不答应,就赶回家里去,到得祖父床边摇了祖父许久,祖父还不作声。原来这个老年人在雷雨将息时已死去了。

翠翠于是大哭起来。

过一阵,有从茶峒过川东跑差事的人,到了溪边,隔溪喊过渡,翠翠正在灶边一面哭着一面烧水预备为死去的祖父抹澡。

那人以为老船夫一家还不醒,急于过河,喊叫不应,就抛掷小石头过溪,打到屋顶上。翠翠鼻涕眼泪成一片地走出来,跑到溪边高崖前站定。

"喂,不早了!把船划过来!"

"船跑了!"

"你爷爷做什么事情去了呢?他管船!"

"他管船,管五十年的船——他死了啊!"

翠翠一面向隔溪人说着一面大哭起来。那人知道老船夫死了,得进城去报信,就说:"真死了吗?我回去告他们,要他们弄条船带东西来!"

那人回到茶峒城边时,一见熟人就报告这件事,不多久,全茶峒城里外便皆知道这个消息了。河街上船总顺顺,派人找了一只空船,带了副白木匣子,即刻向碧溪岨撑去。城中杨马兵却同一个老军人,赶到碧溪岨去,砍了几十根大毛竹,用葛藤编作筏子,作为来往过渡的临时渡船。筏子编好后,撑了那个东西,到翠翠家中那一边岸下,留老兵守竹筏来往渡人,自己跑到翠翠家去看那个死者,眼泪湿莹莹的,摸了一会儿躺在床上硬僵僵的老友,又赶忙着做些应做的事情。到后帮忙的人来了,从大河船上运的棺木也来了,住在城中的老道士,还带了法宝,提了一只公鸡,来尽义务办理念经起水诸事,也从筏上渡过来了。家中人出出进进,翠翠只坐在灶边矮凳上呜呜地哭着。

到了中午,船总顺顺也来了,还跟着一个人扛了一口袋米,一坛酒,火腿猪肉。见了翠翠就说:"翠翠,爷爷死了我知道了,老年人是必须死的,不要发愁,一切有我!"

各方面看看,就回去了。到了下午入了殓,一些帮忙的回的回家去了,晚上便只剩下了那老道士、杨马兵,同顺顺家派来两个年青长年。黄昏以前老道士用红绿纸剪了一些花朵，用黄泥做了一些烛台。天断黑后，棺木前小桌上点起黄色九品蜡，燃了香，棺木周围也点了小蜡烛，老道士披上那件蓝麻布道服，开始了丧事中绕棺仪式。老道士在前拿着纸幡引路，孝子第二，马兵殿后，绕着那寂寞棺木慢慢转着圈子，两个长年则站在灶边空处，胡乱地打着锣钵。老道士一面闭了眼睛走去，一面且唱且哼，安慰亡灵。提到关于亡魂所到西方极乐世界花香四季时，老马兵就把木盘里的纸花，向棺木上高高撒去。

到了半夜，事情办完了，放过爆竹，蜡烛也快熄灭了，翠翠泪眼婆婆的，赶忙又到灶边去烧火，为帮忙的人办消夜。吃了消夜，老道士歪到死人床上睡着了。剩下几个人还得照规矩在棺木前守夜，老马兵为大家唱丧堂歌取乐，用个空的量米木升子，当作小鼓，把手剥剥剥地一面敲着一面唱下去——唱《王祥卧冰》的事情，唱《黄香扇枕》的事情。

翠翠哭了一整天，也同时忙了一整天，到这时已倦极，把头靠在棺前睐着了。两长年同马兵精神还虎虎的，便轮流把丧堂歌唱下去。但只一会儿，翠翠又醒了，仿佛梦到什么，惊醒后明白祖父已死，于是又幽幽地干哭起来。

"翠翠，翠翠，不要哭啦，人死了哭不回来的！"

老马兵接着就说了一个做新嫁娘的人哭泣的笑话，话语中夹杂了三个粗野字眼儿，因此引起两个长年咯咯地笑了许久。黄狗在屋外吠着，翠翠开了大门，到外面去站了一下，耳听到各处是虫声，天上月色极好，大星子嵌进透蓝天空里，非常沉静温柔。翠翠想："这是真事吗？爷爷当真死了吗？"

老马兵原来跟在她的后边，因为他知道女孩子心门儿窄，说不定一炉火闷在灰里,痕迹不露,见祖父去了,自己一切皆已无望,跳崖悬梁,想跟着祖父一块儿去,也说不定!故随时小心监视到翠翠。

老马兵见翠翠痴痴地站着,时间过了许久还不回头,就打着咳叫翠翠说:"翠翠,露水落了,不冷吗?"

"不冷。"

"天气好得很!"

"呀……"一颗大流星使翠翠轻轻地喊了一声。

接着南方又是一颗流星划空而下。对溪有猫头鹰叫。

"翠翠,"老马兵业已同翠翠并排一块儿站定了,很温和地说,"你进屋里去了吧,不要胡思乱想!"

翠翠默默地回到祖父棺木前面,坐在地上又呜咽起来。守在屋中两个长年已睡着了。

那一个马兵便幽幽地说道:"不要哭了!不要哭了!你爷爷也难过咧。眼睛哭胀喉咙哭嘶有何好处。听我说,爷爷的心事我全都知道,一切有我;我会把一切安排得好好的,对得起你爷爷。我会安排,什么事都会。我要一个爷爷欢喜你也欢喜的人来接收这渡船!不能如我们的意,我老虽老,还能拿镰刀同他们拼命。翠翠,你放心,一切有我!……"

远处不知什么地方鸡叫了,老道士在那边床上糊糊涂涂地自言自语:"天亮了吗?早咧!"

二十一

大清早,帮忙的人从城里拿了绳索杠子赶来了。

老船夫的白木小棺材,为六个人抬着到那个倾圮了的塔后山岨上去埋葬时，船总顺顺、马兵、翠翠、老道士、黄狗，皆跟在后面。到了预先掘就的方阱边，老道士照规矩先跳下去，把一点朱砂颗粒同白米，安置到阱中四隅及中央，又烧了一点纸钱，爬出阱时就要抬棺木的人动手下窆。翠翠哑着喉咙干号，伏在棺木上不起身。经马兵用力把她拉开，方能移动棺木。一会儿，那棺木便被新土掩盖了，翠翠还坐在地上呜咽。老道士要回城，去替人做斋，过渡走了。船总把一切事托给老马兵，也赶回城去了。帮忙的皆到溪边去洗手，家中各人还有各人的事，且知道这家人的情形，不便再叨扰，也皆不再惊动主人，过渡回家去了。于是碧溪岨便只剩下三个人，一个是翠翠，一个是老马兵，一个是由船总家派来暂时帮忙照料渡船的秃头陈四四。黄狗因被那秃头打了一石头，对于那秃头仿佛很不高兴，尽是轻轻地吠着。

到了下午，翠翠同老马兵商量，要老马兵回城去把马托给营里人照料，再回碧溪岨来陪她。老马兵回转碧溪岨时，秃头陈四四被打发回城去了。

翠翠仍然自己同黄狗来弄渡船，让老马兵坐在溪岸高崖上玩，或嘶着个老喉咙唱歌给她听。

过三天后船总来商量接翠翠过家里去住，翠翠却想看守祖父的坟山，不愿即刻进城。只请船总过城里衙门去为说句话，许杨马兵暂时同她住住，船总顺顺答应了这件事，就走了。

杨马兵既是个上五十岁了的人，说故事的本领比翠翠祖父高一筹，加之凡事特别关心，做事又勤快又干净，故同翠翠住下来，使翠翠仿佛去了一个祖父，却新得了一个伯父。过渡时有人问及可怜的祖父，黄昏时想起祖父，皆使翠翠心酸，觉得十分凄凉。但这分凄凉日子过久一点，也就渐渐淡薄些了。两人每日在黄昏中同晚上,坐在门前溪边高崖上,谈点那个躺在湿土里可怜祖父的旧事,有许多是翠翠先前所不知道的,说来便更使翠翠心中柔和。又说到翠翠的父亲,那个又要爱情又惜名誉的军人,在当时按照绿营军勇的装束,如何使女孩子动心。又说到翠翠的母亲,如何善于唱歌,而且所唱的那些歌在当时如何流行。

时候变了,一切也自然不同了,皇帝已不再坐江山,平常人还消说?!杨马兵想起自己年轻做马夫时,牵了马匹到碧溪岨来对翠翠母亲唱歌,翠翠母亲不理会,到如今这自己却成为这孤雏的唯一靠山唯一信托人,不由得不苦笑!

因为两人每个黄昏必谈祖父,以及这一家有关系的事情,后来便说到了老船夫死前的一切,翠翠因此明白了祖父活时所不提到的许多事。二老的唱歌,顺顺大儿子的死,顺顺父子对于祖父的冷淡,中寨人用碾坊做陪嫁妆奁,诱惑傩送二老,二老既记忆着哥哥的死亡,且因得不到翠翠理会,又被家中逼着接受那座碾坊,意思还在渡船,因此赌气下行,祖父的死因,又如何与翠翠有关……凡是翠翠不明白的事,如今可全明白了。翠翠把事弄明白后,哭了一个夜晚。

过了四七,船总顺顺派人来请马兵进城去,商量把翠翠接到他家中去,作为二老的媳妇。但二老人既在辰州,先就莫提这件事,且搬过河街去住,等二老回来时再看二老意思。马兵以为这件事得问翠翠。回来时,把顺顺的意思向翠翠说过后,又为翠翠出主张,以为名分既不定妥,到一个生人家里去不好,还是不如在碧溪岨等,等到二老驾船回来时,再看二老意思。

这办法决定后,老马兵以为二老不久必可回来的,就依然把马匹托营上人照料,在碧溪岨为翠翠做伴,把一个一个日子过下去。

　　碧溪岨的白塔，与茶峒风水有关系，塔圮坍了，不重新做一个自然不成。除了城中营管，税局，以及各商号各平民捐了些钱以外，各大寨子也有人拿册子去捐钱。为了这塔成就并不是给谁一个人的好处，应尽每个人来积德造福，尽每个人皆有捐钱的机会，因此在渡船上也放了个两头有节的大竹筒，中部锯了一口，尽过渡人自由把钱投进去，竹筒满了马兵就捎进城中首事人处去，另外又带了个竹筒回来。过渡人一看老船夫不见了，翠翠辫子上扎了白线，就明白那老的已做完了自己分上的工作，安安静静躺到土坑里给小虫吃掉了，必一面用同情的眼色瞧着翠翠，一面就摸出钱来塞到竹筒中去。"天保佑你，死了的到西方去，活下的永保平安。"翠翠明白那些捐钱人的意思，心里酸酸的，忙把身子背过去拉船。

　　可是到了冬天，那个圮坍了的白塔，又重新修好了。那个在月下唱歌，使翠翠在睡梦里为歌声把灵魂轻轻浮起的年轻人，还不曾回到茶峒来。

　　..........

　　这个人也许永远不回来了，也许"明天"回来！

1934年《国闻周报》第11卷

八 骏 图

沈从文

"先生,您第一次来青岛看海吗?"

"先生,您要到海边去玩,从草坪走去,穿过那片树林子,就是海。"

"先生,您想远远地看海,瞧,草坪西边,走过那个树林子——那是加拿大杨树,那是银杏树,从那个银杏树夹道上山,山头可以看海。"

"先生,他们说,青岛海同一切海都不同,比中国各地方海美丽。比北戴河呢,强过一百倍。您不到过北戴河吗?那里海水是清的,浑的?"

"先生,今天七月五号,还有五天学校才上课。上了课,你们就忙了,应当先看看海。"

青岛住宅区××山上,一座白色小楼房,楼下一个光线充足的房间里,到地不过五十分钟的达士先生,正靠近窗前眺望窗外的景致。看房子的听差,一面为来客收拾房子,整理被褥,一面就同来客攀谈。这种谈话很显然的是这个听差希望客人对他得到一个好印象的。第一回开口,见达士先生笑笑不理会。顺眼一看,瞅着房中那口小皮箱上面贴的那个黄色大轮船商标,觉悟达士先生是出过洋的人物了,因此就换口气,要来客注意青岛的海。达士先生还是笑笑的不说什么,那听差于是解嘲似的说,青岛的海与其他地方的海如何不同,它很神秘,很不易懂。

分内事情做完后,这听差搓着两只手,站在房门边说:"先生,您叫我,您就按那个铃。我名王大福,他们都叫我老王。先生,我的话您懂不懂?"

达士先生直到这个时候方开口说话:"谢谢你,老王。你说话我全听得懂。"

"先生,我看过一本书,学校朱先生写的,名叫《投海》,有意思。"这听差老王那么很得意地说着,笑眯眯地走了。天知道,这是一本什么书。

听差出门后,达士先生便坐在窗前书桌边,开始给他那个远在两千里外的美丽未婚妻写信。

瑗瑗:我到青岛了。来到了这里,一切真同家中一样。请放心,这里吃的住的全预备好好的!这里有个照料房子的听差,样子还不十分讨人厌,很欢喜说话,且欢喜在说话时使用一些新名词,一些与他生活不大相称的新名词。这听差真可以说是个"准知识阶级",他刚刚离开我的房间。在房间帮我料理行李时,就为青岛的海,说了许多好话。照我的猜想,这个人也许从前是个海滨旅馆的茶房。他那派头很像一个大旅馆的茶房。他一定知道许多故事,记着许多故事。我想当他作一册活字典,在这里两个月把他翻个透熟。

我窗口正望着海,那东西,真有点迷惑人!可是你放心,我不会跳到海里去的。假若到这里久一点,认识了它,了解了它,我可不敢说了。不过我若一不小心失足掉到海里去了,我一定还将努力向岸边泅来,因为那时我必想起你,我不会让海把我攫住,却尽你一个人孤孤单单。

达士先生打量捕捉一点窗外景物到信纸上,寄给远地那个人看看,停住了笔,抬起头来时窗外野景便朗然入目。草坪树林与远海,衬托得如一幅动人的画。达士先生于是又继续写道:

我房子的小窗口正对着一片草坪,那是经过一种精密的设计,用人工料理得如一块美丽毯子的草坪。上面点缀了一些不知名的黄色花草,远远望去,那些花简直是绣在上面。我想起家中客厅里你做的那个小垫子。草坪尽头有个白杨林,据听差说那是加拿大种白杨林。林尽头便是一片大海,颜色仿佛时时刻刻都在那里变化;先前看看是条深蓝色缎带,这个时节却正如一块银子。

达士先生还想引用两句诗,说明这远海与天地的光色。一抬头,便见着草坪里有个黄色点子,恰恰镶嵌在全草坪最需要一点黄色的地方。那是一个穿着浅黄颜色袍子女人的身影。

那女人正预备通过草坪向海边走去,随即消失在白杨树林里不见了。人俨然走入海里去了。

没有一句诗能说明阳光下那种一刹而逝的微妙感印。

达士先生于是把寄给未婚妻的第一封信,用下面几句话做了结束:

> 学校离我住处不算远,估计只有一里路,上课时,还得上一个小小山头,通过一个长长的槐树夹道。山路上正开着野花,颜色黄澄澄的如金子。我欢喜那种不知名的黄花。

达士先生下火车时是上午七点二十分。到地把住处安排好了,写完信,就过学校教务处去接洽,同教务长商量暑期学校十二个钟头讲演的分配方法。事很简便地办完了,就独自一人跑到海滨一个小餐馆吃了一顿很好的午饭。回到住处时,已是下午两点了。便又起始给那个未婚妻写信,报告半天中经过的事情。

> 瑗瑗:我已经过教务处把我那十二个讲演时间排定了。所有时间皆在上午十点前。有八个讲演,讨论的问题,全是我在北京学校教过的那些东西,我不用预备就可以把它讲得很好。另外我还担任四点钟现代中国文学,两点钟讨论几个现代中国小说家所代表的倾向。你想象得出,这些问题我上课堂同他们讨论时,一定能够引起他们的兴味。今天五号,过五天方能够开学。
>
> 我应当照我们约好的办法,白天除了上课堂上图书馆,或到海边去散步以外,就来把所见所闻一一告给

你。我要努力这样做。我一定使你每天可以接到我一封信,这信上有个我,与我在此所见社会的种种,小米大的事也不会瞒你。

我现在住处是一座外表很可观的楼房。这原是学校特别为几个远地聘来的教授布置的。住在这个房子里一共有八个人,其余七个人我皆不相熟。这里住的有物理学家教授甲,生物学家教授乙,哲学家教授丙,史汉专家教授丁,以及六朝文学史专家教授戊等等。这些名流我还不曾见面,过几天我会把他们的神气一一告诉你。

我预备明天到校长家去,我明天将到他那儿吃午饭。我猜想得到,这人一见我就会说:"怎么样?还可……应当邀你那个来海边看看!我要你来这里不是害相思病,原就只是让你休息休息,看看海。一个人看海,也许会跌到海里去给大鱼咬掉的!"瑷瑷,你说,我应如何回答这个人。下车时我在车站外边站了一会儿,无意中就见到一种贴在阅报牌上面的报纸。那报纸登载着关于我们的消息。说我们两人快要到青岛来结婚。还有许多事是我们自己不知道的,也居然一行一行地上了版,印出给大家看了。那个做编辑的转述关于我的流行传说时,居然还附加着一个动人的标题,"欢迎周达士先生"。我真害怕这种欢迎。我担心一会儿就会有人来找我。我应当有个什么方法,同一切麻烦离远些,方有时间给你写信。你试想想看,假若我这时正坐在桌边写信,一个不速之客居然进了我的屋子里,猝然发问:"达士先生,你又在写什么恋爱小说!你一共写了多少？是不是每个故事都是真的？都有意义？"这询问真使人受窘！我自然没有什么可回答。然而一到第二天，他们仍然会写出许多我料想不到的事情！他们会说：达士先生亲口对记者说的。事实呢，他也许就从没见过我。

达士先生离开××时，与他的未婚妻瑗瑗说定，每天写一封信回××。但初到青岛第一天，他就写了三封信。第三封信写成，预备叫听差老王丢进学校邮筒里去时，天已经快入夜了。

达士先生在住处窗边享受来到青岛以后第一个黄昏。一面眺望窗外的草坪——那草坪正被海上夕照烘成一片浅紫色。那种古怪色泽引起他一点回忆。

想起另外某一时，仿佛也有那么一片紫色在眼底炫耀。那是几张紫色的信笺，不会记错。

他打开箱子，从衣箱底取出一个厚厚的杂记本子，就窗前余光向那个书本寻觅一件东西。这上面保留了这个人一部分过去的生命。翻了一阵，果然的，一个"七月五日"标题的记事被他找出来了。

七月五日

一切都近于多余。因为我走到任何一处皆将为回忆所围困。新的有什么可以把我从泥淖里拉出？这世界没有"新"，连烦恼也是很旧了的东西。

读完这个，有一点茫然自失。大致身体为长途折磨疲倦了，需要一会儿休息。

可是达士先生一颗心却正准备到一个旧的环境里散散步。他重新去念着那个两年前七月五日寄给南京的×请他代他过××去看看瑷瑷的一个信稿。那个原信是用暗紫色纸张写的,那个信发出时,也正是那么一个悦人眼目的黄昏。

这几个人的关系是×欢喜他,他却爱瑷瑷,瑷瑷呢,不讨厌×。

当瑷瑷听人说到×及达士先生时,瑷瑷便说:"这真是好事情。"然而人类事情常常有其相左的地方,上帝同意的人不同意,人同意的命运又不同意。×终于怀着一点儿悲痛,嫁给一个会计师了。×做了另外一个人的太太后,知道达士先生尚在无望无助中遣送岁月,便来信问达士先生,是不是要她做点什么事。她很想为他效点劳。达士先生便写了封信,意在告给×,莫用过去那点幻想折磨她自己。

×,你信我已见到了,一切我都懂。一切不是人力所能安排的,我们总莫过分去勉强。我希望我们皆多有一分理智,能够解去爱与憎的缠缚。

听说你是很柔顺贞静做了一个人的太太,这消息使熟人极快乐。……死去了的人,死去了的日子,死去了的事,假若还能折磨人,都不应当留在人心上来受折磨;所以不是一个善忘的人企想"幸福",最先应当学习的就是善忘。我近来正在一种逃遁中生活,希望从一切记忆围困中逃遁。与其尽回忆把自己弄得十分软弱,还不如保留一个未来的希望较好。

谢谢你在来信上提到那些故事，恰恰正是我讨厌一切写下的故事的时节。一个人应当去生活，不应当尽去想象生活！若故事真如您称赞的那么好，也不过只证明这个拿笔的人，很愿意去一切生活里生活，因为无用无能，方转而来虐待那一只手罢了。

你可以写小说，因为很明显的事，你是个能够把文章写得比许多人还好的女子。若没有这点自信力，就应当听一个朋友忠厚老实的意见。家庭生活一切过得极有条理，拿笔本不是必需的事。为你自己设想可不必拿笔，为了读者，你不能不拿笔了。中国还需要这种人，忘了自己的得失成败，来做一点事情。

我不久或过××来，我想看看，那个"我极爱她她可毫不理我"的女孩子。三年来我一切完了。我看看她，若一切还依然那么沉闷，预备回乡下去过日子，再不想麻烦人了。我应当保持一种沉默，到乡下生活十年。把最重要的一段日子费去。×，你若是个既不缺少那种好心也不缺少那种空闲的人，我请你去为我看看她。我等候你一个信。你随便给我一点见她以后的报告，对于我都应当说是今年来最难得的消息。

再过两年我会不会那么活着？

一切人事皆在时间下不断地发生变化。第一，这个×去年病死了。第二，那个女孩子如今已成达士先生的未婚妻。第三，达士先生现在已不大看得懂那点日记与那个旧信上面所有的情绪。

他心想：人这种东西够古怪了，谁能相信过去？谁能知道未来？旧的，我们忘掉它。一定的，有人把一切旧的皆已忘掉了，却剩下某时某地一个人微笑的影子还不能够忘去。新的，我们以为是对的，我们想保有它，但谁能在这个人间保有什么？

在时间对照下，达士先生有点茫然自失的样子。先是在窗边痴着，到后来笑了。目前各事仿佛已安排对了。一个人应知足，应安分。天慢慢地黑下来，一切那么静。

瑗瑗：

暑期学校按期开了学。在校长欢迎宴席上，他似庄似谐把远道来此讲学的称为"千里马"；一则是人人皆赫赫大名，二则是不怕路远。假若我们全是千里马，我们现在住处，便应当称为"马房"了！

我意思同校长稍稍不同。我以为几个人所住的房子，应当称为"天然疗养院"才能名实相符。你信不信，这里的人从医学观点看来，皆好像有一点病（在这里我真有个医生资格！），我不是说过我应当极力逃避那些麻烦我的人吗？可是，结果相反，三天以来同住的七个人，有六个人已同我很熟习了。我有时与他们中一个两个出去散步，有时他们又到我屋子里来谈天，在短短时期中我们便发生了很好的友谊。教授丁、丙、乙、戊，尤其同我要好。便因为这种友谊，我诊断他们都是病人。我说的一点不错，这不是笑话。这些教授中至少有两个人还有点儿疯狂，便是教授乙同教授丙。我很觉得高兴，到这里认识了这些人，从这些专家方面，学了许多应学的东西。这些专家年龄有的已经五十四岁，有的还只三十左右。正仿佛他们一生所有的只是专门知识，这些知识有的同"历史"或"公式"不能分开，因此为人显得很庄严，很老成。

但这就同人性有点冲突，有点不大自然。一个不到三十岁的小说作家，年龄同事业，从这些专家看来，大约应当属于"浪漫派"。

正因为他们是"古典派"，所以对我这个"浪漫派"发生了兴味，发生了友谊。我相信我同他们的谈话，一面在检查他们的健康，一面也就解除了他们的"意结"。这些专家有的儿女已到大学三年级，早在学校里给同学写情书谈恋爱了，然而本人的心，真还是天真烂漫，这些人虽富于学识，却不曾享受过什么人生。便是一种心灵上的欲望，也被抑制着，堵塞着。我从这儿得到一点珍贵知识，原来十多年大家叫喊着"恋爱自由"这个名词，这些过渡人物所受的刺激，以及在这种刺激之下，藏了多少悲剧，这悲剧又如何普遍存在。

瑗瑗，你以为我说得太过分了是不是？我将把这些可尊敬的朋友神气，一个一个慢慢地写出来给你看。

达士

教授甲把达士先生请到他房里去喝茶谈天，房中布置在达士先生脑中留下那么一些印象：房中小桌上放了张全家福的照片，六个胖孩子围绕着夫妇两人。太太似乎很肥胖。

白麻布蚊帐里有个白布枕头，上面绣着一点蓝花。枕旁放了一个旧式扣花抱兜。一部《疑雨集》，一部《五百家香艳诗》。大白麻布蚊帐里挂一幅半裸体的香烟广告美女画。

窗台上放了个红色保肾丸小瓶子，一个鱼肝油瓶子，一贴头痛膏。

教授乙同达士先生到海边去散步。一队穿着新式浴衣的青年女子迎面而来，擦身走过。教授乙回身看了一下几个女子的后身，便开口说："真稀奇，这些女子，好像天生就什么事都不必做，就只那么玩下去，你说是不是？"

"……………"

"上海女子全像不怕冷。"

"……………"

"宝隆医院的看护，十六元一月，新新公司的卖货员，四十块钱一月。假若她们并不存心抱独身主义，在货台边相攸的机会，你觉不觉得比病房中机会要多一些？"

"……………"

"我不了解刘半农的意思，女子文理学院的学生全笑他。"

走到沙滩尽头时，两人便越马路到了跑马场。场中正有人调马。达士先生想同教授乙穿过跑马场，由公园到山上去。教授乙发表他的意见，认为那条路太远，海滩边潮水尽退，倒不如湿沙上走走有意思些。于是两人仍回到海滩边。

达士先生说："你怎不同夫人一块来？家里在河南，在北京？"

"……………"

"小孩子读书实在也麻烦，三个都在南开吗？"

"……………"

"家乡无土匪倒好。从不回家，其实把太太接出来也不怎么费事；怎么不接出来？"

"……………"

"那也很好，一个人过独身生活，实在可以说是洒脱，方便。但是，有时候不寂寞吗？"

"……………"

"你觉得上海比北京好？奇怪。一个二十来岁的人，若想胡闹，应当称赞上海。若想念书，除了北平往哪里走？你觉得上海可以——"那一队青年女子，恰好又从浴场南端走回来。其中一个穿着件红色浴衣，身材丰满高长，风度异常动人。赤着两只脚，经过处，湿沙上便留下一列美丽的脚印。教授乙低下头去，从女人一个脚印上拾起一枚闪放珍珠光泽的小小蚌螺壳，用手指轻轻地很情欲地拂拭着壳上黏附的沙子。

"达士先生，你瞧，海边这个东西真美丽。"

达士先生不说什么，只是微笑着，把头掉向海天一方，眺望着天际白帆与烟雾。

哲学教授丙，从住处附近山中散步回到宿舍，差役老王在门前交给他一张红喜帖，"先生，有酒喝！"教授丙看看喜帖是上海×先生寄来的，过达士先生房中谈闲天时，就说起×先生。

"达士先生，您写小说我有个故事给您写。民国十二年，我在杭州××大学教书，与×先生同事。这个人您一定闻名已久。这是个从五四运动以来过了好一阵有戏剧性热闹日子的人物！这×先生当时住在西湖边上，租了两间小房子，与一个姓×的爱人同住。各自占据一个房间，各自有一铺床。两人日里共同吃饭，共同散步，共同做事读书，只是晚上不共同睡觉。据说这个叫作

"精神恋爱。"×先生为了阐发这种精神恋爱的好处,同时还著了一本书,解释它,提倡它。性行为在社会上引起纠纷既然特别多,性道德又是许多学者极热烈高兴讨论的问题。当时倘若有只公鸡,在母鸡身边,还能做出一种无动于衷的阉鸡样子,也会为青年学者注意。至于一个男人,能够如此,自然更引人注意,成为了不起的一件大事了。社会本是那么一个凡事皆浮在表面上的社会,因此×先生在他那份生活上,便自然有一种伟大的感觉,日子过得仿佛很充实。分析一下,也不过是佛教不净观,与儒家贞操说两种鬼在那里作祟罢了。

"有朋友问×先生,你们过日子怪清闲,家里若有个小孩,不热闹些吗?×先生把那朋友看得很不在眼似的说,嘿,先生,你真不了解我。我们恋爱哪里像一般人那种兽性;你真是——有眼不识泰山。你没看过我那本书吗?他随即送了那朋友一本书。

"到后丈母娘从四川远远地跑来了,两夫妇不得不让出一间屋子给丈母娘住。两人把两铺床移到一个房中去,并排放下。另一朋友知道了这件事,就问他,×先生如今主张变了吧?×先生听到这种话,非常生气地说,哼,你把我当成畜生!从此不再同那个朋友来往。

"过了一年,那丈母娘感觉生活太清闲,那么过日子下去实在有点寂寞,希望做外祖母了。同两夫妇一面吃饭,一面便用说笑话口气发表意见,以为家中有个小孩子,麻烦些同时也一定可以热闹些。两夫妇不待老母亲把话说完,同声齐嚷起来:娘,你真是无办法。怎不看看我们那本书?两夫妇皆把丈母娘当成老顽固,看来很可怜。以为没受过高等教育的人,除了想儿女为她养孩子含饴弄孙以外,真再也没有什么高尚理想可言了!

"再过一阵,女的害了病,害了一种因贫血而起的某种病。×先生陪她到医生处去诊病。医生原认识两人,在病状报告单上称女的为×太太,两夫妇皆不高兴,勒令医生另换一纸片,改为×小姐。医生一看病人,已知道了病因所在,是在一对理想主义者,为了那点违反人性的理想把身体弄糟了。要它好,简便得很。医生有做医生的义务,就老老实实把意见告给×先生。×先生听完,一句话不说,拉了女的就走。女的还不明白是怎么回事。×先生说,这家伙简直是一个流氓,一个疯子,哪里配做医生。后来且同别人说,这医生太不正经,一定靠卖春药替人堕胎讨生活。我要上衙门去告他。公家应当用法律取缔这种坏蛋,不许他公然在社会上存在,方是道理。

"于是女人另换医生服中药,贝母当归煎剂吃了无数,延缠半年,终于死去了。×先生在女的坟头立了一块纪念碑,石上刻字:我们的恋爱,是神圣纯洁的恋爱!当时的社会是不大吝惜同情的,自然承认了这件事。凡朋友们不同意这件事的,×先生就觉得这朋友很卑鄙龌龊,不了解人间恋爱可以做到如何神圣纯洁与美丽,永远不再同那个朋友往来。

"今天我却接到这个喜帖,才知道原来×先生八月里在上海又要同上海交际花结婚了,有意思。潮流不同了,现在一定不再坚持那个了。"

达士先生听完了这个故事,微笑着问教授丙:"丙先生,我问您,您的恋爱观怎么样?"

教授丙把那个红喜帖折叠成一个老猪头。

"我没有恋爱观。我是个老人了,这些事应当是儿女们的玩意儿了。"

达士先生房中墙壁上挂了个希腊爱神照片，教授丙负手看了又看，好像想从那大理石胴体上凹下处凸出处寻觅些什么，发现些什么。到把目光离开相片时，忽然发问："达士先生，您班上有个×××，是不是？"

"真有这样一个人。您怎么认识她？这个女孩子真是班上顶美……"

"她是我的内侄女。"

"哦，你们是亲戚！"

"这孩子还聪敏，书读得不坏。"说着，教授丙把视线再度移到墙头那个照片上去，心不在焉地问道："达士先生，这照片是从希腊人的雕刻照下的吗？"这种询问似乎不必回答，达士先生很明白。

达士先生心想："丙先生倒有眼睛，认识美。"不由得不来一个会心的微笑。

两人于是同时皆有一个苗条圆熟的女孩子影子，在印象中晃着。

教授丁邀约达士先生到海边去坐船。乳白色的小游艇，支持了白色三角形小帆，顺着微风，向做宝石蓝颜色镜平放光的海面滑去。天气明朗而温柔。海浪轻轻地拍着船头和船舷，船身略侧，向前滑去时轻盈得如同一只掠水的小燕儿。海天尽头有一点淡紫色烟子。天空正有白鸟三五，从容向远海飞去。这点光景恰恰像达士先生另外一个记载里的情形。便是那只船，也如当前的这只船。有一点稍稍不同，就是坐在达士先生对面的一个人，不是医生，却换了一个史汉专家教授丁。

两人把船绕着小青岛去。讨论着当年若墨医生与达士先生尚未讨论结果的那个问题——女人，一个永远不能结束定论的议题！

教授丁说："大概每个人皆应当有一种辖治，才能像一个人。不管受神的、受鬼的、受法律的、受医生的、受金钱的、受名誉的、受牙痛的、受脚气的，必须有一点从外而来或由内而发的限制，人才能够像一个人，一个不受任何拘束的人，表面看来极其自由，其实他做什么也不成功。因为他不是个人。他无拘束，同时也就不会有多少气力。"

"我现在若一点儿不受拘束，一切欲望皆苦不了我，一切人事我不管，这绝不是个好现象。我有时想着就害怕。我明白，我自己居然能够活下去，还得感谢社会给我那一点拘束。"

"如果没有它，我就自杀了。"

"若墨医生同我在这只小船上的座位虽相差不多，我们又同样还没结婚。可是，他讨厌女人，他说：一个女人在你身边时折磨你的身体，离开你身边时又折磨你的灵魂。女子是一个诗人想象的上帝，是一个浪子官能的上帝。他口上尽管讨厌女人，不久却把一个双料上帝弄到家中做了太太，在裙子下讨生活了。我一切恰恰同他相反。我对女人，许多女人皆发生兴味。那些肥的、瘦的，有点装模作样或是势利浅浮的，似乎只因为她们是女子，有女子的好处，也有女子的弱点，我就永远不讨厌她们。我不能说出若墨医生那种警句，却比他更了解女子。许多讨厌女子的人，皆在很随便的情形下同一个女子结了婚。我呢，我欢喜许多女人，对女人永远倾心，我却再也不会同一个女人结婚。"

"若依我自己的意见来说,我早就应当自杀了。然而到今天还不自杀,就亏得这个世界上尚有一些女人。这些女人我皆很爱着她们。我在那种想象荒唐中疯人似的爱着她们。其中有一个我尤其倾心,但我却极力制止我自己的行为,始终不让她知道我爱她。我若让她知道了,她也许就会嫁给我。我不预备这一着。我逃避这一着。我只想等到她有了四十岁,把那点女人极重要的光彩大部分已失去时,我再去告诉她,她失去了的,在我心上还好好的存在。我为的是爱她,为的是很情欲地爱她,总觉得单是得到了她还不成,我便尽她去嫁给一个明明白白一切皆不如我的人,使她同那男子在一处消磨尽这个美丽生命。到了她本身已衰老时,我的爱一定还新鲜而活泼。

"您觉得怎么样,达士先生?"

达士先生有他的意见:

"您的打算还仍然同若墨医生差不多。您并不是在那里创造哲学,不过是在那里被哲学创造罢了。您同许多人一样,放远期账,表示远见与大胆,且以为将来必可对本翻利。但是您的账放得太远了,我为您担心。这种投资我并无反对理由,因为各人有各人耗费生命的权利和自由,这正同我打量投海,觉得投海是一种幸福时,您不便干涉一样。不过我若是个女人,对于您的计划,可并无多少兴味。您虽有哲学,却缺少常识。您以为您到了那个年龄,脑子还能像如今这样充满幻想,且以为女子到了四十岁,也还会如十八岁时那么多情善感。这真是糊涂。我敢说您必输到这上面。您若有兴味去看一本关于××的书籍,您会觉得您那意见必须加以小小修改了。您爱她,得给她。这是自然的道理。您爱她,使她归您,这还不够,因为时间威胁到您的爱,便想违反人类生命的秩序,而且说这一切是为女人着想。我看看,这同束身缠脚一样,不大自然,有点残忍。"

"您以为这个事太不近情,是不是?我们每一个人皆可听凭自己意志建筑一座礼拜堂,供奉自己所信仰的那个上帝。我所造的神龛,我认为是世界上最美丽的神龛。这事由您看来,这么办耗费也许大一点。可是恋爱原本就是一种奢侈的行为。这世界正因为吝啬的人太多了,所以凡事总做不好。我觉得吝啬原邻于愚蠢。一个人想把自己人格放光,照耀蓝空,炫人眼目如金星,愚蠢人绝做不出。"

"您想这么做是中了戏剧的毒。您能这么做可以说是很有演剧的天才。我承认您的聪明。"

"你说对了,我是在演剧。很大胆地把角色安排下来,我期待的就正是在全剧进行中很出众,然而近人情,到重要时忽然一转,尤其惊人。"

达士先生说:"说得对。一个人若真想把自己全部生活放在热闹紧张场面上发展,放在一种变态的不自然的方法中去发展,从一个艺术家眼里看来,没有反对的道理。一切艺术原皆不容许平凡。不过仍然用演戏取譬,您想没想到时间太久了一点,您那个女角,能不能支持得下去?世界上尽有许多女人在某一小时具有为诗人与浪子拜倒那个上帝的完美,但绝不能持久。您承认她们到某一时会把生命光彩失去,却不想想一个表面失去了光彩的女人,还剩下一些什么东西。"

"那你意思怎么样?"

"爱她,得到她。爱她,一切给她。"

"爱她,如何能长久得到她?一切给她,什么是我?若没有我，怎么爱她？"

达士先生知道教授戊是个结了婚后一年又离婚的人，想明白他对于这件事的意见同感想。下面是教授戊的答案：女人，多古怪的一种生物！你若说："我的神，我的王后，你瞧，我如何崇拜你！让莎士比亚的胸襟为一个女人而碎吧，同我来接一个吻！"好辞令。可是那地方若不是戏台，却只是一个客厅呢？你将听到一种不大自然的声音（她们照例演戏时还比较自然，她们回答你说："不成，我并不爱你。"），好，这事也就那么完结了。许多男子就那么离开了她的爱人，男的当然便算作失恋。过后这男子事业若不大如意，名誉若不大好，这些女人将那么想："我幸好不曾上当。"但是，另外某种男子，也不想做莎士比亚，说不出那么雅致动人的话语。

他要的只是机会。机会许可他傍近那个女子身边时，他什么空话都不必说，就默默地吻了女人一下。这女子在惊慌失措中，也许一伸手就打了他一个耳光。然而男子不作声，却索性抱了女子，在那小小嘴唇上吻个一分钟。他始终没有说话，不为行为加以解释。他知道这时节本人不在议会，也不在课室，他只在做一件事！结果，沉默了。女人想："他已吻过我了。"同时她还知道了接吻对于她毫无什么损失。到后，她成了他的妻子。这男人同她过日子过得好，她十年内就为他养了一大群孩子，自己变成一个中年胖妇人；男子不好，她会解说：这是命。

是的，女人也有女人的好处。我明白她们那些好处。上帝创造她们时并不十分马虎，既给她们一个精致柔软的身体，又给她们一种知足知趣的性情，而且更有意思，就是同时还给她们创造一大群自作多情又痴又笨的男子，因此有恋爱小说，有诗歌，有失恋自杀，有结果便是女人在社会上居然占据一种特殊地位——仿佛凡事皆少不了女人。

我以为这种安排有一点错误。从我本身起始，想把女人的影响，女人的牵制——尤其是同过家庭生活那种无趣味的牵制，在摆脱得开时趁早摆脱开。我就这样离了婚。

达士先生向草坪望着："老王，草坪中那黄花叫什么名？"

老王不曾听到这句话，不作声，低头做事。

达士先生又说："老王，那个从草坪里走来看庚先生的女人是什么人？"

听差老王一面收拾书桌一面也举目从窗口望去。"××女子中学教书先生。长得很好，是不是？"说着，又把手向楼上指指，轻声地说："快了，快了。"那意思似乎在说两人快要订婚，快要结婚。

达士先生微笑着："快什么了？"

达士先生书桌上有本老舍做的小说，老王随手翻了那么一下："先生，这是老舍做的，你借我这本书看看好不好？怎么这本书名叫《离婚》？"

达士先生好像很生气地说："怎么不叫《离婚》？我问你，老王。"

楼上电铃忽响，大约住楼上的教授庚，也在窗口望见了经草坪里通过向寄宿舍走来的女人了，呼唤听差预备一点茶。

一个从××寄过青岛的信——

达士先生：

你给我为历史学者教授辛画的那个小影，我已见到了。你一定把它放大了点。你说到他向你说的话，真不大像他平时为人。可是我相信你画他时一定很忠实。你那支笔可以担保你的观察正确。这个速写同你给其他先生们的速写一样，各自有一种风格，有一种跃然纸上的动人风格，我读它时非常高兴。不过我希望你——因为你应当记得着，你把那些速写寄给什么人。教授辛简直是个疯子。你不是说宿舍里一共有八个人吗？怎么始终不告给我第七个人是谁？你难道半个月以来还不同他相熟？照我想来这一定也有点原因。好好地告给我。

天保佑你。

瑗瑗

达士先生每当关着房门，记录这些专家的风度与性格到一个本子上去时，便发生一种感想："没有我这个医生，这些人会不会发疯？"其实这些人永远不会发疯，那是很明白的。并且发不发疯也并非他注意的事情，他还有许多必须注意的事。

他同情他们，可怜他们。因为他自以为是个身心健康的人。他预备好好的来把这些人物安排在一个剧本里，这自以为医治人类灵魂的医生，还将为他们指示出一条道路，就是凡不能安身立命的中年人，应勇敢走去的那条道路。他把这件事，描写得极有趣味并寄给那个未婚妻去看。

但这个医生既感觉在为人类尽一种神圣的义务，发现了七个同事中有六个心灵皆不健全，便自然引起了注意另外那一个健康人的兴味。事情说来稀奇，另外那个人竟似乎与他"无缘"。那人的住处，恰好正在达士先生所住房间的楼上，从××大学欢迎宴会的机会中，那人因同达士先生座位相近，×校长短短地介绍，他知道那是经济学者教授庚。除此以外，就不能再找机会使两人成为朋友了。两人不能相熟自然有个原因。

达士先生早已发现了，原来这个人精神方面极健康，七个人中只有他当真不害什么病。这件事得从另外一个人来证明，就是有一个美丽女子常常来到寄宿舍，拜访经济学者庚。

有时两人在房子里盘桓，有时两人就在窗外那个银杏树夹道上散步。那来客看样子约有二十五六岁，同时看来也可以说只有二十来岁。

身材面貌皆在中年人以上。最使人不容易忘记，就是一双诗人常说"能说话能听话"的那种眼睛。也便是这一双眼睛，因此使人估计她的年龄，容易发生错误。

这女人既常常来到宿舍，且到来以后，从不闻一点声息，仿佛两人只是默默地对坐着。看情形，两个人感情很好。达士先生既注意到这两个人，又无从与他们相熟，因此在某一时节，便稍稍滥用一个作家的特权，于一瞥之间从女人所得的印象里，想象到这个女子的出身与性格，以及目前同教授庚的关系。

这女子或毕业于北平故都的国立大学，所学的是历史，对诗词具有兴味，因此辞章知识不下于历史知识。

这女子在家庭中或为长女。家中一定是个绅士门阀，家庭教育良好，中学教育也极好。从×大学历史系毕业后，就来到××女子中学教书，每星期约教十八点钟课，收入约八十元左右。在学校中很受同事与学生敬爱，初来时，且间或还会有一个冒险的,不大知趣的山东籍国文教员,给她一种不甚得体的殷勤。然而那一种端静自重的外表,却制止了这男子野心的扩张。还有个更重要的原因,便是北京方面每天皆有一封信给她,这件事从学校同事看来,便是"有了主子"的证明,或是一个情人,或是一个好友,便因为这通信,把许多人的幻想消灭了。这种信从上礼拜起始不再寄来,原来那个写信人教授庚已到了青岛,不必再写什么信了。

这女人从不放声大笑,不高声说话,有时与教授庚一同出门,也静静地走去,除了脚步声音便毫无声响。教授庚与女人的沉默,证明两人正爱着,而且贴骨贴肉如火如荼地爱着。唯有在这种症候中,两个人才能够如此沉静。

女人的特点是一双眼睛,它仿佛总时时刻刻在警告人,提醒人。你看她,它似乎就在说:"您小心一点,不要那么看我。"

一个熟人在她面前说了点放肆话,有了点不庄重行动,它也不过那么看看。这种眼光能制止你行为的过分,同时又俨然在奖励你手足的撒野。它可以使俏皮角色诚实稳重,不敢胡来乱为,也能使老实人发生幻想,贪图进取。它仿佛永远有一种羞怯之光;这个光既代表贞洁,同时也就充满了情欲。

由于好奇,或由于与好奇差不多的原因,达士先生愿意有那么一个机会,多知道一点点这两人的关系。因为照他的观察来说,这两人关系一定不大平常,其中有问题,有故事。

再则女的那一分静实在吸引着他,使他觉得非多知道她一点不可。而且仿佛那女人的眼光,在达士先生脑子里,已经起了那么一种感觉:"先生,我知道你是谁。我不讨厌你。到我身边来,认识我,崇拜我,你不是个糊涂人,你明白,这种情形是命定的,非人力所能抗拒的。"这是一种挑战,一种沉默的挑战。然而达士先生却无所谓。他不过有点好奇罢了。

那时节,正是国内许多刊物把达士先生恋爱故事加以种种渲染,引起许多人发生兴味的时节。这个女人必知道达士先生是个什么人,知道达士先生行将同谁结婚,还知道许多达士先生也不知道的事,就是那种失去真实性的某一种铺排的极其动人的谣言。

达士先生来到青岛的一切见闻,皆告诉给那个未婚妻,上面事情同一点感想,却保留在一个日记本子上。

达士先生有时独自在大草坪散步,或从银杏夹道上山去看海,有三四次皆与那个经济学者一对碰头。这种不期而遇也可以说是什么人有意安排的。相互之间虽只随随便便那么点一点头各自走开,然而在无形中却增加了一种好印象。当达士先生从那个女人眼睛里再看出一点点东西时,他逃避了那一双稍稍有点危险的眼睛,散步时走得更远了一点。

他心想:"这真有点好笑。若在一年前,一定的,目前的事会使我害一种很厉害的病。可是现在不碍事了。生活有了免疫性,那种令人见寒作热的病不至于上身了。"他觉得他的逃避,却只是在那里想方设法使别人不至于害那种病。因为那个女人原不宜于害病,那个教授庚,能够不害那一种病,自然更好。

可是每种人事原来皆俨然被一只看不见的手所安排。一切事皆在凑巧中发生,一切事皆在意外情形下变动。××学校的暑期学校演讲行将结束时,某一天,达士先生忽然得到一个不具名的简短信件,上面只写着这样两句话:学校快结束了,舍得离开海吗?(一个人)一个什么人?真有点离奇可笑。

这封怪信送到达士先生手边时，凭经验，可以看出写这个信的人是谁。这是一颗发抖的心同一只发抖的手，一面很羞怯，又一面在狡猾地微笑，把信写好亲自付邮的。不管这个人是谁，不管这信写得如何简单，不管写这封信的人如何措辞，达士先生皆明白那种来信表示的意义。达士先生照例不声不响，把那种来信搁在一个大封套里。一切如常，不觉得幸福也不觉得骄傲。间或也不免感到一点轻微惆怅。且因为自己那份冷静，到了明知是谁以后，表面上还不注意，仿佛多少总辜负了面前那年青女孩子一分热情、一分友谊。可是这仍然不能给他如何影响。假若沉静是他分内的行为，他始终还保持那分沉静。达士先生的态度，应当由人类那个习惯负一点责。应当由那个拘束人类行为，不许向高尚纯洁发展，制止人类幻想，不许超越实际世界，一个有势力的名词负点责。达士先生是个订过婚的人。在"道德"名分下，把爱情的门锁闭，把另外女子的一切友谊拒绝了。

得到那个短信时，达士先生看了看，以为这一定又是一个什么自作多情的女孩子写来的。手中拈着这个信，一面想起宿舍中六个可怜的同事，心中不由得不侵入一点忧郁。"要它的，它不来；不要的，它偏来。"这便是人生？他于是轻轻地自言自语："不走，又怎么样？一个真正古典派，难道还会成一个病人？便不走，也不至于害病！"的确，就因事留下来，纵不走，他也不至于害病的。他有经验，有把握，是个不怕什么魔鬼诱惑的人。另外一时他就站过地狱边沿，也不眩目、不发晕。当时那个女子，却是个使人值得向地狱深阱跃下的女子。他有时自然也把这种近于挑战的来信，当成青年女孩子一种大胆妄为的感情的游戏，为了训练这些大胆妄为的女孩子，他以为不做理会是一种极好的处置。

　　瑗瑗：
　　　我今天晚车回××。达。

　　达士先生把一个简短电报亲自送到电报局拍发后，看看时间还只五点钟。行期既已定妥，在青岛逗留算是最后一天了。记起教授乙那个神气，记起海边那种蚌壳。当达士先生把教授乙在海边拾蚌壳的这件事情告给瑗瑗时，回信就说：不要忘记，回来时也为我带一点点蚌壳来。我想看看那个东西！
　　达士先生出了电报局，因此便向海边走去。
　　到了海水浴场，潮水方退，除了几个骑马会的外国人骑着黑马在岸边奔跑外，就只有两个看守浴场工人在那里收拾游船，打扫沙地。达士先生沿着海滩走去，低着头寻觅这种在白沙中闪放珍珠光的美丽蚌壳。想起教授乙拾蚌壳那副神气，觉得好笑。快要走到东端时，忽然发现湿沙上有谁用手杖斜斜地画着两行字迹，走过去看看，只见沙上那么写着：

　　　这个世界也有人不了解海，不知爱海。也有人了解海，不敢爱海。

　　达士先生想想那个意思，笑了。他是个辨别笔迹的专家，认识那个字迹，懂得那个意义。看看潮水的印痕，便知道留下这种玩意儿的人，还刚刚离此不久。这倒有点古怪。难道这人就知道达士先生今天一早上会来海边，恰好先来这里留下这两行字迹？

还是这人每天皆来到海边,写那么两行字,期望有一天会给达士先生见到?不管如何,这方式显然的是在大胆妄为以外,还很机灵狡狯的,达士先生皱眉头看了一会儿,就走开了。一面仍然低头走去,一面便保护自己似的想道:"鬼聪明,你还是要失败的。你太年轻了,不知道一个人害过了某种病,就永远不至于再传染了!你真聪明,你这点聪明将来会使你在另外一件事情上成就一件大事业,但在如今这件事情上,应当承认自己赌输了!这事不是你的错误,是命运。你迟了一年。……"然而不知不觉,却面着大海一方,轻轻地舒了一口气。

不了解海,不爱海,是的。了解海,不敢爱海,是不是?

他一面走一面口中便轻轻数着:"是——不是?不是——是?"

忽然间,沙地上一件新东西使他愣住了。那是一对眼睛,在湿沙上画好的一对美丽眼睛。旁边还那么写着:"瞧我,你认识我!"是的,那是谁,达士先生认识得很清楚的。

一个扒沙工人扛一把平头铲沿着海岸走来,走过达士先生身边时,达士先生赶着问:"慢点走,我问你,你知不知道这是谁画的?"说完他把手指着那些骑马的人。那工人却纠正他的错误,手指着山边一堵浅黄色建筑物:"那,女先生画的!"

"你亲眼看见是个女先生画的?"

工人看看达士先生,不大高兴似的说:"我怎不眼见?"

那工人说完,扬扬长长地走了。

达士先生在那沙地上一对眼睛前站立了一分钟,仍然把眉头略微皱了那么一下,沉默地沿海走去了。海面有微风皱着细浪。达士先生弯腰拾起了一把海沙向海中抛去。"狡猾东西,去了吧。"

十点二十分钟达士先生回到了宿舍。

听差老王从学校把车票取来,告给达士先生,晚上十一点二十五分开车,十点半上车不迟。

到了晚上十点钟,那听差来问达士先生,是不是要他把行李先送上车站去。就便还给达士先生借的那本《离婚》。达士先生会心微笑地拿起那本书来翻阅,却给听差一个电报稿,要他到电报局去拍发。那电报说:

　　瑗瑗:我害了点小病,今天不能回来了。我想在海边多住三天;病会好的。达士。

一件真实事情,这个自命为医治人类灵魂的医生,的确已害了一点儿很蹊跷的病。这病离开海,不易痊愈的,应当用海来治疗。

文化生活出版社1935年12月